文学的摆渡

季进 著

广西师范大学出版社
·桂林·

图书在版编目（CIP）数据

文学的摆渡 / 季进著. --桂林：广西师范大学出版社，2022.12
ISBN 978-7-5598-5256-4

Ⅰ．①文… Ⅱ．①季… Ⅲ．①中国文学－文化传播－研究 Ⅳ．①I206

中国版本图书馆CIP数据核字（2022）第143849号

广西师范大学出版社出版发行
（广西桂林市五里店路9号　邮政编码：541004）
　网址：http://www.bbtpress.com
出版人：黄轩庄
全国新华书店经销
北京盛通印刷股份有限公司印刷
（北京经济技术开发区经海三路18号　邮政编码：100176）
开本：787 mm × 1 092 mm　1/32
印张：12.875　　字数：225千字
2022年12月第1版　　2022年12月第1次印刷
印数：0 001~6 000册　定价：69.00元
如发现印装质量问题，影响阅读，请与出版社发行部门联系调换。

序

陈子善

认识季进兄已有二十多个年头了，结识的机缘是他来沪拜访钱谷融先生。他是范伯群先生的高足，专诚来沪请钱先生主持他的博士论文答辩，记得我们一起陪钱先生吃过饭。他的博士论文研究"文化昆仑"钱锺书，后来出版了，书名《钱锺书与现代西学》，听说很快又要出修订版了，好大好深奥的学问，我连想都不敢想。但平常接触中，他不故作深沉状，不侈谈时髦理论，而是很随意，很热情，很好交往。后来，钱先生去苏州踏青或散心，他都安排得很妥帖。有一张钱先生与范先生的合影，二老在苏州东山启园茶室喝茶时爽朗地大笑，就是他抓住时机抢拍的，拍得真好。

季进兄在苏州大学文学院执教后，学术视野不断拓展，学问也与日俱进，在中国现当代文学、比较文学和海外汉学研究等领域都大有建树。他远涉重洋到了哈佛，就把李欧梵先生的藏书弄到苏大，设立了"李欧梵书库"。他哈佛回来后主编的"海外中国现代文学研究译丛"和"西方现代批评经典译丛"两套大书，颇受学界关注。这些年他又出版了《另一种声音：海外汉学访谈录》、《季进文学评论选》、《英语世界中国现代文学研究综论》（与余夏云合著）等著作，又跟王德威、刘剑梅合作主编了《当代人文的三个方向》、《文学赤子》等文集在香港出版，学术影响是越来越大了。尤其值得称道的是，他与夏志清先生的夫人王洞先生合作，花费了五年心血，编注了五卷本《夏志清夏济安书信集》，已经由香港中文大学出版社、台湾联经出版公司和北京活字文化公司正式出版。这项耗费他不少心力的整理、注释工作是嘉惠中外学林的大工程，其学术价值和文学史意义自不待言。

与一些读理论读得多了，文章反而越来越不会写或是越写越让人看不懂的学院派不同，季进兄近年来在紧张的教学工作之余，在埋头于各项研究课题之暇，还喜欢写些深入浅出的读书札记和怀人忆事之文。第一辑、第二辑、第四辑中的这些文字有长有短，或介绍海外名家、学术大佬的新著，或回忆与海外学人的学术交往，记一己之心得，抒个人之情感，均娓娓道来，言之有物，字里行间不仅透露出他学术训练有素，也在无意中显示了他的兴趣和爱好，因而读来很是亲切有味。无论是夏济安的情感故事，还是夏济安与陈世骧的手足情深，无论是宇文所安的桃李天下，还是夏志清的率真坦诚、韩南的谦谦君子，读来都令人感动，心生欢喜。第二辑和第三辑中的文字，也许学术性更多一些，但读来也不显枯燥。季进兄这些年热心于推动中外学界的对话，着力于中国当代文学的海外传播研究，也乐于及时译介品评海外中国现当代文学研究的最新成果，扮演了一个文学传播与文学交流中间者的角色，这大概也是季进兄以"文学的摆渡"作为书名的用心所在吧？书名虽然借用了书中一篇文章的题目，其实应该是颇有深意在的。在文本中旅行，带着文本去旅行，文本中的旅行，文本在旅行……都离不开摆渡，这是可以有多种多样的解读的。

其实，学者写的读书札记也好，怀人忆事之文也罢，我把它们统称为学者散文或学术随笔。因为作者是学院中人，学有专攻，所以无论写什么，都会自觉不自觉地从他的专业出发，以他的学养为关照，这就与一般的读书札记和怀人忆事之文有所不同，往往带给读者的不仅是新的愉悦，还有新的感悟。二十多年前，我编过一本《未能忘情：台港暨海外学者散文》（上海教育出版社一九九七年三月初版），在序中强调学者散文的作者在写这类散文时，未必会用长篇大论来宣示自己的人文关怀,"却往往将自己的体验和省察,自己的知识分子情怀融入情景交汇的随笔小品之中,因而更富于启示,更能动人心弦"。这个观点我至今没有改变,有必要趁这次为季进兄《文学的摆渡》作序的机会,再重申一遍。我历来主张做学问的不能只有一副笔墨,除了从事其符合专业领域规范的学术论文和专著的写作,也不妨写一些既接地气又见其真性情的文章,这是思想和文笔的新的操练。虽然我自己并未很好地做到,但据我有限的见闻,像李欧梵先生在香港报刊上发表的关于西方古典音乐的漫谈,像吴福辉先生在《汉语言文学研究》季刊上开辟的"石斋语痕"专栏,都是值得称道的好例子。而今我又读到季进兄这本《文学的摆渡》,不能不感到意外的欣喜。

让我们跟着季进兄这本颇具可读性的《文学的摆渡》,去作一次有趣的文学探索和文本旅行吧!

壬寅年处暑于海上梅川书舍

目 录

i　序

第一辑

003　历史时空中的日常生活书信
　　　《夏志清夏济安书信集》编注札记

013　落日故人情
　　　寻访夏济安和陈世骧

025　夏济安，一个失败的浪漫主义圣徒

041　夏氏书信中的普实克

053　夏志清的博士论文及其他

081　"抒情传统"视域下的《中国现代小说史》

099　高山仰止,景行行止
　　　怀念夏志清先生

第二辑

109　奥德赛的行旅
　　　金介甫《沈从文传》读札

121　抒情的理论与伦理
　　　王德威《史诗时代的抒情声音:
　　　二十世纪中期的中国知识分子与艺术家》读札

139　无限弥散与增益的文学史空间
　　　王德威《哈佛新编中国现代文学史》读札

155　通过碎片来重建整体性的可能
　　　张英进《中国现代文学指南》读札

171　文学·历史·阐释者
　　　顾彬《二十世纪中国文学史》读札

191　作为文本、现象与话语的金庸
　　　韩倚松《纸侠客:金庸与现代武侠小说》读札

209 妖娆的罪衍，负面的现代
叶凯蒂《上海情爱：妓女、文人与娱乐文化（1850-1910）》读札

第三辑

229 作为世界文学的中国文学
以中国当代文学的英译与传播为例

247 海外的"《解密》热"现象

263 阿来《尘埃落定》的英译与传播

273 贾平凹《高兴》的英译与传播

299 文学的摆渡
中国文学海外传播札记

第四辑

367 挥手自兹去，萧萧班马鸣
宇文所安荣休庆典侧记

377 让内心充满丰富的感觉
李欧梵老师印象

387 中国文学研究的一座丰碑
    ——韩南教授的学术遗产

397 后　记

第一辑

历史时空中的日常生活书信

《夏志清夏济安书信集》编注札记

二〇一四年八月中旬,刚刚办完声势浩大的第四届两岸历史文化研习营,我就收到王德威的邮件,跟我商量夏志清夏济安书信整理的事,希望我能够协助夏师母王洞女士一起完成这项巨大的工程。当时我还没有见到这些信件,可还是毫不犹豫地一口答应了下来。我想能够参与其中,既是夏师母和王德威对我的莫大信任,也是一种缘分,无论如何,我都应该尽力做好。自那以后,我放下了手头的工作,全身心地投入到了书信的整理与编注之中。经过紧锣密鼓的工作,终于赶在春节前,交出了第一卷的稿子,共一百二十一封信。今年四月底,在台湾"中研院"中国文哲研究所举办的"夏志清院士纪念会"上,专门举行了《夏志清夏济安书信集》第一卷的首发式,名家云集,反响热烈。上个月，我们又完成了第二卷，共一百五十八封信。第三卷争取今年秋天交稿。夏氏兄弟一九五五年以后有不少信越写越长，粗略估计，全部书信大概可以编成五卷，争取明年八月底完成全部的书信整理工作。《夏志清夏济安书信集》繁体字版由台湾联经出版公司出版，简体字版则由香港中文大学出版社和北京活字文化分别出版，希望明年年底或后年年初能五卷全部出齐。

说实话，我一开始并没有想到整理和编注书信会如此耗费时日，完全不是原来想象的把书信录入电脑再加几个注释那么简单。我们书信整理的大概流程是这样的：先由夏师母扫描原件，考订书信日期，排出目录顺序，然后发给我进行整理编注。我组织了一个由研究生组成的团队，他们负责书信的电脑录入，我则对照原稿一字一句地进行复核修改，解决各种疑难问题，整理出初稿。夏师母对初稿进行审阅，并解决少数我也无法解决的难题。在此基础上，我再对其中的人名、篇名、电影名等专有名词加以注释，之后再提交夏师母审阅补充，最终完成整理工作。书信整理注释的工作量之大，真的超乎想象。夏济安先生的字比较好认，但夏志清先生的中英文字体都比较特别，又写得很小，有的字迹已经模糊或者夹在折叠处，往往很难辨识（现在随着我们对书信字体、内容越来越熟悉，辨识率越来越高，速度大大加快）。有时为了辨识某个字、某个人名、某个英文单词，往往需要耗时耗力，查阅大量的资料，才会豁然开朗。特别是整理第一卷时，这方面的困难特别大。注释的难度并不亚于整理，为了注出某个人名、某个篇名，有时也不得不上天入地找资料，一天下来，只能完成几个注释，充分感受到了考证的艰辛和乐趣。比如，夏志清在信中讲，台湾官方认定的祭孔官孔德成去美国曾到华盛顿见过蒋夫人，有一次H. H. King还来看他，送他一盒雪茄烟。其中"H. H. King"不知何许人也，遍查不得。于是我就去找孔德成的资料，发现他与孔子后裔往来密切，其中有孔子第七十五世孙孔祥熙。这个名字一下子警醒了我，一查，孔祥熙的英文名果然是"H. H. Kung"。再查看手稿，夏志清的手迹果然更像"Kung"，而非"King"。还有一封信，夏志清提到李赋宁来美四年，论文研究"中世纪的Mss"，刚刚有些眉目，还没写完，就不得不匆匆乘船返国，很是为他惋惜。这里的"Mss"应该是指手稿，可是指什么手稿呢？我先是遍查李赋宁的文集，没有找到他自己关于耶鲁论文的说法，然后再到网上找，偶然发现在一篇访谈录中李赋宁提到一句自己以前研究的是中世纪政治抒情诗。循此线索，我发现"Mss"其实特指哈利手稿（Harley Manuscripts），罗伯特·哈利和爱德华·哈利父子及其家族收藏的大批珍贵的中世纪手稿，现珍藏于大英博物馆。李赋宁的博士论文"The Political Poems in Harley Ms 2253"，即利用手稿研究用十三世纪英国中西部方言所写的政治抒情诗。为了这个注释，我差不多花了一天多的时间！这类考证有时还会有意外的发现，比如夏氏兄弟信中多次提到他们父亲的朋友徐祖藩，我查到的资料说徐是江苏吴县人，一九四六年做过台北交通处港务管理局局长。我记得夏氏兄弟的父亲夏大栋差不多也是这个时间在航务管理局做秘书，一查，原来就是徐祖藩请他去的，之所以会请他，是因为他是徐夫人的堂兄，也就是说，徐祖藩应该是夏氏兄弟的堂姑夫。类似这样披沙拣金的曲折和发现，让原本以为单调的书信整理注释，变成一件相当愉悦的工作。当然，我得说明，书信的注释面广量大，十分庞杂，还是有少数地方无法准确出注，希望能得到方家的指正，将来有机会修订出版时再作完善。

现在保留下来的夏氏书信，总共有六百多封，时间跨度从一九四七年年底夏志清赴美求学到一九六五年年初夏济安病逝。这十八年中，夏志清与夏济安之间鱼雁往返，说家常、谈感情、论文学、品电影、议时政，生活点滴、欲望心事皆推心置腹，无话不谈，为我们留下了透视那一代知识分子心路历程的极为珍贵的史料。夏志清晚年有两大愿望，一是整理发表张爱玲给他的信件，这就是前几年出版的《张爱玲给我的信件》；二是整理发表他们兄弟俩的通信。可惜因为身体的原因，夏先生生前只整理发表过其中两封。夏先生逝世后,夏师母承担起了这个重任。承蒙夏师母和王德威的信任,让我有机会加入到书信整理的工作,通过书信走进夏氏兄弟的心灵世界,重新认识两位夏先生。王德威在邮件里说:"夏氏兄弟原籍苏州,此事由苏州大学教授出面主理,似乎也是难得的因缘。"我很珍惜这份因缘,希望竭尽全力做好这件事。我也特别感谢我的团队,他们不计报酬,默默奉献,花费了大量时间和心血。有的同学沉浸其中,被夏氏兄弟的故事所感动,迫不及待地等待下一批书信的到来。我们仿佛每天都与夏氏兄弟同呼吸、共悲欢,万千感慨,难以言表。这批书信的意义和价值,王德威在《夏志清夏济安书信集》第一卷的后记中已经作了精彩的阐述,就我而言,《夏志清夏济安书信集》的价值至少可以从四个方面来略作评说。

一是作为情感史来看。曾经有学者专门梳理和研究中国现代文学中的情感谱系,现在夏氏书信完全可以置于其中加以考察。特别是夏济安的情感史,实在是无比丰富而又令人唏嘘。他喜欢了一个又一个的女生,从董华奇到刘璐到秦佩瑾再到Ruth,等等,不断经历着各种情感的跌宕起伏,却一无所获,伤痕累累。夏济安不断地对自己进行心理分析,既自负,又自悲,对感情既有明确的渴望,又隐隐畏惧,最后总是以失败告终。夏济安不断追求女友却又不断失败的经历,似乎也透露出这一代读书人在大时代的巨变中惶惶不安的心理。相比而言，早年的夏志清一心向学，无比孤独，直到遇上Carol，才有了真正的恋爱体验。此外，兄弟二人不断地谈论那些电影明星，沉湎于电影的想象中，这在某种程度上也可视为青春欲望的情感投射。这些内容，我们不妨都可以从情感史的角度来进行深入的心理分析。

二是作为学术史来看。从夏志清早期的书信中，可以清楚地看到他在耶鲁大学所受到的西方文学的系统训练。他不仅亲炙布鲁克斯、兰色姆、燕卜荪等理论大家，而且系统扎实地大量阅读西方文学作品，甚至读遍了英国文学史上几乎所有大诗人的文集。以这样的学术训练，阴差阳错地进入到中国现代文学研究，写出来的《中国现代小说史》自然不同凡响，因为他的评价标准是西方文学的大经大典，是将中国现代文学置于世界文学的语境中来加以评析的。这些书信，为我们重新讨论夏志清与西方文学提供了第一手的材料。比如我们都说夏志清深受利维斯的影响，而从书信中就能看到，他在一九四九年就读到了《伟大的传统》。我们完全可以把书信中关于小说史写作的相关内容拿来与《中国现代小说史》进行比较性的发生学研究。我们也可以看到，夏济安最早讨论《蜀山剑侠传》是在第七十六封信中，由此开始了他对通俗文学的思考，还有他关于《文学杂志》的编辑、小说的创作、文学的翻译等内容，都是研究台湾现代文学不可多得的第一手文献。更不用说，书信中还涉及相当多的汉学家和当年学界的情况，甚至还有学术八卦。比如《骆驼祥子》的英译者伊文·金写了一本颇受好评的英文小说《黎民之儿女》，结果夏志清无意中发现，该小说其实改写自赵树理的小说。诸如此类的内容，都为我们提供了学术史上丰富的历史细节。

三是作为文化史来看。阅读书信，我们会发现，虽然夏氏兄弟生活于时代大变之际，但是书信中对时局的动荡却罕见地着墨极少。除了一九四九年前后夏济安对时局非常关切外，几乎看不到对重大历史事件的呈现，到了后期，夏济安才开始较多地涉及对社会政治的评论。这很能看出夏氏兄弟的志趣是一如既往的，对生活本身始终充满热情。他们随时随地、乐此不疲地谈论京剧、文学、电影、女友、穿衣吃饭等话题，彼此坦诚地交换看法。这让我们有机会看到那一代读书人最真实的生活常态，最感人的人性情怀。现在重读这些书信，会发现这些无意中保留下来的日常生活的写真，其实最能代表那个时代生活的质地，是真正的生活本质，也是一种日常生活的文化。当然，其中也有日常生活的政治。透过这些日常生活的琐碎，我们可以看到大时代的印记，看到时代对个人命运的掌控。《夏志清夏济安书信集》与现在流行的重返日常生活的文化研究倒有一种对话的可能性。书信中对欧美电影、影视明星的大量讨论，几乎为我们还原了当年西方电影拍摄、上映、传播的基本面貌，成为研究影视文化的重要例证。而关于Miss Rheingold（啤酒小姐／"莱茵小姐"）、Mardi Gras（狂欢节）等内容的记载，还有各种刊物、图书的信息，也为我们打开了了解美国文化的一扇扇窗口，甚至书信中提及的穿衣吃饭、服装品牌、生活用品等，都真实记载了那一代人的生活常态，完全可以从文化史的角度来加以梳理。

四是作为个人史来看。我们早就习惯了从大历史中了解历史，熟悉革命、启蒙等现代性话语。可是，即使在史诗时代，还是有人会反其道而行之。大历史背后总是有着无数的个人史，他们构成了大历史的丰富肌理。在夏氏兄弟这里，我们可以看到在时代的大历史之外，作为一介文人，他们如何凭借个体的努力，书写了个人的小历史，不断对话现实、增延历史。夏氏兄弟从小受到的家庭熏陶教育，还有西方人文主义的训练，决定了他们不可能投笔从戎，真正投身到改造时代的潮流之中。他们更相信文学的力量、人文的力量，更愿意远离大潮，做一个边缘人、普通人。一九四九年以后，他们最初以为很快就能重新回到上海，回到父母的身边，但很快就意识到，他们回不去了。从此，兄弟俩开始了各自离散漂泊的人生，一个在中国台北为台湾现代文学奠定基础，一个在美国开创英语世界中国现代文学研究之传统，书写各自丰富精彩的人生。对于时代来说,这是离散的个人史;对于中国文化来说,这也是有情的个人史,呈现了一九四九年前后知识分子作了不同选择之后的另一幅历史场景。

总之,《夏志清夏济安书信集》生动记录了历史时空中兄弟俩的日常生活,它是一部离散之书、温暖之书、有情之书,让我们感动,令我们深思。

＊原载《文汇读书周报》二〇一五年九月二十八日。

落日故人情

寻访夏济安和陈世骧

坐在伯克利玫瑰花园旅馆的写字台前，窗外是加州明丽的秋阳，起伏的山峦，湛蓝的天空，大片的白云，金黄、深红、翠绿相间的缤纷林木，以及隐映其间的各色屋顶，仿佛打翻了的调色盒，把伯克利的秋日装扮得无比绚烂。最远处的一抹蓝，是阳光映照下的旧金山湾。跨过大桥，就是喧嚣的旧金山了。遥想几十年前夏济安和陈世骧抬眼所望的也是这样的景色，恍惚之间，似乎与他们置身于同一片蓝天下，感受着一样的加州气息。

这几年，我主要精力都在整理编注《夏志清夏济安书信集》，书信中留下了大量的夏济安与陈世骧交往的记录，两人惺惺相惜的深情厚谊让我大为感动。他们之间的交往，是缘分，更是志趣相投的默契。陈世骧在接受商禽访谈时也说，他与夏济安之间，既有私人的友谊，更有学术上的切磋。他们一见如故，倒屣倾心，虽然年龄上只相差四岁，但是这个年龄差却别具意义。陈世骧早在抗战期间即离乡出国，而夏济安要到一九四九年才离开大陆前往台湾，所以陈世骧说，"我有一个感觉，我觉得他接继替代了我愿意而却未曾经验的在国内四十年代这一段"，彼此间有着"无比的默契"。夏济安去世后，陈世骧曾写过一首悼念诗："联珠缀玉曹刘事，倒屣倾心王蔡间，君墓日拱俺日老，泪挥无尽洒青山。"[1]情同手足的感伤与悲怆，跃然纸上。

　　说起来，夏济安与陈世骧第一次见面，应该是在一九五八年五月。陈世骧早年毕业于北京大学，一九四一年即赴美国哥伦比亚大学深造，一九四七年起长期执教于加州大学伯克利分校。夏济安早年也曾于二十世纪四十年代后期任教于北京大学，但那时陈世骧早已赴美。一九四九年春天，夏济安从上海到香港再到台湾，在台湾打开了现代文学的一片天地。一九五八年五月，陈世骧赴台讲学，自然与夏济安有了见面机会，两人相谈甚欢，相见恨晚。在同年六月二十四日的信上，夏济安迫不及待地向弟弟夏志清报告他们见面的情形。从信中可以看到，陈世骧很欣赏夏济安的诗作《香港——一九五〇》，而夏济安则赞赏陈世骧的治学方法，羡慕他的成功与地位。更为直接的影响是，夏济安由此萌生了研究中国文学的想法，还直接建议夏志清也改行从事中国文学的研究:"以你的智力与taste与对西方文学的深切的了解,改弄中国文学,一定大有成就。……他为人极好,很热心,他在美国,根蒂较深,想必可以帮你的忙,我希望你和他交个朋友。他记得你,你去Berkeley那时,汤先生也在,他说他和你约略谈过。他说,中国青年人去美国的他见过很多,从来没有看见过有你那样的erudition的。"(夏济安致夏志清,一九五八年八月十九日)

夏氏兄弟均以研究英美文学起家,最终却以研究中国文学立身,并将中国文学研究薪火相传。在这转向过程中,陈世骧给予了无形而直接的助攻。此后的通信中,夏氏兄弟间讨论中国文学与文化的内容也随之增多,他们逐渐进入中国文学研究的领域。这种看似为现实所左右的选择,被历史印证是明智而有效的。夏氏兄弟,包括陈世骧在内,他们皆因自己学术志业的择取而大放异彩。

正是因为彼此间密切的来往,夏氏兄弟一直对陈世骧的学术思想也保持着高度的关注。陈国球在论述陈世骧"通往抒情传统"之路时,指出陈世骧在台的四次演讲对其"抒情传统论"的提出和发展有着不可忽视的作用,而书信中夏济安也提及了这四次演讲:"他在台大的四篇演讲,第一篇我得益最深,诗的rhythm我从来没有得人传授,听他的[演]讲有些地方可以开我茅塞。第二篇是讨论'诗'

这个字在中文里的意思，我没有去听（临时忘了），大约用Empson讨论Complex Words的方法。第三篇你已经看到。第四篇使我很失望，他讲的是宋代文艺思想——主要是禅宗的，他所讲的都是老生常谈。照我看来，禅宗思想反对文字，其实是对诗的一种challenge与威胁，当时诗人如何去rescue诗——一种文字艺术，那才是最重要的问题。宋代文艺思想当时受到何种批评，以后受到何种批评，我们廿世纪的人该如何去批评它——这些他都没有提到。"（夏济安致夏志清，一九五八年八月十九日）

可以看到，夏济安对陈世骧关于"抒情传统"的讨论，既有肯定，也有批评，也看到了陈世骧往来于中西的批评方法。值得一说，也颇令人感到意外的是，夏志清比夏济安更早地对陈世骧论述中的抒情特征给予了关注和思考。

在致夏济安的信中，夏志清比较大篇幅地提到了陈世骧的《〈八阵图〉圜论》。从该信的末尾来看，彼时夏志清对陈世骧的其他文章还没有涉猎，却就这样一篇文章提出了自己的看法，他说陈世骧的文章"可以同意的地方很多"，但仍有些地方是"不妥的"："把'tragic & sublime'和'beautiful & lyrical'对立，实在是他露马脚的地方。《八阵图》明明是一首lyric，硬把它和希腊悲剧一起相提并论，也有些不伦不类。其实'beautiful'和'sublime'都是文学批评上不必需要的terms，而好的lyrics也多少带一些陈世骧所谓的tragic之感的。时间、空间那种demolish人生功业的感觉，差不多是present in all lyrical poetry（莎翁sonnets；Landor, *Rose Aylmer*；Marvell, *Coy Mistress*），不一定是中国诗的特征，虽然中国诗人对这一点特别敏感。而这种'人'与'时'和'人'与'地'相对照的感觉，用Brooks的irony来说明已非常adequate，不别借用tragedy的大帽子。Tragedy postulates an action，而抒情诗的action大多是implied；最多是tragic & dramatic irony，而不是tragedy本身。"（夏志清致夏济安，一九五八年六月二十八日）

夏志清的这番评语，很有夏氏一贯的风格。他多次言及并不知道陈世骧的学术水平如何，这番评论只是秉笔直言，就文章论文章，是从文学内部展开的。且不论这些评语是否有待商榷，夏志清对利维斯和新批评理论及批评方法的承袭，与陈世骧似乎没有太大的差别，两人都对新批评的方法非常娴熟。如此看来，这样一番切磋就显得有颇多趣味。彼时的夏志清更擅长从西方文学的视角来审视中国文学，而陈世骧则更关注中国文学本身的特性。

如果说陈世骧与夏志清的交往侧重于学术，那么陈世骧与夏济安之间则真正是莫逆之交了。志趣的相投和彼此的赏识，使得陈世骧与夏济安逐渐建立起情同手足的深厚情谊。在给弟弟的信件中，夏济安从来不吝啬对陈世骧的夸赞，也不断详述陈世骧对自己事业与生活上的帮助与支持。夏济安能够进入加州大学伯克利分校中国研究中心工作，若无陈世骧这个项目主持人的运作，是完全不可想象的。夏济安本来在西雅图的华盛顿大学，但职位有限，眼看无法延长教职，于是陈世骧主动提出，给他在中国研究中心谋职，为自己主持的"现代中国术语研究"项目工作。事实证明，正是在中国研究中心工作的这段时间，良好的氛围刺激了夏济安的灵感，成果颇丰，他不仅完成了《隐喻、神话、仪式和人民公社》、《下放运动》等关键词研究，而且展开了关于左翼文学的研究计划，这就是后来结集出版的《黑暗的闸门：中国左翼文学运动研究》。这次我在加州大学伯克利分校中国研究中心还找到了一些当年的会议纪要和经费预算的申请报告，陈世骧为了推进和维持中国研究中心的计划，真是付出了极大的心血。

平日里，夏济安更是时常与陈世骧夫妇相聚、消遣，他们吃饭、喝酒、聊天、打牌，亲如家人，给彼此的日常生活增添了不少乐趣，陈世骧也成为兄弟俩书信中出现频率最高的好友之一。陈世骧的妻子Grace和陈世骧一样无比热情，为了夏济安的终身大事也是操碎了心，不断介绍姑娘给夏济安认识，为他们制造各种相处和了解的机会。尽管夏济安在信中多次表示碍于情面无法拒绝，但陈氏夫妇二人对夏济安热忱相待，彼此之间的温情与友谊，仍令人动容。

后来，夏济安猝然去世，陈世骧的悲伤是超乎一切、无可形容的。杨牧说，陈世骧把夏济安当兄弟，"在至少五年的时光里，他们是事业的搭档，也是谈天、说笑、饮酒、打牌，一切一切的搭档。夏先生的逝世，对他是莫大的打击"。[2] 夏志清担心陈世骧时时面对故友难免悲伤，就提出把墓地选得远一点，而陈世骧还是坚持将其葬在了自己的花园附近。陈世骧痛定之后另有所想，他说："人生而为友，固然是一种乐事，而今他虽去世，在我看来，也并非就阴阳两隔。说实在的济安的死，对我产生了一种宗教式的启示：我觉得人生在世能在事业上有所成就虽然值得欣幸，然而要真正能在我们的心的深处有所感受的，却是人与人间的难得际遇。我与济安相识相处，时间实只五年，但我觉得那一段生活的充实，是很难得的。如今他去世了，能葬在我的花园附近，对我来说他虽死犹生，我能得到一种象征式的满足。我有一种我们的感情始终维持下去的感觉。"[3] 为了纪念夏济安，他和夏志清一起，张罗着出版夏济安遗稿，[4] 后来一九六八年由华盛顿大学出版社出版了英文版的《黑暗的闸门：中国左翼文学运动研究》，一九七一年由志文出版社出版了《夏济安选集》。在《夏济安选集》的序中，陈世骧对夏济安给予了高度的评价："他对文学的批判、建议、企望以至贡献，反映着他对这一时代中国文明的批判、建议、企望和贡献……这种现象常是发生在历史转捩的苦难阶段，产生于特有才具，身心经历这苦难，对文艺有丰富的经验，深入的体会，而又有相当超脱的智慧的人。而此人此文又常是在几种文化的新撞击下屹立起来的。"都说文人易相轻，能在颠簸的人生旅途中，像夏、陈这样遇到志同道合、相互赏识、相互扶持的知音，也算是命运的一大馈赠了。夏济安复苏了陈世骧对中国和中国文化的感念，也衔接了一段陈世骧不曾参与的历史，某种意义上，夏济安已成为陈世骧生命与学术的一部分。这篇序言写毕于一九七一年一月十八日，而四个月后，也就是五月二十三日，陈世骧突发心脏病，溘然长逝。遵照他的遗愿，陈世骧去世后也葬在了离好友不远的地方，知交情深，感人肺腑。

也是因为整理编注书信集的缘故，我渐渐有了在此基础上编写一本《夏氏兄弟学术年谱》的想法。跟王德威商量之后，得到他的充分肯定和鼎力支持，于是就有了这趟美国之行，而此行的重头戏之一就是寻访夏济安和陈世骧的墓园。在规划日程安排时，我遍撒"英雄帖"，给美国汉学界，尤其是西岸的朋友发邮件，询问他们是否知晓相关信息，结果一无所获。想想也是，两位先生都没有子女，毕竟半个世纪过去了，大家都忙于生计，也不会有多少人记得伯克利山上两位先生的墓园了。当年夏志清匆匆来西岸料理后事，安葬后即返东岸，后来只是偶尔来过几次，甚至没有留下墓园的具体地址,所以连夏师母都不知道。

我想到了杨牧,他是陈世骧最得意的弟子。一九七一年五月,陈世骧去世后,就是杨牧等朋友、学生帮助料理后事的,如果找到陈世骧的墓,不就找到夏济安的了吗?我跟杨牧老师只有一面之缘,前年和夏师母、李欧梵老师和子玉师母等经过花莲看望杨牧,一起吃过饭,但毕竟没那么熟,不好意思贸然打扰,于是我请杨牧的老朋友、加州大学戴维斯分校的奚密代为打探。杨牧身体欠佳,过了一阵才有回音,说只记得墓园是在伯克利的小镇肯辛顿,具体位置已记不真切了。有了小镇的名字,那就好办了。我问了加州大学伯克利分校的安德鲁·琼斯教授,他很快告诉我,肯辛顿只有一家很大的墓园叫Sunset View Cemetery。拜互联网之便,我找到墓园的网站。抱着试一试的心态,我给墓园管理处写了一封邮件,告诉他们我是一个来自中国的研究者,想了解一下一九六五年和一九七一年夏济安教授和陈世骧教授是否安葬于此。没想到,第二天早上,邮箱里就收到了管理处发来的地图,上面清楚标示了两位先生的墓的具体位置,真是踏破铁鞋无觅处,得来全不费工夫。

十一月十二日上午,秋阳高照,天气特别好,两位朋友特地开车来陪我上山。伯克利的山路曲曲转转,从玫瑰花园旅馆出发,驶过阿灵顿大道和牛津街,说话间,也就十多分钟的时间,车已驶近墓园。墓园位于伯克利山的半山腰,按照道路标记,经过接待中心,小心翼翼地驶向右侧。经过一个平缓的弯道,一片巨大的草坪墓园突然迎面展开,草坪上散落着很多棵高耸的松树。不同于街道上的缤纷秋景,这里是一片翠绿色的世外桃源。屏住呼吸,陶醉于眼前的美景,如果不是草坪上的一排排墓碑,我真怀疑是不是来到了某个小镇深处的隐秘公园。巨大的墓园被划成了若干个区块,每个区块都有不同的名字。我们很快在 Heian Garden 区块找到了陈世骧的墓碑。一块不大的墓碑平躺在草地上,上面是庄因题写的隶书碑文"陈世骧之墓",还有二〇一〇年安葬的陈世骧太太的名字"梁美珍"。默哀凭吊三鞠躬之后,我们继续向上,寻找夏济安的墓碑。按照地图,应该是位于墓园最上方的 Acacia Lawn 区块,那里大概是最早开发的区块。本来每块平躺着的墓碑的上方,都嵌有一个圆形的水泥块,上面刻着几排几号,但由于年代久远,这个区块的水泥块大多数已陷入泥中,被草坪完全淹没了。我们只得根据少数几块还能辨认的水泥标志,一排一排地来回寻找。大概找了快一个小时,几乎要绝望的时候,夏济安的墓碑突然呈现于眼前,上面是陈世骧题写的"夏济安之墓,胞弟志清恭建"等文字。墓碑上除了几片落叶,洒扫得很干净。举目望去,夏济安与陈世骧墓碑的直线距离也就二三百米,看来他们不必感叹"故人何在,烟水茫茫",两位老友可以朝夕相伴,听海观云,谈诗论文,把酒言欢,想来应该是十分快慰的。

李白《送友人》诗云:"浮云游子意,落日故人情。"两位漂泊的情同手足的游子安息于此,而"落日"恰好吻合墓园 Sunset View 的名字,言说着无限深情。秋季的天空挥泼着明丽的深蓝,加州正午的阳光毫不吝啬地倾泻在碧绿的草坪上,古树参天,静静地庇护着天地间的灵魂。转身回望,旧金山湾尽收眼底。美景如斯,这里应该是距离天堂最近的地方吧。

二〇一七年十一月初稿于伯克利玫瑰花园旅馆
修改于苏州环翠阁

*原载《青年文学》二〇一八年第七期。

注 释

1 商禽：《六松山庄——访陈世骧教授问中国文学》，载陈世骧著、张晖编《中国文学的抒情传统：陈世骧古典文学论集》，生活·读书·新知三联书店，2015年，第363页。
2 杨牧：《柏克莱——怀念陈世骧先生》，载陈世骧著、张晖编《中国文学的抒情传统：陈世骧古典文学论集》，生活·读书·新知三联书店，2015年，第374页。
3 商禽：《六松山庄——访陈世骧教授问中国文学》，第364页。

夏济安,一个失败的浪漫主义圣徒

谁与话情诗,诗情话与谁。

——〔南宋〕张孝祥《菩萨蛮》

一九六五年二月,夏济安遽然去世,夏志清匆匆赶去旧金山料理哥哥的后事。结束后,夏志清带回了夏济安的两本日记和大批书信。这两本日记,主要记录了一九四六年一月到九月底,夏济安对大一女生R. E.的日夜痴想,苦苦相思。夏志清后来将日记整理,出版了一本小册子《夏济安日记》,充分展现了夏济安浪漫而多情的一面。

有趣的是,若干年后,日记中的女主R. E.现身说法,深情回忆夏济安老师,坦言从来没有想到夏老师竟然对她有过那么一段痴恋的感情。夏志清在《夏济安日记》的前言中说，夏济安"对R. E.的那种一往情深的苦恋，可能代表了真正浪漫主义的精神。他的浪漫主义里包涵了一种强烈的宗教感：不仅济安把爱情看得非常神圣，他的处世态度和哲学都带有一种宗教性的悲观"。这样一个浪漫多情，却总是以悲剧结局的夏济安形象，在夏氏兄弟留下来的六百多封书信中，不断地得到印证，也不断地得到延展。我们可以看到夏济安如何在颠沛流离中，不断汲取情感的力量，又如何在情感的旋涡中用力过猛，深陷不出，难于自拔，上演了一段又一段情感纠葛。一段段看似大同小异又令人无比唏嘘的情感故事，拼凑出夏济安一生的"爱情传奇"。

令人惊讶的是，夏济安的感情故事中，几乎没有一次是男女双方情投意合、两情缱绻，相反，往往是夏济安一厢情愿，备受折磨，很难获得自己所期待的回应。他总是过度解读爱慕对象的每一个动作、每一句话语，也总是"乐此不疲"地对自己的所谓成功或失败进行深入的心理剖析。文人的自恋与自负，掺杂着些许窘迫的自卑，时而孤芳自赏，时而消极哀伤，让我们深深感受到他内心如荒野孤狼般的巨大孤独。

一九四七年夏济安在北平期间，身边有两个关系亲密的女性——李珩和董华奇。他无意向李珩求婚，所以不愿与她牵扯到爱情，更多的是一种应付态度，而对与自己年龄差距悬殊、年仅十三岁的董华奇则一反常态地情有独钟。董华奇是夏济安父亲的老板董汉槎的侄女，夏济安在北平期间与董家私交甚笃，甚至成为董家的干儿子，所以与董华奇的关系也相当亲密，亲如家人。谁也没想到，已经三十岁的夏济安却被小姑娘的活泼与年轻深深吸引，沉溺于对董华奇热烈却隐秘的爱恋与想象中，生生上演了中国版的亨伯特与洛丽塔的故事。"她虽然从没有热烈的response，但就是这点亦够回味、够鼓励、够陶醉的了。"（夏济安致夏志清，一九四八年五月二十一日）他举手投足间不断传达或暗示自己的爱意，但是因为两人之间悬殊的年龄差距和文人敏感的自尊，又怕被流言所累，所以始终处于自我徘徊阶段。终于有一天，夏济安半开玩笑地透露了自己的真心，却被董华奇讶异而动怒的态度猝不及防地泼了一盆冷水，甚至收到来自董华奇的一封绝交信，这让他颇受打击。他虽然割舍不下，但还是主动向董华奇致歉，希望能继续维持友好关系。只是，随着时局的动荡，两人的关系渐行渐远，这段感情无疾而终。我们在书信中看到的全是夏济安的感情态度和心理状态，对董华奇的所思所想几乎一无所知。但显而易见，夏济安更多的只是一种单相思，这种单相思的模式也几乎贯穿了夏济安全部的情感史。

一九四八年七月，夏济安与董华奇的关系进入冰点时，刘璐出现了。刘璐本是南开大学西文系二年级的学生,因嫌南开大学不好,欲转学至北京大学三年级,由夏济安的好友程绥楚介绍与夏相识。夏济安对这个美貌的女子显然没有抵抗力,加上程绥楚的撮合、助攻,两人的关系在前期还算进展顺利,甚至到了让夏济安考虑求婚的地步。他很高兴地报告弟弟夏志清,"这是我生平第一次懂得什么叫courtship,也是我生平第一次正式地享受到feminine intimacy"。(夏济安致夏志清,一九四八年八月一日)然而,夏济安似乎并没有完全放下对董华奇的爱,董华奇的影子仍然若隐若现,他一再强调对于刘璐,自己并没有真正"fall in love"。不等夏济安下定决心,刘璐却在此期间选择去灵修,加之转学考试成绩不理想,刚刚升温的感情又很快冷却下来,最终随着刘璐返津,这段感情也画上了句号。"我追求总是很难成功,因为第一我的ego太敏感,太容易hurt,因此常常化'爱'为'憎';第二我的独身主义倾向还是很强,总舍不得丢弃独身生活的自由。何况放弃这个自由之前,还要使ego受很多次的伤。"(夏济安致夏志清,一九四八年八月十八日)夏济安对这段感情的自我反思,又在后来的情感故事中不断得到应验。

即便时时受伤,也无法阻断夏济安对美好爱情的向往。一九四九年年初,因局势变化,夏济安从北平辗转来到香港,生活困顿,难以为继,甚至一度想与宋淇一起做化肥生意来赚钱。当时,夏济安主要通过给富家子弟补习英文来赚取生活费,由此认识了摄影师秦泰来的堂妹秦佩瑾,一个纯朴善良的十九岁少女,并很快陷入对她的爱恋中。这位秦小姐热爱文学,多愁善感,常常和夏济安在创作上相互鼓励。夏济安在她的鼓励下勤于创作,完成了《火柴》等小说的创作。然而,面对夏济安的求爱,或许碍于年龄的差距,她总是说过两年再说,始终只愿和夏济安维持师生关系。等夏济安离港赴台,和秦小姐两地分隔之后,两人只能通过书信来联络情感了,这种相处模式似乎满足不了夏济安的期待:"我们这样维持通信的关系,我认为是不正常的……也许上帝需要来磨炼一下我的patience。"(夏济安致夏志清,一九五〇年十一月二十五日)初到台湾,夏济安生活无着,深深尝到了经济拮据的滋味。对当下生活的不满,也严重影响了他许下的耐心,无形中消解着那份激情。夏济安面对自己未卜的前途,对这段感情犹豫不决,难以决断。这段感情终究还是没有逃过开不了花结不出果的结局。当然,他们仍保持着良好的关系,一九五四年秦小姐要申请去美国留学,夏济安还请夏志清"量力而为帮助她"。在爱情的世界里,夏济安就像一个永不言败的悲剧英雄:"我有很强的renunciation的倾向,恋爱是件很困难吃力的事,我常常有点怕再去碰它,想独身就算了,但是更常常地,我似乎也不甘心就此算了,我还想在恋爱中得到人生的快乐。"(夏济安致夏志清,一九五二年壬辰元旦)

一九五五年二月，夏济安乘坐泛美航空公司航班，经夏威夷、旧金山，来到印第安纳大学所在地伯明顿。他是受美国新闻处资助，到印第安纳大学交流进修。到了美国后，夏济安全身心投入上课、学习、写作之中，很长一段时间感情处于空窗期。这期间先后出现过殷小姐、Kathie Neff，但都只是短暂停留，不了了之，直到在印第安纳大学遇到一个叫Ruth的女青年，夏济安才再次坠入情网。

有一天，夏济安在食堂遇到Ruth，乍见之下，惊为天人，开始创造各种机会与其接近。由于有了之前那些惨痛的经历，这次自始至终，夏济安每一步都走得小心翼翼，期望从混熟而友谊而爱情，在细磨细做上下功夫。之所以此次夏济安要表现出较小的野心，或许亦与前路未定有关，毕竟此次在美国时日有限，且不知何时能够重返。Ruth对他抱持着美国式的亲切和友谊，常常让夏济安心生希望和幻想，甚至产生恋爱的错觉。当然，他时常又借自己的理智给自己泼冷水。但依照夏济安的性格，即便如此，还是容易一往情深。暑假期间，他竟然没有预先告知，就悄悄地跑到Ruth所在的小城埃尔克哈特看望她，希望给她一个惊喜、一个明确的信号。Ruth是门诺派的忠实信徒，教会的信义对其世界观、人生观、价值观影响深远。夏济安为了能够进一步接近和了解Ruth，甚至尝试主动融入其教会活动，但生性热爱自由的他，终究无法对这个限制人身自由的教派产生认同，这实在是难为他了。这段感情最终随着夏济安的返台无疾而终，就像一朵乍开即败的花朵，重归尘土，化作尘泥。

此后，夏济安有相当长的一段时间，进入情感的"听天由命"时期，在给弟弟的书信中很少提及与自己情感生活有关的内容。这期间，夏济安一边在台湾大学外文系任教，一边于一九五六年九月和刘守宜、吴鲁芹三人共同创办了著名的《文学杂志》，以"文学"为号召，大量介绍西洋文学作品，为台湾文学打开了一扇"西"窗。同时，发掘培养了白先勇、王文兴、陈若曦等一批优秀的青年作家，而这批年轻人，又创办了《现代文学》杂志，创造了台湾现代主义文学的辉煌。这段时期，夏济安经济富足，时间充裕，成天拍照、参加饭局、读书、编稿，日子过得充实而逍遥，可偏偏没有什么感情的波澜。

一九五九年三月，夏济安得到洛克菲勒基金会的资助，再次来美，从此留驻美国，未曾返台。他先在西雅图的华盛顿大学进修，六月又转到加州大学伯克利分校，在陈世骧的中国研究中心做研究工作。

在一九六三年五月的一封信中，夏济安终于告知夏志清，自己有了一个稳定的约会对象：Bonnie Walters。这个宾夕法尼亚姑娘，同夏济安一道在中国研究中心工作，认识两年，夏济安却在两年后才对她突发兴趣。不过，也得益于长久的相识，这次夏济安似乎表现得要比之前更大方自然一些。在他自己看来，此次追求没有采用像以往一样的莽撞方法，而更讲究循序渐进。其实，夏济安从来都是一个无比纠结的矛盾体，一方面行动上希望放慢步伐，另一方面心理上又渴望对方的积极回应，因此还是时常陷入沮丧，以至于常常需要靠读陀思妥耶夫斯基来寻求他所谓的"peace of mind"。Bonnie出身比较贫寒，也比较脆弱敏感，曾经因为失恋而想自杀，还需要定期看心理医生，夏济安一直细致耐心地陪伴和照顾她，绅士般体贴入微地同情和安慰她。但爱情终究不是一个人的事，Bonnie似乎自始至终都是把夏济安当作朋友看待，当夏济安向她表明心迹后，得到的回应不出意料，仍然是直白的拒绝。或许夏济安包容与稳重的性格总还是吸引人的，这些女友既不愿与他以男女朋友相称，却也不忍失去这样一个可靠的朋友，可这也常常给夏济安带来困扰，放弃还是继续的念头总是这样纠缠着他，除非此时能够出现另一个使他转移心意的对象。

弟弟夏志清一向提倡在感情中积极主动，早日确立关系，对哥哥此次采取的策略稍显不以为然，信中的关心和劝告也遭到了夏济安一反常态的抗拒，甚至在一封信中用较为激烈的言辞表达了这种抗拒："我在第一封信中，就说明，怕的一是你的关心，二是你的劝告。果然是你大为关心,而且大进劝告。因此我大感乏味。越跟你讨论strategy,便越觉乏味。在你是一片好心,但这就是人生的cross purposes也。我当然想做到孔子的'不迁怒,不贰过',但是没有你那些劝告,我的态度也许在目前还要积极一点,心境也许快乐一点。你的劝告越多,我就越退缩。我本来就已经有很多顾虑;你又代为给我添了很多顾虑……你再来劝告,我就要跟她一刀两断了。"(夏济安致夏志清,一九六三年六月十二日)

夏济安有着和大多数文人一样强烈的自尊和自我意识,如果最亲密的人都无法对自己的选择和做法表示理解、认同和支持,这将对他的自尊和自我意识造成极大的打击:"我自己是不怕失恋的,但我很怕关心我的人因我的失恋而难过。我好像没有尽最大的努力,因此对不起关心我的人似的。"(夏济安致夏志清,一九六三年六月一日)

从Bonnie那里攒够了失意后,一个与夏济安的生活毫无交会可能的菲律宾舞女Anna偏偏走进了他的生活。两人结识于夏济安的酒肉朋友萧俊请客的饭局,虽然是个舞女,夏济安却被Anna的年轻貌美、谈吐不俗深深吸引着。追求Bonnie失败的阴影在Anna这里逐渐被扫除,我们看到了一种游戏的心态悄然而生:"对于Anna,我从未感觉到什么强烈的感情,但爱情是一game,半真半假反而有趣。"(夏济安致夏志清,一九六三年九月十四日)虽然对Anna的情感不如对Bonnie那般深切,但这话出自对每段感情都一往情深的夏济安之口无疑是令人惊讶的。但是,回首他太多的失败经验,产生这种想法似乎又情有可原,他是如此渴望爱情却又害怕受到伤害。在见过他这么多爱情故事后,我们知道这更像是一句自我安慰的言论,因为在实践过程中,他常常又不可避免地完全付出真心:"总算在Bonnie之后,我又找到一个红颜知己。我如用力追求,也许会同她结婚。她真是出污泥而不染的女子。"(夏济安致夏志清,一九六三年十一月二日)

然而,对Bonnie更胜一筹的爱慕和跟Bonnie之间的藕断丝连,让他对Bonnie和Anna两者都割舍不下,于是保持着自认为"有两个女朋友"的风光旖旎的状态,这在一定程度上满足了他在爱情中长时间求而不得的虚荣心,并且自以为在追求双方的过程中所受的教育可以实现互补。可是,夏济安善于自我反思的性格也使他很快意识到了这种"虚假繁荣",长时间的"double date"终究没有达到预期的成果:Bonnie有自己的人生规划,希望将来能去尼泊尔,而这个规划里显然没有他的位置,夏济安终于决定死心;Anna因自己的"steady date"而拒绝了夏济安的邀约,也让他萌生退缩之意,最终这段关系随着Anna回洛杉矶陪伴丧夫的姐姐而开始急转直下,Anna直白地拒绝了夏济安的心意。夏济安虽然在两方均遭受了巨大的打击,但他是个讲究风度又爱面子的人，依旧与二人保持着良好的友谊。

Bonnie在即将离开中国研究中心前向夏济安推荐了新来的Roxane，希望自己走后，她能取代自己在夏济安心目中的位置。随着与二人关系的由浓转淡，美丽的Roxane很快占领了夏济安的心，"Roxane之美可比Gina Lollobrigida"。Gina是他们兄弟俩喜欢的电影明星。夏济安倾心于Roxane的美丽、善良、和善、大方，与之相比，Bonnie和Anna瞬间黯然失色。夏济安自认为自己聪明体贴，只希望对方好，感情总有水到渠成的时候，到时再求婚也不迟。所以，他不表达爱意，不露出半点想占有她的意思，希望对方"一天一天发现我的好处"。夏济安很满意两人之间的交往，每次约她，她总欣然答应，电话聊天可以长达半小时乃至一小时，她还会做饭请他一个人到她住处去吃饭，这些都让夏济安心生幸福和幻想。然而，夏济安的情路似乎被施了魔咒一般，注定不可能平凡而顺当。一九六五年情人节前两天的聚会上，夏济安精心准备了一本送给Roxane的书 *A History of Japan in Art*，还字斟句酌地写了一张小卡片表明心迹，完全是从朋友的立场显示了不一样的亲昵，但并没有表达爱意。没想到，却遭到了Roxane冰冷的拒绝，甚至要把书退还给他，这给了夏济安最致命的一击："这个晴天霹雳我毫无防备，一切潇洒归于泡影。"（夏济安致夏志清，一九六五年二月十四日）

Roxane拒绝的主要原因是其前男友魏大可。魏大可决定离婚，想和Roxane重修旧好。夏济安知道他跟Roxane的感情，可还是一厢情愿地维持与Roxane的感情。失败之后，又自我安慰，强调自己并没有陷入爱情，"我相信我没有真正爱过R"，所以不特伤心，还觉得有点尴尬，"想不到这么大年纪还在风月场中颠倒，一笑！"（夏济安致夏志清，一九六五年二月十四日）这是他给夏志清的最后一封长信的最后一句话，也是这段感情的最后的句号，无限感慨更无限遗憾。就在写完这封信的几天后，夏济安突发脑溢血，倒在了他的工作室。这个骄傲又执着、敏感又悲观的浪漫主义圣徒终于没逃过现实的打击，轰然倒下了。顺便提一下，这位Roxane，后来果真嫁给了魏大可，成为著名记者维特克女士，一九七三年曾访问中国。

纵观夏济安的情感史，我们不得不感叹性格对命运的魔力作用。夏济安把恋爱和婚姻奉为神圣，对两者之间的必然联系深信不疑："我是个monogamist［坚持一夫一妻制的人］，只想求一个幸福的婚姻生活……成立一个家，这是人的责任。我并不是不在考虑结婚，事实上我把一切男女关系都归结到婚姻关系。"（夏济安致夏志清，一九四七年十二月十七日）每遭遇一段爱情，他都过早地陷入对婚姻的展望。然而，矛盾的他在渴望婚姻的同时，又格外留恋自己单身的自由，所以时常陷入纠结之中，或许也正是这种精神洁癖与自相矛盾注定了他坎坷的遭遇，使他至死都孑然一身。

夏济安的情感经历看似纷繁复杂，我们却无法将其简单地等同于滥情之流，因为他始终保持一颗赤子之心，每一段感情，他都出之于单纯，对待爱慕之人的态度亦是同样真诚。正是出于对兼具激情与责任的爱情的执着向往，他才没有因为不断的失败和失望而停下追求的步伐。然而，他的弱点也是显而易见的，这严重影响了他的情感历程。他是自恋的，他对于自己的学识和人格魅力有着极高的自信，他也清晰地知道自己的自恋。这种自恋的情结大概多数文人都或多或少地具备，学识的丰赡使得他们具备了敏锐的眼光和思维，带给他们别样的自信，但也不可否认地存在盲点，即有时容易陷入过分以自我为中心的圈套。也正是这种自恋使夏济安对一般男性追求女性的手段表示不屑甚至鄙夷："男人以追求者姿态出现，其不可爱有如女人太着急地找丈夫显得不可爱一样。"（夏济安致夏志清，一九六三年十一月二十二日）因此追求女生时，他是极为自律的，期望以平等的朋友的姿态为始。与此同时，他十分在意自己的名声与地位，几乎在每段感情里，他都有着对失败和流言的顾虑。在追求的过程中，他似乎总是端着的，过分执着于展示自己绅士而潇洒的一面，克制着内心火热的激情，更是常常因害怕失败而优柔寡断，因畏惧流言而备受折磨。带着这种种隐忧去追求,夏济安的内心估计从来就没有轻松过。

同时,夏济安又是自卑的,对待感情所采取的"未算成功,先算失败"的策略正是他悲观精神的主要表现。进展顺利时他容易盲目乐观,但更多的时候,稍有不如意便时时刻刻提醒自己有失败的可能。夏济安早年就读于苏州桃坞中学,长期接受西式教育,深受基督教思想的浸润,基督教的精神深入他的生活,融入他的性格,进而影响了其学术实践乃至人生观。在书信中,我们可以时常看见他听天由命的言论:"在你的人生观中,人生似乎还有positive 的 happiness 可以追求;我是把人看作待宰割的羔羊的(Pope 的 *Essay on Man* 中也用过同样的比喻)。我这种人生观,即使错误,但是根深蒂固,也改不掉了。"(夏济安致夏志清,一九五八年六月二十四日)

新文化运动以后,现代文人在情感选择上具有了极大的自主性。鲁迅、郁达夫、徐志摩那一代新文化领军人物,起初还都是家中包办婚姻,后来都追求婚姻自由,演出了一幕幕惊天动地的婚变。设身处地地想一想,他们当年背负着世俗的訾议,内心想必也是焦灼不宁的。

可是,夏济安面对情感的犹疑、矛盾所表露出来的焦灼,要远远超过一般的现代文人。其中最重要的原因,还是他的性格与心理问题。夏济安的一生都被自恋和自卑裹挟着，深深沉溺在对情感的遐想和自我的分析中，以至于常常"想"多于"行"。他有点像莎士比亚笔下矛盾而延宕的哈姆雷特，又像歌德笔下浪漫又悲观的维特，有着丰富而深刻的内心世界，却在行动上踌躇不前，宁愿不断揣测对方的心意，却很少有勇气展现更热烈的行动。这是个名副其实的"思想巨人"。写信的时候，他似乎时时刻刻都沉浸在自己的思绪和自我分析中无法自拔，然而这是一种并不彻底的自我分析，他比谁都清楚自己的弱点，却始终拒绝改变。他对自身的反观非但不能给予他行动上真正意义的引导，反而成为了一种无形的桎梏，使他不断在感情上重蹈覆辙。面对弟弟的时时劝谏，他也逐渐由最初的感激变为略显不耐烦的排斥，追求的不断失败使他更愿意蜷缩在自我分析的世界里，因此从某种意义上来说，他的自我分析和反省还是狭隘的，而依然牵引着他的行动的还是那点残存的不甘与不灭的幻想："我还想在恋爱中得到人生的快乐。"

回顾夏济安的情感史，耳畔时时响起陈淑桦的《梦醒时分》："要知道伤心总是难免的，在每一个梦醒时分；有些事情你现在不必问，有些人你永远不必等。"这段歌词，似乎就是为夏济安这样的人而唱的，明明不是一个轨道上的人，夏济安偏偏义无反顾地全情投入，总是没有梦醒的时候，最后落得个遍体鳞伤。有时候，命运总是爱和这样执着的人开玩笑,像夏济安这样如此虔诚地渴望归巢的人偏偏终其一生身心流离,就这样"永远奔驰在轮回的悲剧,一路扬着朝圣的长旗"(余光中《欢呼哈雷》),令我们扼腕叹息,却也同样肃然起敬。

*原载《书城》二〇一七年第十期。

夏氏书信中的普实克

一九六一年,对夏志清来说,是个颇为重要的年份。这年的三月,他的成名作《中国现代小说史》终于由耶鲁大学出版社出版,而他也从位于偏僻小城波茨坦的纽约州立大学波茨坦分校,转到了位于宾夕法尼亚州匹兹堡的匹兹堡大学。刚刚出道的夏志清踌躇满志,对《中国现代小说史》的学术反响充满了期待。万万没有想到的是,朋友间好评不断的同时,捷克著名汉学家普实克却在欧洲最重要的汉学杂志《通报》上发表长篇书评《中国现代文学史的根本问题——评夏志清的〈中国现代小说史〉》,以犀利的文辞,几乎全盘否定《中国现代小说史》的理论立场与具体评判。以普实克的身份和《通报》杂志的影响力,这对夏志清绝对是不小的打击。夏志清奋起回应,又写下

《论对中国现代文学的"科学"研究——答普实克教授》一文，发表在《通报》上，从意识形态、文学史观和研究方法等方面展开论辩，引发了海外中国文学研究界一场著名的学术论争。

这几年，我有机会协助夏志清太太王洞女士，一起整理编注夏志清和夏济安兄弟俩留下的六百多封书信，第一时间读到了他们当年在书信中讨论普实克的珍贵记录。涉及普实克的往来信件大概有十多封，时间正好是普夏论争的前后。由于是兄弟间的通信，彼此之间毫无保留，最大限度地保留了当初兄弟两人的真实态度和鲜明观点，为我们还原那场著名的学术论争的历史语境，提供了第一手的文献。

一九六三年四月，伯克利春意正浓，普实克应陈世骧邀请，不远千里，从捷克飞到美国，访问加州大学伯克利分校。访问期间，普实克作了三场演讲，分别是"The Artistic Methods of Lu Hsün"（《鲁迅的艺术方法》）、"Modern Literature & Social Movement in China"（《中国现代文学与社会运动》）和"Lyricism & Realism in Mediaeval Romance"（《中古传奇中的抒情主义与现实主义》）。这期间，陈世骧除了主持演讲，基本上没有时间陪普实克，"地陪"的任务全部交给了他最好的朋友夏济安。夏济安单身一人，自在逍遥，又是受好友之托，很乐意招待普实克。

普实克盘桓近一周，两人倒也颇为投机，几乎无所不谈，颇有些相见恨晚之感。因为普实克紧接着会去哥伦比亚大学访问，所以当年四月六日，夏济安特地写了十二页的长信，向夏志清详细报告了与普实克交流的情况，以及对普实克的印象，供夏志清参考。可惜，那个时候邮路不畅，等夏志清收到长信时，普实克已经结束了对哥伦比亚大学的访问，刚刚离开纽约。

这封长信虽然没有起到参考的作用，但是长信的内容还是很有意思的，很能看出恃才傲物的夏济安内心的真实想法。归纳起来，主要有四方面的内容：

一是夏济安对普实克的学术水准不以为然。夏济安认为普实克书是看了不少，可是没有什么理论技巧，"讲的话不免笼统（甚至自相矛盾），盲目赞美他所讨论的东西，而说不出有力的理由"。而且，普实克的英文未必畅达，也会力不从心，打不到痛处，连自己的论点恐怕都未必能阐释清楚。所以，夏济安一方面对他抱有一点"原谅的心理"，另一方面相信论辩起来，他绝不是自己的对手，之所以不去打击他，是给主人陈世骧留了面子。夏济安觉得，陈世骧之所以如此礼遇普实克，未必是看中他的学术水准，更多的是希望借助普实克的来访，唤起大家对于文学研究的注意。

二是对一些具体学术问题的探讨，高手过招，有形无形，尽在其中。夏济安信中提到了一些问题，也许是他认为值得一提的交锋，比如捷克学界如何评价胡风，如何看待一九二七年之后鲁迅文学风格的变化，"五四"与现代文学中的个人主义到底是什么关系……现在看来，这些问题依然是至关重要的，让人对高手之间的学术交锋，心生佩服。

三是对普实克心怀同情。夏济安说普实克毕竟是个可怜的老好人，他甚至建议夏志清"请他吃一次便饭。此君在捷克的确很寂寞……一定没有好东西吃（你也不必问他）。我们给他一点人间的温暖"，"世骧这次对他如此地热诚招待，他一辈子都将忘不了伯克利的人情味、美食和学术自由的空气的"。对于普实克对中国文学的热爱，夏济安是充分肯定的。但是，夏济安也尖锐地指出，有些汉学家和中国人所看见的中国，永远不会是同一的东西。对于洋人学者，夏济安有着自己的判断。

四是关于普实克所写的《中国现代小说史》书评。夏济安发现普实克对《中国现代小说史》最大的不满是情绪性、情感性的："何物〔故〕夏志清年纪轻轻，怎么敢对老前辈们大不敬？这种话他说了好几次，他有点倚老卖老，说那些作家他都认得。"普实克反复说《中国现代小说史》不客观，而夏济安恰恰认为，普实克自己也很主观，甚至比夏志清更不客观。在一九六三年六月一日的信中，夏济安读到即将赴哥伦比亚大学任教的司礼义神父的信，大骂普实克的书评，夏济安意识到了问题的严重性，再次劝慰夏志清："我是这些日子内心充满了charity，希望我能感动你，不要对P生气。"

看得出来，普实克对夏济安的印象也相当不错，非常愿意与夏济安讨论问题，因为在布拉格"没有人跟他讨论，他觉得很寂寞"，而且普实克也认为，并不一定要双方取得一致，或者一方说服另一方。提出问题，自由讨论才是重要的。后来遇到夏志清，普实克还不断表示，对夏济安"极有好感，真像交到了一位新朋友一样"。的确，夏济安与普实克，无论是政治立场、生活处境，还是理论修养、学术取向，都有着天壤之别，对中国现代文学史上很多问题的理解与评价，自然也就有着太多的差异。幸好，他们仍有着共同的人文主义的信念，也有着足够的包容心，所以观点的差异并没有影响双方的交往，反倒有了更多的惺惺相惜之感。

伯克利之行结束后，普实克再飞赴东岸，访问哥伦比亚大学，作关于《老残游记》的演讲。普实克是应狄百瑞的邀请来此演讲的，但狄百瑞并没有什么热情的招待，相比起在伯克利的热闹，在哥伦比亚大学的几天颇为单调，也没有什么严肃的讨论和交流。只有夏志清受狄百瑞之托，负担起了东道主的责任，负责接送陪同，陪他到哥伦比亚大学的垦德堂，陪他参观哥大的藏书，特别是《绣像小说》等晚清民初的旧期刊收藏，也因此与普实克有了最直接的接触。说起来，夏志清与普实克以前在费城的一次会议上是见过面的，但没有任何交流。夏志清原来只读过普实克关于蒲松龄的研究文章，费城会议上也听他讲过《老残记》，印象不错。这次是第二次见到普实克，为了尽到做主人的责任，夏志清还特地去找了普实克的文章来读，总体来讲，评价也是相当不错的。夏志清在一九六三年四月十三日给夏济安的信中说，"觉得他对宋明话本之类，很花过功夫研究"，特别是普实克一九五七年写了一篇关于毕肖普和白之著作的评论，很有些见地。夏志清还注意到了普实克的名作《中国现代文学中的主观主义和个人主义》，对普实克把主观主义和个人主义视为现代中国文学的特征，还有对自传性作品的推崇，都是心有戚戚焉的。当然，夏志清也发现，普实克对主观主义与个人主义的态度有时也摇摆不定。只是我们不知道这样的看法，夏志清有没有与普实克交流过。

普实克与夏志清见面当然要谈一谈《通报》书评的事。夏志清在一九六三年三月二十一日的信中第一次提到普实克，就说到此事。他说，普实克"是铁幕中人，政治立场必定和我绝不相同，但希望他不要骂得太过太〔分〕"。由于政治立场的差异，夏志清从一开始就隐隐觉得，普实克的书评不会太温和,于是主动问起,普实克倒也直率,直接表示对《中国现代小说史》很不满意。不过,普实克也说,"如果写书评前同我相识,我们可能交换意见,得到谅解,现在书评已写好寄出,很抱歉"。历史不可假设,如果普实克是在见过夏氏兄弟之后再来写这篇书评,那又会如何着笔呢?这实在令人遐想。普实克也大概讲了他的批评意见,认为夏志清"年纪轻轻,如何忍心去抹杀鲁迅、丁玲一辈人的功绩"。夏志清自我反思,觉得书中批评得过于激烈的是丁玲,对她早期作品和延安时期的作品应该有更详细的剖析。关于鲁迅,普实克当然也觉得夏志清不公平,但最刺激他的却是夏志清介绍钱锺书《灵感》时的一句评论:"One is reminded here of the homage the dying in Hsün receives。"("这使人记起垂危的鲁迅所得到的景仰。")对普实克来说,"这句话实在是大不敬,是不可恕的"。对于普实克的这些批评,夏志清并没有当面反驳或辩论,只是把他的一些想法如实地告诉了夏济安,毕竟他还是把普实克看作一位汉学前辈,而且他自己又是主人的身份,不便直接反驳。

不管怎样,几天接触下来,夏志清对普实克还是相当尊敬,两人相处得比较愉快。夏志清对普实克的书评也并无怨恨,只希望陈世骧的书评能早点写好发表,可以抵消一点普实克书评的负面影响。说来有趣,普实克的书评,不是夏志清自己去找来读的,而是普实克与夏志清见面之后,普实克寄给夏志清的。普实克回国之后,很快就寄来了刊发于《通报》上、长达四十七页的长篇书评《中国现代文学史的根本问题——评夏志清的〈中国现代小说史〉》。夏志清读完书评,面对普实克尖锐的批评,内心的失望、不满甚至愤怒可想而知。在一九六三年六月十七日给夏济安的信中,夏志清说普实克把他"骂得体无完肤。开头第一句提出他认为不可容忍的两大点:the spirit of dogmatic intolerance disregard for human dignity。其实他这样骂我才是表现dogmatic intolerance"。夏志清比较自我安慰的是,普实克批评的都是属于作品阐释解读的问题,几乎没有事实性的硬伤,所以相信聪明的读者应该能看出普实克的偏激之处。夏志清很想写篇文章反驳,阐述自己的观点,为此又认真重读了鲁迅、茅盾,发现"《朝花夕拾》篇篇精彩",《呐喊》、《彷徨》、《故事新编》中还是有一些差小说。夏志清根据重读的笔记,花了三个星期,写成了长文《论对中国现代文学的"科学"研究——答普实克教授》,原稿七十页,后来改成四十六页,加上三页的注释,篇幅和普实克的书评相当。

夏志清把普实克所讨论的作品全部重读一遍,发现"Průšek有许多remarks,都是自说自话,和我(的)书没有多大关系,无法讨论。我的结论是Průšek读书粗心,实为理论错误所造（成）的后果"。因为两人已经有过交往，所以普实克给夏志清的信中也很客气地赞成夏志清发表他的回应文章，不过，夏志清自己也说，"下笔特别当心，可捧Průšek的地方仍旧捧他，态度上仍把Průšek当作长辈"。连标题都换成了比较平和的题目，并不想与普实克正面冲突。夏志清的文章写得很客气，但书信中还是忍不住直接批评普实克，"研究中国文学作品，一方面注重intention，一方面机械地说明technique，表面上……高明一些，其实自己毫无主张"。与普实克的论辩，让年轻的夏志清颇感无奈，决定"以后还是我行我素，不管人家的意见，虽然也不想得罪什么人"。只是身在学术江湖，难免会有分歧、辩论甚至对立，面对以后几十年中对《中国现代小说史》的批评，夏志清大概也未必真能做到我行我素。二〇〇四年他接受我的访谈时，就一再强调，《中国现代小说史》肯定的是张爱玲、沈从文、钱锺书和张天翼四个人，可惜大家只注意到了前三人，却忘记了他曾经也肯定过张天翼这位左翼作家。

普实克的书评是与夏氏兄弟见面之前写的，无所顾忌，畅所欲言，而夏志清的回应则是见面之后写的，显得颇为节制，既要阐明自己的观点，又不愿意得罪汉学前辈。在狄百瑞的建议下，夏志清还特地加了一条注释，说明普实克访美期间，两人有机会就中国传统文学与中国现代文学的许多问题作了交流："不必说，普实克教授的诚恳及他那值得骄傲的博学多识，给我留下了极其深刻的印象。不过，因为在与普实克教授相识之前他就已经发表了那篇文章，我也只好违愿地与他在公众面前进行辩论。我相信，普实克教授将会发现，在文章中我只是针对实际的观点进行讨论，竭力避免了不必要的题外争辩。"时过境迁，夏氏兄弟这批书信为我们回顾普夏之争，提供了更为感性、人情的一面，还原了夏志清文章的历史语境，更丰富了两篇长文未能传达的诸多历史细节。

普实克与夏志清的论争，说到底是意识形态、文学史观和研究方法等方面的冲突。普实克旗帜鲜明地亮出科学性的标准，在他看来，夏志清恰恰被自己的主观性所左右，失去了客观性与科学性，甚至以政治偏见否定鲁迅、丁玲、茅盾等人的创作，对那些左翼作家不但未能给予一个合理评价，反而试图予以抹杀。这是普实克所不能容忍的，他在书评中说："如果研究者的目的不是去发现客观真理，不是努力克服个人偏见，而是利用科研成果纵容自己的褊狭，那么，任何的科学研究都是徒劳的。"夏志清不甘示弱，指出普实克之所以把抗战时期的解放区文学看作中国历史上最光辉时期的标志，是因为其"执迷于文学的历史使命和文学的社会功能"。对普实克所说的科学性，夏志清在长文中说："我怀疑除了记录简单而毫无疑问的事实以外，文学研究真能达到'科学'的严格和精确，我也同样怀疑我们可以依据一套从此不必再加以更动的方法论来处理任何一个时代的文学。"把那种僵化教条的标准套用到文学研究中，恰恰是对文学审美性的背离。对于夏志清来说，《中国现代小说史》恰恰是以作品的文学价值为准则的。显然，普实克和夏志清都有意无意地陷入了一种二元对抗的逻辑，两者都达到了某种深刻的片面，都有其合理性与局限性。两人相异的立场与观点，却分别开启了欧美中国现代文学研究的传统。无论是《中国现代小说史》，还是《抒情与史诗》，都已成为中国现代文学研究的典范之作，无论是普实克的"抒情传统"，还是"夏氏范式"（王德威语），都已成为不断激发中国现代文学研究的出发点。正如李欧梵所说，普实克和夏志清一起，"以其研究完成了具有纪念碑意义的任务"，从这个意义来说，那场论争似乎具有了某种启示式的预言意义。

* 原载《读书》二〇一九年第十一期。

夏志清的博士论文及其他

一

一九四七年十一月二十八日，经过半个多月的海上漂泊，二十六岁的青年夏志清终于抵达旧金山。略事休整，十二月初再乘火车抵达俄亥俄州克利夫兰市附近的欧柏林学院，从此漂萍海外，开始了他在美国的求学之旅与研究生涯。欧柏林学院是美国最好的文理学院之一，以浓厚的理想主义与人文主义氛围而闻名，可惜夏志清听了几堂课，觉得讲得跟沪江大学的一样浅，完全不能满足自己深造的愿望。于是，他赶紧到甘比尔镇的凯尼恩学院拜访此前已有通信往来的新批评大师兰色姆，请其帮忙另找学校进研究院。兰色姆特别热情，先是找了爱荷华大学的奥斯汀·沃伦（一年之后随着他跟勒内·韦勒克合写的《文学理论》出版而暴得大名），再找哈佛的麦西生，无奈沃伦马上要跳槽，哈佛名额已满，都没有成功。兰色姆只得给刚到耶鲁不久的布鲁克斯写信，希望他能帮忙，推荐夏志清入读耶鲁大学研究生院。布鲁克斯与兰色姆同为新批评名家，又有师生之谊，自然鼎力相助，夏志清很快就顺利拿到了耶鲁大学的入学许可。转年的二月八日，夏志清由兰色姆亲自开车送至火车站，第二天中午到达耶鲁大学的所在地纽黑文市，旋即投入到紧张的学习之中。夏志清在布鲁克斯、曼纳、普劳蒂、波特尔、寇克立兹等一众名师的指导下，如鱼得水，寒窗苦读，博文强记，仅一年多的时间，就于一九四九年六月拿到了硕士学位，顺利进入博士阶段的学习。

夏志清只花了 年左右的时间，就修完了博士课程，准备博士资格考试。考试内容包括了乔叟以后、二十世纪以前全部的英国文学作品，所有经典小说家与大诗人的代表作都要精读。夏志清胸有成竹，应答如流，一九五〇年十月底顺利通过了口试。据他自己所说，一个小时的考试中，"所问到的作家有Chaucer、Spenser、Shakespeare、Marlowe、Swift、Dryden、Pope、Tennyson、Browning、Arnold、Swinburne、Rossetti、W. Morris、Whitman、Dickinson、Hawthorne等十数个"。（夏志清致夏济安，一九五〇年十月三十一日）没有点真才实学怕是难以应付的，而他却是"烟卷在手，无题不答，自感很得意"[1]。关于博士论文的方向，原来有两个选择，一个是跟着布鲁克斯研究英国玄学派诗人安德鲁·马维尔，另一个是跟波特尔研究十八、十九世纪之交的英国诗人乔治·克雷布。从内心来说，夏志清更喜欢马维尔，觉得马维尔研究起来比较有趣，"可是metaphysical poetry给大批评家发挥得已差不多，很难有新见解，而且要看的当时的哲学书也较多。不如十八、十九世纪的诗，容易attack，有发挥"（夏志清致夏济安，一九五〇年十一月十五日）。所以，他最终还是决定跟波特尔做克雷布研究。他在给夏济安的信中说，"我的论文大约跟Pottle做Crabbe，这题目不太ambitious，可是研究他的人不多，还可以有话讲。他晚年的tales都有很obvious的moral concern，有时胜过浪漫诗人。Leavis把他推崇［得］很高。预计一年可以做完，如找不到job，可以在Yale再拖一年，把论文慢慢做出"（夏志清致夏济安，一九五〇年十一月十五日）。前人研究得不多，夏志清觉得"正好给我机会把他的诗集全部审阅一遍，再决定可否给他一个更公正的评价"[2]。当然，夏志清决定写克雷布，除了学术的考量，还有一个原因，就是经济的因素，希望尽快写完论文，"不再向李氏基金会或耶鲁英文系请求经济补助"[3]，找到工作，挣钱养家。

说起来，波特尔当年也是英国文学研究的名家，声名不亚于布鲁克斯。他出生于缅因州，一九二五年获得耶鲁大学博士学位后即留校任教，做过英语学院的院长，当时已是史德林讲座教授，是英语文学研究界举足轻重的人物。波特尔对夏志清可谓青睐有加，颇为赏识。夏志清在课堂上关于雪莱长诗《心之灵》的发言颇有见解，波特尔就主动建议夏志清跟他做一篇为雪莱翻案的博士论文。夏志清知道波特尔一向对艾略特、利维斯、布鲁克斯等人轻视雪莱很是不满，而这几位都是他服膺的大师或者是他的恩师，"不可能作违心之论而去大捧雪莱的"[4]，只得婉言谢绝。没过几年，波特尔又收了一位特别优秀的弟子，就是去年刚刚去世的哈罗德·布鲁姆，他果然跟着老师写了一本《雪莱创造神话》，了却了老师的心愿。布鲁姆后来也成为欧美文学研究的大师。如此说来，夏志清倒是布鲁姆正宗的同门师兄。波特尔热爱浪漫派诗人，尤其是华兹华斯、雪莱、勃朗宁，但他主要的学术建树却是鲍斯威尔研究，博士论文写的就是《鲍斯威尔的文艺生涯》，几乎穷尽毕生精力整理出版耶鲁大学一九四九年买下的全部鲍斯威尔手稿，出版了十三卷的鲍斯威尔日记，四卷注释本，还有六百多页的《鲍斯威尔传》。波特尔的诗歌理论与新批评背道而驰，他不遗余力地为浪漫主义辩护，但他同时提倡批评相对论，认为所有的批评论断都是短暂的、暂时的，必然会在下一个时代被推翻,现在浪漫主义文学和维多利亚文学的声名不济只是短暂的,所有伟大的浪漫主义诗人都将在合适的时机重获辉煌,赢得大众喜爱。对所有的判断,我们都应该保持一种宽容的心态。因此,即使夏志清的立场与他并不吻合,他还是给予夏志清很高的评价。夏志清终其一生,对波特尔教授也是心怀感激,他家里至今还收藏着关于波特尔的各种报道和剪报。

不管波特尔对新批评或克雷布看法如何,似乎都没有影响夏志清的论文写作。夏志清从本科开始,学术积累与学术训练基本都是以英美文学和英美批评为中心的。早在大学阶段,他的本科论文写的就是《丁尼生的思想与性格》,还广泛阅读了莎士比亚、威廉·布莱克、T. S. 艾略特等名家作品以及《精致的瓮》等批评名著。到了耶鲁大学,他更是在名师指导下,系统阅读与研究英国戏剧,英国文艺复兴时代的诗歌,华兹华斯、雪莱、乔叟、蒲柏、乔伊斯等作家的作品,还在布鲁克斯"二十世纪文学"这门课上充分领略到了新批评文本细读的乐趣。有了扎实的前期基础,再加上现实的压力,夏志清的博士论文写得异常顺利,大半年即已完成初稿。当然,写作过程中也不是没有犹豫,"因为研究范围太狭,不大能感大兴趣,每天读他和他同时的作品,多少有点 perfunctory 的感觉"(夏志清致夏济安,一九五〇年十二月四日)。他甚至还想过换题目,但想想换了题目,要看的材料也很多,索性就算了。正好一九五一年六月,他幸运地得到饶大卫教授的聘用,参与编写《中国手册》,年薪三千九百美元。这份年薪相当于普通助理教授的薪水,对于穷困的夏志清来说,不啻是一笔巨款。于是,七月份之后,夏志清白天在耶鲁大学图书馆一间房间里办公,编写《中国手册》,晚上回去快马加鞭,边打字边修改,九月中旬终于完成两百页的博士论文《乔治·克雷布的批评性研究》,并提交给研究生院,于十一月十五日顺利通过。只是这个时候已经错过了一九五一年的毕业典礼,要等到第二年六月才行,所以夏志清自编的履历表上是一九五一年获得博士学位,而校方则把他算成是一九五二年的毕业生了。

从一九五一年到现在,已经过了将近七十年的时光,这篇博士论文除了夏志清自己在回忆文章中偶尔提及,几乎就没有人谈过。论文的其中两章曾经发表于《淡江评论》创刊号(一九七〇年)和第二卷第一期(一九七一年),但从来没有人完整地研究过,殊为可惜。夏志清后来成为中国文学研究的大家,开创了英语世界中国现代文学研究的先河,可无论如何,他是英美文学,尤其是英语诗歌研究的专家。哪怕是他后来转向中国文学研究,也从来没有停止对英美文学的关注与阅读,《夏志清夏济安书信集》中随处可见兄弟两人对英美文学的交流与讨论。这样的知识谱系与学术背景显然深刻地影响了夏志清的中国文学研究，博士论文所体现出来的文学观、审美观、人文观与批评观，都与他的中国文学研究息息相关。要真正深入地论说夏志清的中国文学研究，就必须梳理他以博士论文为中心的英美文学研究，将其作为考察夏志清学术思想的重要维度。夏志清曾经说，"两册论文的精装本——书名为 *George Crabbe: A Critical Study*——由耶鲁图书馆永久保藏，想至今还在"[5]。二〇一九年秋天，我趁着到耶鲁大学做讲座的机会，请孙康宜教授和图书馆孟振华博士帮忙，提前预约了调阅，终于在耶鲁大学史德林纪念图书馆特藏室见到了这册博士论文。我特地询问了图书馆馆员，似乎从来没有人来查阅过这篇论文。穿越六十八年的历史烟尘，重新触摸到这本博士论文，真是让人感慨系之。论文黑色精装，打开即是一页的提要，扉页上有论文题目和作者中英文的名字，以及提交研究院申请博士学位的字样，提交时间写的正是一九五一年九月。目录之后就是正文，连同封面正好两百页。

有意思的是，不仅夏志清的博士论文乏人问津，就是他所研究的克雷布，无论在国外，还是在国内，也都绝对算是冷门。比起他曾经研究的丁尼生、华兹华斯、乔叟、弥尔顿等大诗人来说，对克雷布的相关研究几乎乏善可陈。国外的研究还好，T. S. 艾略特、庞德、温特斯等重要的诗人或评论家曾对克雷布的作品有所品评，据说克雷布还是简·奥斯丁最喜欢的诗人。比较重要的研究著作也有几本，比如克雷布儿子撰写的《乔治·克雷布的一生》，还有贝尔哈姆撰写的《乔治·克雷布》等。一九八八年牛津大学出版社出版的麦克甘的诗歌研究著作《抑扬顿挫之美》中也有一章专门研究克雷布。二〇一五年，"企鹅经典文库"还出版了克雷布的《诗选》。在中文世界，克雷布研究就难寻踪迹了。目前国内的各种英国文学史，对克雷布大都只是一笔带过，或只字不提，甚至也没有相关的研究论文，只有梁实秋《英国文学史》对他的成就略作了评说，钱青主编的《英国19世纪文学史》罕见地用两页多的篇幅讨论了克雷布的名诗《乡村》，不过，近两页的篇幅是《乡村》的片段译文。倒是无书不读的钱锺书在他的中英文笔记中留下了些许克雷布的痕迹。钱锺书当年读的就是《乔治·克雷布的一生》，后来又在《容安馆札记》中加以引用。《容安馆札记》第七百六十七则从德国诗人莫根施特恩的《海浪》说起，认为是"奇思妙笔"，"只是等等等……等待，/我的臂膀被拉向深渊，沉、浮、沉、浮，/浮不胜沉，愈来愈深，终至无人之境，/只剩下我……我、我、我、我，/只有我……在等待"。美国诗人罗伯特·弗罗斯特诗中也有这样的句子："巨浪后浪推前浪地涌来；/想要对海岸有些什么举动，/造成对大地前所未有的破坏/……/你虽说不清，但看来似乎,/海岸幸亏有悬崖在它后面支撑,/而悬崖,则幸亏背靠大陆可作依赖。"钱锺书认为,弗罗斯特"这首诗亦颇蕴此意,而未抒写饱满",相形之下,克雷布的《乡村》中的诗句"谁留下来听海洋的咆哮,贪婪的波涛吞噬了愈来愈弱的海岸"就显得"黯然无光焰矣"。[6]钱锺书的评价,倒与克雷布的地位颇为相称。不管怎么样,夏志清博士论文的寂寞与研究对象克雷布的寂寞,叠加形成了无边的空洞。

二

那么,克雷布究竟是一个什么样的诗人?夏志清的博士论文又是如何阐释与评价克雷布的呢?

根据乔治·克雷布传记资料,我们知道克雷布一七五四年出生于英格兰萨福克郡奥尔德堡,早年曾跟着当地的医生当学徒,其间遇到了萨拉·埃尔米,他诗歌和日记中的"米拉",两人于十年后结婚。一七七〇年,克雷布决定转赴伦敦,从事写作。在伦敦,他得到著名作家、政治家、哲学家埃德蒙·伯克的赏识和相助。伯克不仅在文学创作方面给予克雷布指点,而且还把他介绍给塞缪尔·约翰逊博士这样的有影响力的朋友。也是在他们的鼓励和帮助下,克雷布由拉特兰公爵指定为贝尔沃堡的牧师，同时从事文学创作。一七八三年，克雷布发表了他最著名的长诗《乡村》，一举成名。该诗用英雄双韵体写成，细致描绘了乡村田地荒芜、贫困痛苦的现实，打破了同类诗歌所描写的理想化的幻景。进入十九世纪，克雷布凭借两本叙事诗集才真正大受欢迎，一本是一八一二年出版的《韵文故事》，还有一本是一八一九年出版的《礼堂故事》。一八二二年，他去爱丁堡拜访沃尔特·司各特，两人相见恨晚，成为终生的好友。克雷布于一八三二年在特洛布里治逝世后，许多未发表的作品陆续被人编选出版。现在比较权威的克雷布文集，一是一八三四年出版的八卷本《克雷布牧师诗集》，还有就是一九八八年达尔林普尔-钱普尼斯和波拉德编辑的三卷本《乔治·克雷布诗歌全集》。在浪漫主义文学蓬勃发展之时，克雷布坚持自己的写作方式，以奥古斯都文学时代的英雄双韵体对乡村生活和景象作了精准的、近距离的描绘。[7] 一百多年后，克雷布遇到了来自遥远东方的知音夏志清，两人在诗歌世界中展开了心灵的对话。

如前所述，虽然克雷布并非大诗人，但一些重要的诗人或评论家都曾对他有所品评。夏志清希望把克雷布的诗歌放到英国诗歌传统中重新加以品鉴和论断。诚如夏志清最推崇的T. S. 艾略特所说，"现存的不朽作品联合起来形成一个完美的体系。由于新的（真正新的）艺术品加入到它们的行列中,这个完美体系就会发生一些修改。在新作品来临之前,现有的体系是完整的。但当新鲜事物介入之后,体系若还要存在下去,那么整个的现有体系必须有所修改,尽管修改是微乎其微的。于是每件艺术品和整个体系之间的关系、比例、价值便得到了重新的调整;这就意味着旧事物和新事物之间取得了一致"[8]。真正的批评家应该衡文具眼,迈辈流之上,以自己的立场与标准,将这个"完美的体系"重加整理与排列。对夏志清影响甚深的F. R. 利维斯的《再评价:英诗的传统与发展》、《伟大的传统》就是这样的作品。从博士论文到《中国现代小说史》、《中国古典小说史论》,夏志清也始终坚持了这样的立场。大家都知道克雷布继承了以蒲柏为中心的十八世纪英国诗歌的传统,但是在哪些方面又有所推进,给英国诗歌的体系带来哪些修改和调整呢?这正是夏志清的博士论文所要回答的问题。

《乔治·克雷布的批评性研究》共分四章,系统探讨了克雷布诗歌的写作技巧、结构谋篇及其深层意涵。整篇论文可谓文洁而体清,锋发而韵流,文学史的宏观把握与诗歌文本的细读阐释有机融合,谈言微中,颇多新见。现在回过头来看,相信这不仅是克雷布研究的重大收获,同样也是英国文学研究的重要著作,值得深入研读。

论文开篇第一章《克雷布诗歌及其局限》首先对克雷布诗歌作出了总体评介。夏志清认为,克雷布的创作有其局限性，比如他不习惯使用隐喻，也因此无法抵达更为深层的诗意组织。从浪漫主义的观点来看，克雷布的诗歌也未免有想象力匮乏的缺憾。但是，克雷布在他能力所及的范畴内已然达到了某种诗性的统一。夏志清批评学界关于克雷布的研究并不充分，多为泛泛之论，只关注其诗歌中的社会人生与时代背景，而对诗歌本体的批评尚未深入展开，缺乏全面、细致的分析。他大段引用T. S. 艾略特的评论，认为艾略特触摸到了克雷布诗歌的特质，读者不应该在克雷布诗歌中寻找传奇，而应当关注他的现实性："乔治·克雷布是一位优秀的诗人，但你不应当从他身上寻找传奇，如果你喜欢一百二十年前英国萨福克乡村生活的现实图景，认为此景非优美的诗歌不能表达，那么你会因同样的理由爱上克雷布。"[9]根据夏志清的判断，克雷布研究之不足与其诗歌风格及诗人所处的时代密切相关，正是因为克雷布的创作风格与时代品位之间存在着明显的距离，所以不易被主流批评界所认可，主流批评界受限于时代审美取向的文学视野和批评立场，直接影响了对克雷布声名与地位的评定。与同时代的诗人相比，克雷布并未拘泥于神学宗教的单一视野，自然科学的背景使得他的视野更开阔，也更具个人性，因而与书写传奇相比，他明显更喜欢描写底层生活，热衷于摹写自然、乡村和穷人。因此，克雷布虽然不是一位伟大的诗人，但却是一位有独特性的、为英国诗歌的体系带来了新的质素的优秀诗人。

在此基础上,夏志清在第二章《蒲柏、克雷布与其传统》中,进一步探究克雷布与十八世纪欧洲文学传统的内在关联,发掘克雷布的诗歌创作在不同面向所取得的突破与进展,其中尤以对人物肖像的塑造最为惊艳。夏志清认为,克雷布之所以在人物塑造方面颇有心得,很大程度上得益于对蒲柏诗歌的借鉴,唯其对蒲柏诗歌的熟悉和借用,克雷布才得以在创作中充分施展技巧,书写自己的故事。经由文本细读的方式,夏志清梳理了克雷布诗歌的发展脉络,厘清了克雷布与蒲柏的异同,以一种历时的分析——拆解克雷布对蒲柏的承继与发扬,尤其关注人物肖像塑造方面蒲柏对克雷布的启迪及影响。夏志清敏锐地指出,克雷布并不擅长人物的外貌描摹,也不擅长性格的刻画,其人物塑造的精彩之处每每在于"借由人物刻画传递出道德真理,抑或反映出道德沦丧"[10]。除了蒲柏的影响,夏志清还关注克雷布与同时代其他诗人的联系,爬梳克雷布与新古典主义、十八世纪文学传统之间复杂的文学渊源,从五个方面论述了克雷布为诗歌发展所注入的新活力,并以此说明克雷布的诗歌的辨识度缘何而来。

夏志清从人物肖像、景物描写、人物对话等方面一一解析克雷布诗歌的艺术特色,他观察到在克雷布现实主义的描写背后实则蕴藏着极为强大的个人能量,这显示了克雷布诗歌与同时代一般的田园诗、风景诗之间的显著差异。比如克雷布从十八世纪业已僵化的田园牧歌中移植了对话，经过润色和改造，这些对话在他的叙事诗歌中重获新生。这些对话受到蒲柏和同时期其他诗人的影响，但在诗人笔下形成了一套完整的克雷布模式，充满克雷布式的智慧与机锋。除了在人物、表达和对话方面的匠心，克雷布诗歌中还有一项较为独特的元素，即重视语音语调对表达情绪，尤其是表达反讽与同情时候的重要作用。克雷布诗歌中人物形象的拓展、对话的自由表达以及不仅仅以地理描述为目的的景物描写，都是克雷布对十八世纪诗歌的拓展和贡献。夏志清大量引用了克雷布的诗歌《教区记事录》和《乡村》，以具体文本说明了克雷布对十八世纪文学资源与写作技巧的纯熟运用。十八世纪诗歌发展到后期已经不能为诗人提供足够的内容和技巧，因此后期的诗人各有其发展的路径。如果说华兹华斯是属于十九世纪新时期的诗人，那么克雷布则是承前启后的人物，他为十八世纪的田园诗注入新的活力，同时也回应了十九世纪叙事诗的重要母题。总之，把克雷布与蒲柏以及十八世纪其他名诗人相比，"至少在人物描绘、景物描绘、对白处理这三方面，克拉伯都代表了重要的新发展"[11]。

第三章《克雷布在浪漫主义时代》着重讨论克雷布在浪漫主义时代的诗歌成就。夏志清认为，克雷布与浪漫主义时期的其他诗人一样，有能力自我建构一个完整且连贯的诗意世界。如果把克雷布与华兹华斯相比较，就会发现他们存在有趣的相似之处，但在人生态度、社会思考、艺术处理方面，二者的观念又颇多不同。在处理现实与想象的关系时，克雷布秉持传统的二分法，华兹华斯则显示出拓展二者边界并使之融合的野心。克雷布认为现实性与想象力一样，可以在诗歌中呈现自然与真理；华兹华斯和柯勒律治则坚持认为他们的诗歌能够同时传递真理与想象。在对待自然的态度上，华兹华斯与克雷布之间值得探讨的内容更为丰富。对克雷布而言，对自然的描写几乎是诗歌的决定性因素，而对华兹华斯而言，对人物的塑造才是重中之重。克雷布长诗《乡村》中的《监狱》一节可以明显看出他借鉴了华兹华斯的调和理论，不过克雷布并不打算拔高人与自然的关系，而是希望借此探索人在多大程度上能够适应黑暗与贫穷。《监狱》中描写犯人在处决前夜的梦境，这梦境仿佛恰是华兹华斯理论的印证，即在某些重要时刻，某些回忆能够借由想象而重现。只不过华兹华斯由想象重返少年时代身处自然的美好记忆，而克雷布则更符合欧洲文学传统，由梦境唤起的回忆聚焦于男女间美好的浪漫之爱，犯人在处决前夜梦到的是多年前与心爱之人在海边共度的美好时光，诗歌中对自然的描写正与这种绵绵情意相融相通。[12]

夏志清认为克雷布在社会框架内对人类关系的探索明显体现出人的局限性。克雷布与浪漫主义诗人最根本的不同，在于他对人类自私本性的认知，明显更偏向古典主义而非浪漫主义。另一个可供参照的对象是简·奥斯丁，克雷布与她处理着相似的问题，即如何在秉持传统规范的同时保持开阔的视野。若论在一个被世俗传统限定的世界里对成人关系的探索，没有人比简·奥斯丁与克雷布更相像，尽管前者以小说闻名，而后者专注于诗歌。在简·奥斯丁的许多小说中，夏志清都找到了她与克雷布的共通之处，例如他们都以卓越的智慧去评判传统道德，都对人类的审慎品质持有矛盾的态度，"他们一方面认为审慎是人在社会生活中强烈需要的品质，另一方面又纠结于审慎对自然天性的禁锢"[13]。在克雷布和简·奥斯丁的笔下，天真烂漫的少女和邪恶多事的姨妈总是成对出现，构成某种象征符号；敏感少女的爱情之路永远多舛，常常受到年长女性亲人的恶言恶语或有意刁难。夏志清将《傲慢与偏见》、《理智与情感》、《爱玛》、《曼斯菲尔德庄园》等简·奥斯丁的名著与克雷布的诗歌逐一比对，从情节、主题和人物多方面进行比较，公允地指出，虽然克雷布与简·奥斯丁存在诸多相似之处，但克雷布始终未曾达到简·奥斯丁小说的艺术高度，也不具备后者具有的细腻入微的女性关照。

由于克雷布在创作技巧与诗歌韵律方面并未过多取法

于浪漫主义，所以夏志清这部分的论述主要集中于诗歌的主题和思想。虽然用了大量篇幅梳理华兹华斯、简·奥斯丁与克雷布的联系，但夏志清的野心显然并不止于比较异同，而是试图通过这种比较，重新定义克雷布在浪漫主义时期的文学地位。夏志清敏锐地发现，论者如果忽视克雷布所处的时代背景，那么对其作品的评价也将失之公允，或许难以就其诗歌成就作出整体判断。十九世纪初期的文学并未对克雷布产生多少影响，也看不到他从中汲取养分的迹象，事实上，他在十九世纪的前二十年致力于建立一个高度个人化的、饱含激情和风景的世界，而这个世界显然有别于浪漫主义诗人那种深陷于社会宗教氛围的世界。借由华兹华斯、简·奥斯丁与克雷布的比较，夏志清抉发了克雷布诗歌的创作主旨以及他诗歌中道德意蕴的重要性。

如果前三章更多的是总体性的阐述，那么论文的最后一章《结构与意义：诗歌与故事》则进入文本世界，专注于结构和意义对诗歌主题的呈现。夏志清充分施展他在新批评理论方面的功力，以大量扎实的文本细读梳理克雷布诗歌的内在理路，探究其写作技巧和内容构思何以巧妙融合，成功地整合于诗歌结构。夏志清对克雷布的名篇《乡村》和《梦的世界》进行了精妙详尽的解读。以《乡村》为例，这是克雷布最受批评家关注的诗作，但评论多半聚焦于时代与文学的背景，关于诗歌内部结构与意义的分析却极少。

夏志清缕析《乡村》的结构与意义，一一分析克雷布运用的多重技巧，包括回忆、反射、人物肖像，以及两两对比，比如现在与未来、城市与乡村、富裕与贫穷的彼此映衬。某种意义上，克雷布笔下的乡村是属于荷马史诗时代的，在那个世界里，身体的力量与耐力都将得到肯定和颂扬。

夏志清的研究重点仍在于克雷布的叙事性诗歌。通过对《传说》、《大厅中的传说》这两部晚期作品的解读，以及对《彼得·格莱姆斯》、《延宕》等其他作品的解析，夏志清论述了克雷布在诗歌创作中或成功或失败的经验，向读者展示了克雷布如何将故事的主题呈现于诗歌结构之中，比如他观察到克雷布的诗歌结构自创一种平衡，较为简单的故事情节总是搭配有丰盈的诗歌层次和令人满意的主题阐释。《少女的故事》采用第一人称叙述，构建了一个重要的女性世界，讽刺视点的使用使得克雷布在刻画祖母形象时产生了令人惊喜的喜剧效果。《芭芭拉女士》中克雷布设计了三个层次的诉说：第一层次是浅薄且谨慎的道德劝说，认为一个年长的女性不应与年轻男子结婚；第二层次是情节层面，指出芭芭拉女士的不快乐明显与她拒绝服从兄弟的要求相关；第三层次是深入内里的，揭示心理层面受到基督教观念影响下罪孽与愧疚的故事。通过细析克雷布这些创作于不同时代、风格各异的诗歌，夏志清尝试为读者重现诗人的创作之路，让我们看到克雷布如何穷尽各项技巧表达诗歌主旨，又如何运用观点、人物、语调、对话、自然描写和象征符号书写主题。夏志清相信克雷布绝非一个天真幼稚的现实主义者，通过自己深入的研究，他更加认定，"克雷布或许是整个浪漫主义时期和约翰逊博士时代最被低估和忽视的重要诗人"[14]。

三

显然，英美文学对于夏志清来说，"如水之在地中，无所往而不在也"（苏轼《潮州韩文公庙碑》语）。这种学术背景与知识结构，以及其中体现出来的理论立场与文学趣味，又怎样影响了夏志清后来的中国文学研究，尤其是中国现代文学研究呢？篇幅所限，这里只能从三个方面略作发覆，以待来者。

首先是一以贯之的新批评的理论立场。夏志清与新批评一脉的渊源人所共知，耶鲁大学的学术训练赋予他颇为娴熟的新批评的方法。他曾自述："五六篇papers写下来，批评的技术大有进步，diction、imagery、structure都能讲得头头是道。主要的原因还是细读text……二十世纪的creative writer大多代表各种attitudes，没有什么系统的思想，把一首诗，或一个人的全部作品，从rhyme、meter各方面机械化地分析，最后总有些新发现，并且由此渐渐可脱离各家批评家opinions的束缚，得到自己的judgment。我觉得这是正当criticism着手的办法。"（夏志清致夏济安，一九四八年五月十六日）上述博士论文的第四章几乎就是这种批评方法的精彩实践，也时时可见T. S. 艾略特、燕卜荪、兰色姆、T. E. 休姆、韦勒克、沃伦等新批评名家的身影。夏志清引用这些大师的论点并非为了装点门面，也非因为师承渊源，他们中的每一位都为他的写作或提供了灵感，或指点了路径。譬如T. S. 艾略特认为克雷布的价值不在传奇性而在现实性的观点，就促使夏志清进一步思考克雷布在浪漫主义时期缘何被低估，时代的审美趣味和读者需求是否同样影响了批评家的判断。T. E. 休姆关于浪漫主义和古典主义在人类本性的认知方面的论述，帮助夏志清辨明了克雷布与浪漫主义的本质差异，意识到克雷布与古典主义的相似，并进一步爬梳他与新古典主义、浪漫主义之间的复杂关联。[15]韦勒克和沃伦的《文学理论》对外部环境在诗歌描写中重要作用的论述，正好印证了克雷布诗歌的创作特色，夏志清由此将华兹华斯的自然观念与克雷布的自然描写进行比较，探索克雷布对华兹华斯技巧的借用与发展。[16]

正是博士论文的写作，训练了夏志清对新批评等西方理论的娴熟运用，为进入中国文学研究领域作好了理论储备和技术工具的双重准备。紧承其后的《中国现代小说史》的写作，自然也就承续了这样的理论立场。一方面是追求普适性的审美标准,他说,"我受了 New Criticism 的影响,认为审定文学的好和伟大,最后的标准是同一的",不应该以一种特殊标准来衡定中国文学,"其实中国诗同英国抒情诗比,《红楼梦》同欧洲最好的小说比,我相信都是无愧色的"。(夏志清致夏济安,一九五三年十一月十六日)正是对这种普适标准的追求与坚守,使得夏志清别具只眼,大浪淘沙,以同一的审美标准来重估中国现代文学,独标四大家,改写了中国现代文学史书写的传统格局,为后来的中国现代文学史重写提供了最直接的刺激和启发。另一方面是实践文本细读的方法。《中国现代小说史》中每有所论,必定建基于深入的文本解读与阐释,在与文本、语言、文字的心灵沟通中,在对结构、细节、意象的细致品味中,彰显文本自身的审美价值与文本传达的道德关怀。可以说,《中国现代小说史》是新批评理论在中国文学研究方面一次成功的实践。

其次是广阔的世界文学的阐释语境。夏志清评价中国现代作家与文本时常常与西方作家作品相比较,旁征博引欧美文学来阐释中国文本:鲁迅的讽刺艺术使他联想到贺拉斯、本·琼生、赫胥黎等讽刺大家;沈从文的田园气息,"在道德意识来讲,其对现代人处境关注之情,是与华兹华斯、叶慈和福克纳等西方作家一样迫切的"[17];钱锺书的《灵感》明显受到德莱顿、蒲柏、拜伦的影响;张爱玲的成就"堪与英美现代女文豪如曼殊菲儿、泡特、韦尔蒂、麦克勒斯之流相比,有些地方,她恐怕还要高明一筹"[18]。《中国现代小说史》中诸如此类的中西比较与分析时时可见,正与夏志清刚刚完成的博士论文写作密不可分。夏志清用以阐释中国现代文学的文本资源与理论资源,基本上都来自他熟悉的欧美文学领域,将博士论文中熟悉的作家作品移植到中国现代文学研究中,在比较中加以品评,可谓顺理成章,驾轻就熟。当然,应该指出,这种比较未必完全恰当妥帖,某种程度上也显示了夏志清写作《中国现代小说史》时的局限。

　　但是,不管怎样,这样的比较建构了一个以世界文学经典为准绳的阐释语境,凸显出夏志清的文学趣味和审美标准。他对西方文学和中国文学的审美趣味与评价标准是相融相通、一以贯之的。博士论文是夏志清最早的大部头学术作品,也是研究夏志清思想脉络与学术渊源的重要路径。《中国现代小说史》的写作并没有采取另一套中国式的话语体系,而是追求普适的共同标准,自觉地将中国文学纳入世界文学的语境中加以品评阐释。夏志清深厚的欧美文学的功力和纯正的审美趣味,自然直接影响了他对中国现代作家作品的品评。比如蒲柏、华兹华斯都是对夏志清影响较大的诗人,他对二者的喜爱和熟悉程度甚至要超过克雷布,对克雷布的阐释往往是在与这些大诗人的比较中展开的。同样，夏志清对中国现代作家文本的重估，也离不开与欧美文学名家的比较与阐释，博士论文中的审美趣味弥漫至中国现代文学领域，喜欢华兹华斯田园图景的夏志清选择了沈从文，欣赏简·奥斯丁悲剧人生观的夏志清看到了张爱玲，甚至他对卞之琳诗歌的贬抑也是由于有了英诗强大的审美参照。如此广泛的有意/有益的比较阐释，将中国现代文学放到了世界文学的语境中，既彰显了中国文学的差距与不足，也揭示了中西文学对话与互补的可能性，赋予中国文学一种世界性的维度。从这个意义上说，我们完全同意王德威的论断，"与其说夏对西方文学情有独钟，倒不如说他更向往一种世故精致的文学大同世界"[19]。

最后是丰沛的人文主义精神。夏志清自述，对他的博士论文写作最具启发性的是英国著名的人文主义批评家利维斯，正是因为他对克雷布的极度推崇引起了夏志清的关注。[20] 利维斯是最早注意到克雷布与简·奥斯丁相似性的人，根据他的提示，夏志清发掘了更多克雷布与奥斯丁的共通之处，也由此开辟了新的研究路径。[21] 夏志清早在上海时就已经读过利维斯的《再评价：英诗的传统与发展》和他论现代诗的名著《英语诗歌的新动向》，对利维斯的著作相当熟悉。夏志清直接引用了利维斯的话，"不太重要的诗人对传统的承担是一种说明性的关系，重要的诗人则承担了更有趣的关系：他们代表着重大的发展"[22]，认为克雷布虽然缺乏华兹华斯那样的原创意识，但他决不仅是一个说明性的诗人。夏志清以此出发，对克雷布与蒲柏之间的继承关系进行了深入的分析，重估了克雷布在英诗大传统中的重要意义。作为一个来自东方的青年学者，夏志清没有对欧美文学研究的前辈亦步亦趋或奉命唯谨，也不甘于在已有的文学框架内做些修补或填充的工作，而是以异常的自信和横溢的才华，对克雷布进行了重新评价，以一己之力重新"干预"文学史，"打捞"出一个被边缘、被低估的重要诗人。两百页的论文中援引文献资料的比重并不多，大部分内容都是作者自己的发现与阐释。这样的选择与他发掘沈从文、张爱玲、钱锺书，重新建构中国现代小说史的工作何其相似！无论是博士论文还是《中国现代小说史》，夏志清显然更愿意构建一个全新的、由自己主导的研究框架，以竭泽而渔的方式，孜孜矻矻通读所能读到的同时期所有作家的所有作品，"识英雄于风尘草泽之中，相骐骥于牝牡骊黄以外"[23]，重新建构中国现代小说史的"完美的体系"（T. S. 艾略特语）。夏志清真正做到了钱锺书所推崇的那种境界，"能于历世或并世所视为碌碌众伍之作者中，悟稀赏独，拔某家而出之；一经标举，物议佥同，别好创见浸成通尚定论"[24]。这既是一种批评的精神，也是一种人文的持守。

夏志清人文主义的精神更体现于他从利维斯那里所接受的"道德视景"的立场。与浪漫主义相比，夏志清对现实主义、古典主义的好感显然更多，克雷布赋予诗歌文本以道德意涵，正是夏志清高度肯定克雷布的重要原因。当初之所以选择作克雷布研究，原因之一也是因为他晚年作品中"都有很obvious的moral concern，有时胜过浪漫诗人"（夏志清致夏济安，一九五〇年十一月十五日）。"道德视景"成为他评判中西文学的共同标准，他说，"我们认为好的小说剧本，都是读过后觉得作者最后给我们较世俗看法更精细的moral perception的作品"（夏志清致夏济安，一九五三年一月十九日）。他还直接道出了自己"道德视景"的来源，"我的moral preoccupation想是受了Leavis的影响，Leavis对诗、小说方面都严肃老实说话，不为文坛fashions所左右，一直是我所佩服的"（夏志清致夏济安，一九五七年七月十三日）。早在编写《中国手册》时，夏志清就对中国现代文学有了一个初步的评判，认为"五四"以来的文学"应有的估价，当然不高，最主要的原因是一般作家不知sin、suffering、love为何物，写出来的东西就一定浅薄。西方作家对罪恶和爱都[是]从耶稣教出发的，中国没有宗教传统，生活的真义就很难传达了"（夏志清致夏济安，一九五一年十月二十六日）。因此，《中国现代小说史》中充满了对道德、对人性的热切关注，把人生批评、道德批评与审美批评融为一体，既展现了中国现代文学独特的道德景观，也客观显示了中国现代文学与欧美经典文学的差距。总之，无论是欧美文学研究，还是中国文学研究，夏志清总是坚守自己的立场，忠实于道德的视景，尊重人的尊严与自由，显示了与利维斯近似的自信与锐气，成为西方人文主义精神的传承者与实践者。宋淇认为，夏志清"继承了19世纪英国批评家安诺德的传统。我们与其说他是个职业批评家，不如说他是个文人（倒过来便是人文）批评家，他的地位绝不在现代美国学者兼批评家屈林、威尔逊等之下"[25]。这样的评价不无溢美之处，但从人文主义的立场来讲，夏志清称得上是一位真正的人文主义批评家。

二〇二〇年二月二日初稿
二月十五日再改于疫情肆虐之际

*原载《南方文坛》二〇二〇年第三期。

注　释

1　夏志清：《耶鲁谈往》，载氏著《岁除的哀伤》，江苏文艺出版社，2006年，第64页。

2　夏志清：《耶鲁谈往》，第67页。

3　夏志清：《耶鲁谈往》，第67页。

4　夏志清：《耶鲁谈往》，第61页。

5　夏志清：《耶鲁谈往》，第69页。

6　钱锺书：《钱锺书手稿集·容安馆札记》，商务印书馆，2003年，第2330页。另一处提及克雷布的材料见第四百七十则，比较了霭理士、蒙田、克雷布等人关于猴子爬得越高越容易露出屁股的相似表达。谢谢张治兄的提示。

7　以上生平简介参阅Margaret Drabble, *The Oxford Companion to English Literature*, Oxford University Press, 1985, pp. 236-237。

8　托·斯·艾略特：《传统与个人才能》，载氏著《艾略特文学论文集》，李赋宁译注，百花洲文艺出版社，1994年，第3页。

9　T. S. Eliot, "What is Minor Poetry?", *The Sewanee Review*, Vol. 54, No. 1, 1946, p. 14. 转引自Chih Tsing Hsia, *George Crabbe: A Critical Study*, Yale University Library, 1951, p. 4.

10　Chih Tsing Hsia, *George Crabbe: A Critical Study*, p. 53.

11　夏志清：《耶鲁谈往》，第68页。

12　Chih Tsing Hsia, *George Crabbe: A Critical Study*, p. 95.

13　Chih Tsing Hsia, *George Crabbe: A Critical Study*, p. 119.

14　Chih Tsing Hsia, *George Crabbe: A Critical Study*, p. 189.

15　Chih Tsing Hsia, *George Crabbe: A Critical Study*, p. 100.

16　Chih Tsing Hsia, *George Crabbe: A Critical Study*, p. 93.

17　夏志清：《中国现代小说史》，刘绍铭等译，香港中文大学出版社，2001年，第162页。

18　夏志清：《中国现代小说史》，第335页。

19　王德威：《重读夏志清教授〈中国现代小说史〉》，载夏志清著《中国现代小说史》，第xxiv页。

20　夏志清：《耶鲁谈往》，第68页。

21 Chih Tsing Hsia, *George Crabbe: A Critical Study*, p. 130.
22 Chih Tsing Hsia, *George Crabbe: A Critical Study*, p. 27.
23 钱锺书:《管锥编》第四册,中华书局,1979年,第1446页。
24 钱锺书:《管锥编》第四册,第1446页。
25 林以亮:《禀赋·毅力·学问——读夏志清新作〈鸡窗集〉有感》,载夏志清著《鸡窗集》,上海三联书店,2000年,第2页。

"抒情传统"视域下的《中国现代小说史》

二十世纪中国启蒙和革命的双重变奏,是现代文学史书写的基本框架与语境。作家们书写国难,感时忧国,不断呈现个人的一腔热血、革命情怀,现代文学记忆与铭刻的不只是涕泪交零的个人叙事,更有血泪交织的宏大叙事。以往的评论,对这样的书写给予了高度的评价,认为二十世纪的中国文学更多的是一种国族寓言,那些个体化的力比多,唯有在群体性的净化与升华之中才能被正视、接纳,脱离了革命的语境,抛弃了革命的遗产,就无法全面定位与理解现代文学。当然,也有论者敏锐地意识到,所谓革命的语境或遗产,不能简单化为革命机器和施政纲领严丝合缝的自行其是,那些革命者自己也无不投入巨大的心力,甚至个人化的浪漫抒情。史诗与抒情的辩证,从根本上来说是一体两面的。正是在这样的意义上,王德威认为,抒情也好,史诗也罢,必然有其历史的混沌性。以抒情为例,"抒"一方面可以是情性发散、感情延展的表现,但也可以是贯通机杼的"杼",是把各种分散的情绪、感觉,以特别的方式、方法,再次架构、编创,成为一种织物、一个文学文本。在这样的文本当中,作者所要抒发的"情",既是五蕴炽盛的情思、感受,更是触景生情之情,它是在历史的流变中、生命的安顿里,触及内心的各种"事情"、"实情",甚至是关乎"情伪"的真理与真相。因此,抒情必然在个体的层面之外,拥有其历史感与历史性,它的丰富而复杂无法简单概括。[1]

从王德威的观点出发,可以更进一步地探讨抒情或者史诗。不能只是强调抒情与史诗其来有自的根脉体统,或讲究对中州正韵的等因奉此,更应该看到在新的时代里,它们有了充分当代化的呈现,甚至像根茎一样四处发散延展。只是万变不离其宗,抒情总归是此时此刻的历史情境中一代人因应时代、命运的取向,或安身立命的法门。王德威的考察主要针对二十世纪中期,在家国离乱之际,两岸的知识分子分别透过各自的文化实践,在一个虚拟的空间中安顿身心,展开与历史的对话,从井然有序的文化操演中寻觅、超克时代危机,展望未来的可能,践行着文学艺术以虚击实的功能。所谓史诗时代,或兼容或压抑了各色各样的抒情言说，从而显现出一种内烁、内爆的特征。当然，我们必须强调，所谓抒情不是只有正面的、美好的形象，也不必局限在海峡两岸或者古典诗学的框架当中，甚或只有在史诗的陪衬下方能成其大。二十世纪三四十年代，有一批年轻学人跨洋过海赴西方求学，远离了故国家园，也远离了浓郁的古典道统，接受系统的西方学术训练，成长为一代西式学人。他们操持英文，以文学审美为志业，所发所论都有欧美的参照、西方的思维，可是其人其作也吊诡地回应并拓展着抒情的疆域。夏志清和他的《中国现代小说史》实在是其中最重要的一环。

一

从陈世骧到高友工，他们当然是海外学界抒情理论最重要的代表者，可同样是面对去国离家的语境，同样是对中国经验和审美的梳理，夏志清和他的《中国现代小说史》一样迂回地展示了不容小觑的抒情地位。从时间的源流上来讲，就在陈世骧于二十世纪七十年代提出他著名的"抒情传统"论述之前，《中国现代小说史》已然用学术的方式，展示了它对"优美"这个巨大的抒情意象不遗余力的发掘。对比当时大陆以启蒙、救亡做现代标尺的文学史写作套路，我们不得不承认，仅仅从现代文学史书写的具体层面来看，它也充盈着抒情的特质，展示着对普遍人性与人情的关切，从而超脱了感时忧国的史诗性投射。再进一步，我们还应注意到，就在《中国现代小说史》出版之际，夏志清和捷克学者普实克之间发生了一场有关文学与科学的论争。虽说这场论争不乏意气用事，当中也有政治立场相左的问题，可是这样较真的学术探讨，竟是在冷战主导世界格局的语境里发生的，两人你来我往的热战，也不妨视为具有相当戏剧性的学术抒情。如果再联系到普实克本人有关中国现代文学在二十世纪二十年代从抒情走向史诗的论断，那么，两人间所产生的学科辩难，是不是也从侧面反映出夏志清对所谓抒情仍有恋栈，并不愿意像普实克那般全身心地拥抱历史的转移，对恢弘的革命愿景有一种决绝的政治信仰呢？

众所周知，《中国现代小说史》的写作是冷战的产物，但更是生计的附属。二十世纪五十年代中期，正当家国离乱给大洋彼岸的沈从文、台静农等人带来创伤体验和启悟感念之际，夏志清则因生存压力，不得不接受美国政府的资助，在耶鲁大学饶大卫的麾下，开始撰写一本有关中国的导览手册。不过因缘际会，夏志清很快就将这种政治书写，带向了对更为具体的中国现代文学史的探讨，并以此获得了洛克菲勒基金的支持。[2] 我们今天对夏著的品评，常常从这个政治背景起步，指认当中无可回避的右翼姿态，批评其学术判断往往有混淆于政治的可能。但是理解之于同情,借"抒情传统"的立场来看,我们又不妨说,夏志清于困顿中的选择,又何尝没有有家归不得,或者说近乡情更怯的因素呢?家国离乱中,其人所要还归的是哪个家呢?而这样的家又是否和自己魂牵梦萦的故土别无二致呢?换句话说,其人是否有能力直面分裂的后果,以及分裂对记忆和现实所带来的剧烈撕扯呢?

在这样的情感状态中,夏志清借着对故国文学的整顿梳理,特别是用西方的大传统和新批评理论来验证这一脉极不同的文学时,发展出一种"文学立国"的抱负。抛离了对文学的政治观察,脱离了对鲁迅、左翼的主流记忆,夏志清发现中国现代文学书写仍自成一格,沈从文、张爱玲、钱锺书诸位见证了现代中国另一番迥异的文学面貌。换言之,尽管家国既远,但是,故国的文学书写仍成为作者寄托情感的所在,此中"花果飘零,灵根自植"的渊源历历可见。史诗而外,抒情为"中国"、"文学"乃至"现代"写下了最重要的注脚,其中"文学中国",或扩而广之"文化中国"的自信虽不可不见,但它毕竟以想象的方式出现,也隐约可见海外学人的离散心态。

王德威早已经指出,新批评表面上坚壁清野,似乎要与混沌尘世一切两断,但是,当其人在虚构的世界里规整、编排文字的精巧秩序之时,当中又无不暗藏起兴讽喻的意图,借由文字的乌托邦暴露同时也弥合现世里的种种乱象。所以,归根结蒂,新批评尽管标榜自我封锁的独善其身,但它终究是一种社会批评,是历史流程中的重要艺术实践。[3] 夏志清对新批评的青睐,一方面自然有师承、学缘的关系,他所在的耶鲁大学英文系本来就是新批评的大本营,但是另一方面,也与他身在异国,遥望神州,深感国变家散时心有余而力不足的无奈情绪和立场直接相关。换句话说,虽然夏志清早已从具体的中国语境中离散出来,大可保持超然的学术姿态,可是,他有意无意地实践了一种绝不甘于文本形式的批评方式,把文学和历史的关系演绎得更为复杂。

我们注意到,夏志清特别选取了"文学史"来处理他心目中的现代中国。以日常的眼光来看,一个初出茅庐的研究者,其实大可不必兴师动众地启用"文学史"这样的框架来开始他的学术生涯。连韦勒克、沃伦这样的新批评巨擘都坦言,要写一部既是文学的又是历史的书,困难重重。他们说,过去"大多数的文学史著作,要末是社会史,要末是文学作品中所阐述的思想史,要末只是写下对那些多少按编年顺序加以排列的具体文学作品的印象和评价"[4]。或许,作为新批评最忠实的追随者和实践者,夏志清的野心就在于用一个异国他者的例子,完成前辈所不能或未竟的事业:从文学作品本身的肌质、架构入手,求证出文学史写作的第四种可能。当然，更为重要的是，也借此说明中国文学之为文学而非政治的理由。

我们不必着急判断说，《中国现代小说史》不过是再次印证了西方理论和东方素材的产物。其实，理论和文本是可以相互定义、彼此发明的。一方面，至少这些东方材料证明新批评所寻求的形式诉求，不是无的放矢的；另一方面，东方文学也借此释放出它定义自身的可能和参照系。在这个层面上，我们可以说，夏志清采用"文学史"的意图，远远超越了设立一个具体研究框架或体系的含义，它同时也体现了一种对话机制。在这个对话的进程里，新批评显示了巨大的容受力，从个别的、单一的文本，延展到复数的甚至异国的文本；而中国文学也借由对自身脉络的新批评式的考察，找到了可以超离传统政治审查的书写方案，展示了另外的可能性。为此，我们或许可以说，夏志清的"文学史"，一方面既有心整合混乱的现实世界，另一方面也有意统合混乱的文学标准，积极谋求着一个"文学的共和国"。而这样的共和国，唯其宏大和有序，本身就有相当的抒情性，在当时冷战格局的背景下，这样的统合所显示出来的抒情性远远超越了对抗和不合流的价值。

二

　　文学史的重建是需要一定的想象力的,《中国现代小说史》鲜明的想象维度,不仅是指夏志清启用了虚构、创造等审美概念来处理文学及其历史,更是指透过文学,夏志清尝试避开实体意义上的中国,以文学来重新传达中国形象和传统。这样的选择,或多或少透露出某种遗民心态。作为时间和政治的脱节者,夏志清所要挽留和召唤的同当时大陆所标榜和彰显的南辕北辙,在"鲁郭茅巴老曹"之外,他更推崇的是沈从文、张爱玲、钱锺书与张天翼。这四个人所表征的传统或言现代,充分显示了遗民意识所在意的正朔观念,以及这种观念在不同时空中的错置对立。但是,仔细寻思夏志清关于这些大家的论述,以及《中国现代小说史》中所论及的作家背后的那条无形线索,我们又不得不说,这样的遗民体悟实际上又有了一层"后"的意识,"如果遗民把前朝或正统的'失去'操作成安身立命的条件,后遗民就更进一步,强'没有'以为'有'。前朝或正统已毋须作为必然存在的历史要素,挑动黍离麦秀之思。就算没有前朝和正统,后遗民的逻辑也能无中生有,串联出一个可以追怀或恢复的历史,不,欲望,对象"[5]。对照《中国现代小说史》追求和拟设的目标,不难发现,其欲望或想象的前朝正统吊诡地来自西方,来自利维斯的

"大传统",来自新批评的细读法。在这个向度上,可以肯定地指出,尽管夏志清毫不遮掩其政治取向,但《中国现代小说史》绝没有徘徊在单一的国族之内,渲染他自以为是的"国族主义"或"文化主义"。透过一种将中国文学主流化的方式,夏志清在建制化和边缘性之间斡旋出了中国文学的能见度,对中国文学资源,甚至更广义的世界文学资源进行了一次重要的资产评估和分配。

换句话说,既然《中国现代小说史》所要参照、比对的是西方世界的主流话语,那么,其所论述的文学就没有必要,也没有可能封闭在国门之内,这些作家作品所具有的现代性,也必然勾联所谓世界性,或者至少是西方性。通过搬用欧美学术圈的学术话语,《中国现代小说史》显然将那个自外于世界,或者在文学表现方面被认为边缘化的中国文学,吸收进了世界文学的框架。当然,在这种主流化的过程中,我们有必要脱离那种把认知刻意压缩在"西方发明东方"之类的殖民话语中的取向,因为主流化或者说建制化的主要动作就是收纳和排除,有如文学史写作本身就必须要面对一种权衡,即收纳一部分,也必然排除另一部分作家作品。由此牵动的文化资本的分配与重组,又往往众口难调地引起反诘和批评。

可以说,《中国现代小说史》所见证或挑战的不仅是文学和历史的驳杂关系,更有跨文化的中西对话问题。这个对话,至少就目前的格局来看,还持续徘徊在西方理论和中国文本之间。这样的格局,显然和王德威所强调的从中国文学自身的体系内找到一种话语资源的初衷有所出入。但是,正如前面已经提及的,抒情本身没有必要拘守古典的陈规,二十世纪以来它兼采摩罗诗力、颓废唯美的多种资源,已然变成一个混杂的大发明。相反,我们要检讨的反而是这样一种认识,即一方面提升理论的优越性,另一方面强化文本的道德优势。

在这个认识中,殖民者和被殖民者的关系与其说是对立的,不妨说是相反相成的。通过提升西方理论的优越性,东方文本将自己处理成霸权的受害者,因而找到了自己的发言位置。这种典型的后殖民思维,因为将"东西之间"刻意地对立起来,并将东方文本推送到边缘位置,因而变得十分可疑。其中关键的问题在于,东方世界建立主体性的方式,太过依赖于外部的他者。周蕾曾经很不客气地批评说,这种谋求自我卑贱化的进路与其说是在博得同情,不如说是在收集权力。它以道德评判的方式,将东方的物质匮乏和受压迫,看成是精神富足、正义在握的象征。表面上看,貌似是在为公理发言,而实际上,不过是另一番的暴力。或者说,它持续强化冷战效应,以二元格局观察中西关系。[6]

回到《中国现代小说史》的跨文化阐释上来,至少有两方面的内容值得我们特别注意。一是对所谓"异"的回避。《中国现代小说史》着力避开或贬抑"红色中国"的文学记忆,特别批评感时忧国的局限性和目的论。这种处理,一方面确实值得检讨,因为谈论中国文学无论从哪个层面上都无法回避现代中国的政治语境,那些仅仅关注其美学成就和技巧翻新的讨论,往往难免隔靴搔痒;另一方面,从西方世界通常秉持的"你和我有什么不同"的立场来看,通过强化两者共同的平台即文学性来看,有效地阻隔了将东方定格为他者而进行猎奇的行为。二是避免使用尊卑有别的关系来定义强/弱势族裔。借助于新批评的利器,《中国现代小说史》为双方的对谈找到了对话的起点。新批评在《中国现代小说史》里所代表的是一种中性立场,而非西方的立场,作为一个理论平台或中介,新批评一视同仁地处理着东方文本和西方文本。如此一来,所谓中西对话其实不是在西方理论和东方文本之间开展的,我们没有必要觉得东方文本是在低人一等地接受西方目光的审视,恰恰相反,要警惕那种下意识地为理论和文本加上区域限定,指认其政治归属的做法。

当然,这样的提法,也有可能导致另一种"理论优势论"或"普世价值观",即认为理论放之四海而皆准,宛如资本的流通,贯通全球,毫无阻碍。一方面,这种理论的全球性,和前述新批评本身所具有的抒情特征息息相关,通过自绝于外，它试图以文学性这个精巧的概念来处理不同的文学，可殊不知所谓文学本身就言人人殊，因时因地而变异，为此其抒情境界必然有其疆界；另一方面，我们又要反过头来承认，就《中国现代小说史》的初衷而言，它并不是要得到新批评四海归一的结论，仅仅是从它的英文标题"a history"而非"the history"来看，夏志清所笃信的其实是新批评作为一种方法，而非唯一的方法。为此，他提供的不过是一种理解和梳理中国现代文学史的方案而已。可是后之来者，往往误以为他大费周章地启用"文学史"的框架，是要将现代文学画地为牢，变成不可移易的图腾禁忌。

三

破除了本位论式的定性研究，《中国现代小说史》才有可能从特立独行的偏颇形象，变成一个开放性的想象体系。《中国现代小说史》使得在特殊历史语境下逐渐板结的国内中国文学史书写，有了一个异邦的借镜，从而呈现出不断松动的可能（比如二十世纪八十年代的"重写文学史"就是最突出的例子）。正因为这个体系是开放性的，我们不得不承认，所谓遗漏、错失、差评，其实都是带着预设的、刻板的求全责备。相当有趣的是，恰恰是这样的不周全，反而愈发显示出夏志清在面对中国文学时充分的自信心。即使是通过这些有限的个案、少数的例子，夏志清都在从容地诉说，无论结果如何，中国文学已经可以而且必须和欧美文学放在一个平台上来比较看待。夏志清从英美文学专业取得博士学位，可是奠定他在欧美学术界地位的却是他的中国现代与古典两个领域的文学研究。换句话说，恰恰是对中国现代文学所抱持的自信而非微词，使得他在此领域用力甚深，长久经营，从而开创了海外中国现代文学研究的崭新领域。

应该说，同王德威的"抒情传统"专注于同一文化体系内"事"与"情"之间的辩证关联不同，夏志清的抒情更多的是充满文学自信的跨文化实践行为。换言之，比起强调抒情与时代的律动关系，夏志清更欲在世界文学的结构里面来处理抒情。世界文学作为晚近十年里学术界所热切关心的议题之一，已经引起了广泛的争议和讨论。最具代表性的见解，莫过于哈佛大学丹穆若什所作出的定义。在《什么是世界文学?》一书中，他对世界文学作了如下三点归纳：

一、世界文学是民族文学间的椭圆形折射。

二、世界文学是从翻译中获益的文学。

三、世界文学不是指一套经典文本，而是指一种阅读模式——一种以超然的态度进入与我们自身时空不同的世界的形式。[7]

正如查明建在译序中所言,以这样的方式和思路来探讨世界文学,已经远远超越了对概念自身的本体论探究,而进入到现象学的层面,即"从流通、翻译和生产角度,具体考察世界文学的动态生成性、跨文化性和变异性"[8]。过去我们对夏著的评判,往往是"结论中心主义"或者"观点中心主义"的,比较关心的是作品提出了哪些观点、得出了哪些结论,而没有充分揭示它的生产力。前两年,王德威把这个问题学术化,邀请那些曾受益于此书的学人共同来讨论由《中国现代小说史》发端,后来又持续辩论、延伸的议题(比如上述的文学与科学之争),已经俨然把《中国现代小说史》看成是一种"学",而非一本"书"。[9]在这个意义上,《中国现代小说史》当然有力地回应了丹穆若什所讲的世界文学是一种阅读模式,是一种生产力。

丹穆若什说世界文学是从翻译中获益的文学,我们不妨补充说,世界文学也可以是从研究中获益的文学。透过与欧美文学的比较、新批评理论的检视,中国现代文学在当时的欧美世界开始获得了独立的学术地位,由此开启了一波新的作家论研究热潮,李欧梵的鲁迅研究、金介甫的沈从文研究以及梅仪慈的丁玲研究等都可以放在这个学术脉络中加以评说。换句话说,正是透过他国文学这个观察点,中国现代文学从过去民族文学的固定框架,进入到了一个全新的文化空间。这个空间可以有很多的定义方式，"既包括接受一方文化的民族传统，也包括它自己的作家们的当下需求。即便是世界文学中的一部单一作品，都是两种不同文化间进行协商交流的核心"[10]。因此，如果我们仅仅盯着夏著如何"扭曲"、"错判"中国作家、作品，其实就是对这样一种文化协商的行为和结果置若罔闻，把它紧紧地限定在国别文学或言民族文学的领域里。这种立场和看法，显然和中国文学与文化所坚守的天下观、世界观是有出入的。

也许，退一步来讲，误解和失焦有时候往往吊诡地成为跨文化比较的前提。如果作品的前世和今生完全一样，那么，作为一个文化的中介，翻译和研究就未免太受制于某种单一的意识框架，而缺乏创造性的叛逆了。从《中国现代小说史》所遭受的各种非议来看，应该说，我们过去对本雅明翻译观的理解，就显得太过疏阔，完全将叛逆理解成一种正面积极的行动，而忽略了这些叛逆者在穿越文化接触地带时所承受的巨大心理和文化压力。换句话说，跨文化从来都不是一个孤立的行为，除了牵扯各种政治、经济、社会、文化的背景，仍有心理的巨大负重。在此意义上，跨文化毋宁是抒情的，它启动了一整套复杂的心理程序来帮助一个作家或研究者寻觅确定自我的身份，同时也定义母国或世界的形象。

《中国现代小说史》在长达半个世纪的历程里,被反复讨论、接续深化,所显示的正是王德威讲的"抒情不辍"。抒情不是个人的小情小感,而是一代人物因应时局时事所必然发展出来的情感结构和文化行动,是所谓有感而发。在二十世纪五十年代的时代变动里,由于一批作家、艺术家和研究者所感发触情的媒介不同,以及他们所能援引的工具手段各异,文学研究呈现出一派抒情氛围。《中国现代小说史》作为海外跫音,作为以学术抒情的个案,有力见证了抒情不必困守在国族的框架里作感时忧国式的反映,恰恰相反,它体现了抒情更积极的走向,即在世界视域下进行文学的跨文化实践,使"文学立国"成为对话世界文学的中转站。

*原载《中国现代文学研究丛刊》二〇一六年第十二期。

注　释

1 王德威:《史诗时代的抒情声音——现代中国文学批评方法新论》,《现代中国文化与文学》2015年第2期。
2 参阅王洞主编、季进编注《夏志清夏济安书信集》卷二,香港中文大学出版社,2015年。
3 王德威:《重读夏志清教授〈中国现代小说史〉》,载夏志清著《中国现代小说史》,刘绍铭等译,香港中文大学出版社,2001年,第xiv页。
4 韦勒克、沃伦:《文学理论》,刘象愚等译,生活·读书·新知三联书店,1984年,第290页。
5 王德威:《后遗民写作:时间与记忆的政治学》,麦田出版公司,2007年,第7页。
6 周蕾:《写在家国以外》,牛津大学出版社,1995年,第13–21页。
7 大卫·丹穆若什:《什么是世界文学?》,查明建等译,北京大学出版社,2014年,第309页。
8 查明建:《译者序》,载大卫·丹穆若什著《什么是世界文学?》,第iii页。
9 王德威主编:《中国现代小说的史与学:向夏志清先生致敬》,联经出版事业公司,2010年。
10 大卫·丹穆若什:《什么是世界文学?》,第311页。

高山仰止,景行行止

怀念夏志清先生

二〇一三年十一月中旬,我到布拉格参加一个小型的汉学会议,和王德威谈起夏志清先生的近况,他面带忧虑地告诉我说情况不太好。没想到,十二月三十日就传来夏先生逝世的消息。泰山其颓,哲人其萎,闻此噩耗,悲痛莫名。当天曾有几家媒体想采访我,我都婉言谢绝了。一来我并非最合适的采访对象,二来实在难以表达内心的悲伤。现在,我用文字记下我与夏先生的交往以及对夏先生学术贡献的粗浅认识,聊以寄托我深深的哀思。

二〇〇四年,我应李欧梵教授之邀,作为合作研究教授到哈佛大学访学。在冰天雪地的波士顿,最为期待的就是等春暖花开时去拜见夏志清先生和余英时先生。正好王德威特别邀请李欧梵先生和我去哥伦比亚大学参加他主持的"翻译与东亚文学"学术讨论会。三月二十六日晚上,王德威在纽约有名的华人餐馆三石饭店(也是夏先生常去的一家饭店),宴请夏先生夫妇、李老师夫妇以及廖炳惠、施叔青、孟京辉等诸位先生,我有机会叨陪末座。这是我第一次见到夏先生。此前我跟夏先生已经有过书信往来,并约好这次到纽约跟他作一次访谈,还发去了初步的访谈提纲。夏先生是苏州吴县人,几十年漂泊在外,对来自家乡的人格外热情,一见到我,就满面笑容,用带着吴语口音的普通话大喊:"你是季进,来来来,坐到我这边!我们边吃边谈!"那天饭桌上,夏先生点评人事,眉飞色舞,恣意率性,妙语连珠,引得众人笑声不断。笑声过后,他总会加上一句:"我有趣吧?""像我这样charming的好人实在是不多了啊!"说完又得意又顽皮地笑起来。哪还有可能访谈?

第二天晚上,我应约来到夏先生的寓所。夏先生的寓所是一座纽约典型的旧式公寓,距哥伦比亚大学仅三四个街区,步行不到十分钟就到了寓所所在的第113街,三月的微风吹到脸上还有些刺疼的感觉。我搞不清楼下的电子门如何操作,正在犯难之际,一位住户正好出来,于是我道一声"Thanks"就趁机溜了进去。乘电梯上去,夏先生和夏师母刚刚吃好晚饭,很惊讶我没按门铃就直接上来了。师母热情地把我引到书房。夏先生的书房由两间大房间打通而成，四周全是顶天立地的书架，地上、桌上、沙发上书籍也堆得满坑满谷，走进书房，就已身陷书城。我发去的访谈提纲赫然贴在小书架的侧面。甫一坐定，夏先生就拿出已经签好名的他刚刚出版的英文论文集 *C. T. Hsia on Chinese Literature* 送给我。打开一看，上面却不是我的名字。幸好，夏先生马上发现搞错了，找出了赠我的那本，上面写着："季进教授吾弟来纽约开会，以刚出版的论文集赠之留念。夏志清。二〇〇四年三月二十七日。"书里还夹了一页亲手打印的勘误表，薄薄的一页，却已尽显夏先生随意背后对学术的一丝不苟。

夏先生虽说是名震海内外的大学者，可毫无架子，甚至还有些孩子气，加之昨晚已经见过，所以我们少了些礼节寒暄，就着夏师母来的绿茶和台湾凤梨酥，开始了随意的访谈。我们完全抛开了访谈提纲，从钱锺书聊到张爱玲，从小说史聊到海外中国文学研究，从利维斯、特里林、威尔逊聊到布鲁克斯、兰色姆，从政治立场聊到审美批评……我紧跟着夏先生海阔天空的思路，惊叹于夏先生的敏捷、智慧与犀利，独享着一场学术的盛宴。一直谈到快十点，夏先生仍然意犹未尽，我考虑到夏先生的休息时间，依依不舍地起身告辞。访谈整理成文后，我寄给夏先生审定。出乎我的意料，夏先生很快写来了长信，对其中的一些表述、用词，甚至标点符号都一一校正。访谈录在《当代作家评论》发表后，我又寄去了一份杂志。夏先生再来一信，希望将来访谈录收入文集时，对其中个别的表述再作修改。现在重读访谈和这些信件，心中还是满溢着温暖。

那天，我曾热情邀请夏先生重返苏州，夏先生说他很想回去看看熟悉的小桥流水，看看住过的庙堂巷，看看念过书的桃坞中学附小、苏州中学附小，还有哥哥夏济安就读过的苏州中学，对苏州的感情溢于言表。可惜，由于身体的原因，夏先生未能重返故土。欣慰的是，二〇〇八年六月，夏师母王洞在王德威和奚密的陪同下专程访问苏州，带来了夏先生的问候，还带来了夏先生亲笔签赠的印制精美的《谈文艺　忆师友：夏志清自选集》。我陪夏师母他们在三天之中游览了苏州、无锡和镇江。苏州园林的精致典雅，水乡古镇的诗情魅力，金山寺的佛国法音，还有钱锺书、薛福成等名人故居的历史气息，都令他们流连忘返，特别是宜兴竹海那餐农家山珍，更是让大家大开眼界，连连称奇。夏师母拍了很多很多的照片，只为了回家给夏先生看看。我希望那些照片曾经抚慰了夏先生的思乡之情。

也是在二〇〇四年，李欧梵老师把他的藏书全部捐给了苏州大学文学院，为此我们设立了"李欧梵书库"，并以此为基础，成立了"苏州大学海外汉学（中国文学）研究中心"。近十年来，夏先生所开创的海外中国现代文学研究，成为我们关注的对象，夏先生的著作与思想也成为我们取之不竭的学术源泉，引领我们不断思考文学、历史、文化与国家之间错综复杂的关系。虽然王德威的长文《重读夏志清教授〈中国现代小说史〉》已经对《中国现代小说史》的价值作了精彩的评定，但我还是想不避浅陋，谈谈我对夏先生学术贡献的粗浅认识。

众所周知，夏先生一九六一年出版的《中国现代小说史》开风气之先，一举奠定了西方学院内中国现代文学研究的基础，引发了西方学界对中国现代文学的关注。用王德威的话说，它至今仍如一股源头活水，不断触动人们的思考、辩难以及推陈出新，已然成为中国现代文学研究的典范之作。此后，李欧梵、杜博妮、王德威、安敏成、奚密、耿德华、罗福林等人从不同的角度不断丰富现代文学史的书写，拓展了中国现代文学的研究边界，为海外中国文学研究带来了新的气象。这些文学史因为不同的政治、学术背景与全新的理论框架和学术思路，给文学史书写的结构和形态都带来了巨大的冲击，一改人们对中国现代文学史一成不变的刻板认知。追本溯源，我们不能不感念夏先生的开创之功，还有他横空出世的精彩论断。

有的人总是说，夏先生的《中国现代小说史》之所以会得出迥然不同的结论，是因为作者截然不同的政治立场，将文学史写作变成了冷战文化政治的产物。这样的议论，实在失之简单和无知。还是王德威说得有道理，《中国现代小说史》更多的是一个去国离家的知识分子,在离散漂流的年代里,借文学和文学批评来见证一己之思与家国命运间的辩证关系。我们可以说,无论爱憎褒贬,该书都是夏先生对母国文化的情深意重,借着省思"反抗"议题来协商中国文学及文化的核心价值和审美维度,从反面迂回进入爱国情义和家国眷恋。所谓感时忧国,应该不只是"五四"一代作家纠缠于国族理想和个人才具之间的情感症候,同时也是夏先生游走于文字与文学、他乡与故地、想象与再现之间的民族寓言和抒情气质。我把《中国现代小说史》写作引向抒情主义,只是想强调,在夏先生并无伪饰的政治立场中,审美功能所扮演的重要作用以及这种作用是如何受制于文本以外的多重因素,而趋向某种审美意识形态的。诚如夏先生初版序言所说,此书"当然无意成为政治、经济、社会学研究的附庸。文学史家的首要任务是发掘、品评杰作。如果他仅视文学为一个时代文化、政治的反映,他其实已放弃了对文学及其他领域的学者的义务"。

我们都知道,《中国现代小说史》写作受到利维斯理论和新批评的影响,特别擅长以细读之法展开具体的批判和个案的分析,从而导出一个中国现代文学的"大传统"。尽管新批评专注的是文本内部的美学质素与修辞结构,着力构筑一种本体论批评体系,但是这种"封闭式"的阅读,仍无法撇清与外在文本的相互关系，也暗含着一套文学的社会学。这种内容正好又与利维斯式的道德批评相呼应。利维斯曾经直言经典过滥，需要重新甄选重要作家来代表英国文学的伟大传统，而其甄选的标准就在于作品是否具有强烈的道德关怀。与此类似，夏志清也"直指中国现代小说的缺点即在其受范于当时流行的意识形态，不便从事于道德问题之探讨"，只是局限于一时一地一国之范畴，无法形成一种普世性的成就。这样的问题，至今依然是制约中国当代文学发展的困境之一。

不管如何评说夏先生的意识形态立场，我们都不得不承认夏先生目光如炬，敏锐地注意到了中国现代文学的一个基本特征，即中国现代文学始终与政治意识保持着亲密的合谋关系，在夏先生看来，正是因为中国作家对时局和国家的过分执着，才使得中国现代文学中鲜有能与西方文学相抗衡的作品，大多数中国现代作家也只能算是一个民族作家。真正优秀的世界级作家，应该是能够乖离此道而致力于道德意涵探讨的作者。对于夏先生来说，只有张爱玲、钱锺书、沈从文、张天翼等作家，凭着自己特有的性格和对道德问题的热情，才创造出一个与众不同的世界。如今，回过头来看，我们不能不佩服夏先生"识英雄于风尘草泽之中，相骐骥于牝牡骊黄以外"的勇气及眼光。这显然与夏先生的世界性眼光是分不开的，他总是在中西不同文脉的比照中,验证出一种世界性因素,求证文学内部的本质构造,进而在世界文学语境中推出中国现代文学,其干预文学与文化的"野心"实在是另一番的本土论述。夏先生的这些努力与实践,揭示了跨国语境下文学阅读和文学史写作的可能,引导我们从更大的世界文学语境中来看待本土文学的发展。这与当下讨论正酣的世界文学的话题正好不谋而合。

《中国现代小说史》之后,海外中国现代文学研究发生了天翻地覆的变化,新风、新法不断吸引人们的眼球,典律、典范也不断引发我们的话题。夏先生的逝世,标志着海外中国现代文学研究一个时代的终结。我们如何继承夏先生的文学遗产继续前行,相互激荡,彼此对话,构建出一个中国现代文学研究的学术共同体,这是海内外学界面临的挑战,也是我们对夏先生最好的纪念。

*原载《国际汉学》二〇一四年第一期。

第二辑

奥德赛的行旅

金介甫《沈从文传》读札

鲁迅在《魏晋风度及文章与药及酒之关系》里面说，历史上的朝代，年代长一点的，其中必定好人多，年代短一点，差不多就没有好人了。我们也许可以再加上一条，那就是时代长了，人物的命运也会随着时运来个起承转合。从中渗出的，除了政教意识的轮换，当然还有治学观念的转变。这方面，沈从文堪称佳例。

三十年前，沈从文寂寞无名，鄙视者完全可以用刘文典奚落他"炸死也无妨"的话来嘲弄之。但三十年后，其声势直逼鲁迅。在"鲁郭茅巴老曹"之后，不读沈从文、不论沈从文，已绝无可能。夏志清一九六一年出版的《中国现代小说史》给予了沈从文极高的声誉，从此开了沈从文研究的风气。概括来说，夏志清的观点是，沈系抒情文体家、地方代言人、政治保守派以及泛神论者。后来人对此说虽有发挥，但均未摆脱这些标签。他们或追踪其人其作，或考辨其人物、主题，待到二十世纪八十年代才由金介甫总其大成，写成皇皇巨著《沈从文传》。此书至少有五个中文译本，译者均为符家钦。第一个中译本是一九九〇年由时事出版社出版的《沈从文传》，该版删去了原著中的注释。一九九二年，湖南文艺出版社出版了《沈从文传》（全译本），译者补译了原著中的六百四十六条注释。一九九五年，台北幼狮文化事业股份有限公司以《沈从文史诗》为名出版第三个中译本。二〇〇〇年，中国友谊出版公司以《凤凰之子：沈从文传》出版第四个中译本。二〇〇五年，国际文化出版公司出版《沈从文传》，标明"本著作稿引自幼狮文化事业股份有限公司"，本文采用的就是这个版本。而该书最近的一个版本是新星出版社二〇一八年全新改版的《他从凤凰来：沈从文传》。此书影响至深，使海内外的沈从文研究达到了一个小小的高潮，或曰"反高潮"。

说它是"反高潮"，原因有二。其一是金介甫之后，海外已少有人以专书的形式研究沈从文的身世起落、风格变化、技巧更新和文化价值，最具代表性的沈从文研究不外乎王德威的《写实主义小说的虚构：茅盾，老舍，沈从文》，不过此书并非沈从文专论，而是讨论了茅盾、老舍和沈从文三大家。其二是该书从历史的角度来看沈从文,方法上不拘一格,体制上更近于今天所说的区域研究。金介甫本人是历史学出身,因受到"以文学资料看中国近现代史"思路的启发,而开始了沈从文研究的道路,所以每章的开头,照例都是史证丰富的湘西白描。所以,这个高潮倒有点无心插柳的意思。

金介甫此书,原本是他在哈佛大学的博士论文,后经改写,方以今天的面貌呈世。全书纵论了沈从文弃武从文、由小说家而史学家的人生转变,重心落在新中国成立之前,着力探究其与湘西世界须臾不离的文化牵连,点明其在小说创作上的主题渊源和革新技巧。应当说,全书重在评,而非述,因此读者多以评传视之,而非以传记待之。

该书的英文原名"The Odyssey of Shen Congwen",照字面意思当作"沈从文的奥德赛"。这显然是有意接引荷马史诗中英雄主人公历险归家,最后功德圆满的典故。奥德修斯十年漂泊的海上生涯,最为直观地投射了西方世界所谓成长小说的雏形。借着一个人的起落沉浮,或彰显其超凡脱俗,或透视彼时社会历史无尽的变貌。不过,奥德修斯的故事之所以诱人,关键还不在其历险,而在于归家,一种持续的试图回归精神母体和托身之所的渴望与冲动。这方面,乔伊斯的《尤利西斯》早已捷足先登,将此古典情结演绎得淋漓尽致。同理推之,"沈从文的奥德赛"不仅是他充满传奇色彩的成长史,也是他与湘西世界之间绵延不已的乡愁史。

沈从文由边城入古都,怀揣大学之梦,虽就学不成,但最终成为一代文学大家。评者或要以为,他反复描画湘西世界,与其说是在定位某一独特的地理坐标,毋宁说是在探求现代作家共同的精神地界。对乡土中国的"诗(尸)意想象",唤生的乃是一股今不如昔的忧患意识。不论是回到从前,还是走向未来,启蒙之姿已跃然纸上。但沈从文毕竟不是鲁迅,他无须使自己拳拳服膺于那伟岸的政治理念,他的现实和鲁迅的现实大相径庭,王德威以"批判的抒情"视之,说"他赋予阴鸷或伧俗的现象以抒情的悲悯,并试图从人间的暴虐或愚行中重觅生命的肯定"。[1]

王德威的见解极具深意,但是,在理解沈从文与其时代的文化关系之前,我们仍有必要先认清他与他的社会之间到底发生了怎样的碰撞,即作为个人的他最先遭遇了什么,而不是作为文学家的他试图表达什么。这种后见之明虽有助于发掘沈从文作品中的空间特质,但对于其人其作的时间感却毫无裨益。我所说的时间感简单地讲,就是要寻求变化中的沈从文形象,而不是把他拘囿在某些固定的标签中加以讨论。金介甫的研究,为这种时间感找到了解析的依据,在他看来,初入北京的沈从文怒气冲冲,一方面是由于经济拮据,横遭白眼,另一方面则是因为考试名落孙山，心情低落。这种创伤情怀，促使沈从文写下了像《棉鞋》那样颇具讽刺色彩的作品，他使自己成了整个城市的"畸零人"和"零余者"。在这一点上，沈从文接近郁达夫。不过，不同于郁达夫的是，沈从文并没有借此投射家国欲望，他的抱负更小，所能依持的素材也更少，那就是他自己的经历，所以，他变身为一个风土作家，最初的动因或许仅仅只是出于弗洛伊德所言的心理补偿。不过幸运的是，沈从文并没有把这种对创伤的补偿变成怨毒和自怜，而是将之转化为一种骄傲，当他说"我是个乡下人"的时候，这种沾沾自喜之情已溢于言表。金介甫的讨论使我们看到，沈从文并非在一开始就懂得湘西对于整个时代和民族的意义，那种意义只对他个人而存在：一个因谋求生计却屡遭蹭蹬的青年，湘西是他唯一的故乡和寄托。也正是因为这番经历，使得沈从文在以后的创作中不断地被各种心理学说、意识流技巧所吸引，并对之有所发挥。金介甫的讨论，为我们理解沈从文提供了一条心理学通道。

除了赋予沈从文的形象以时间感，金介甫还从社会实践的角度评述了他的出场和成名。"场"，或曰"场域"，这个概念是由法国社会学家布尔迪厄提出的。在布尔迪厄看来，作家们无法仅凭其文学才华出位，他们应当懂得如何巧妙地运用各种象征资本和权力关系来为自己赢得声誉。在针对二十世纪中国文学场域的阐述中，贺麦晓补充说，集团关系是中国现代作家们最为独特的实践方式。[2]金介甫的研究，远在这些理论之前，但它们之间的若合符节处却历历可辨。比如，金介甫注意到："沈从文伤脑筋的不单是缺乏关系使他进不了清华大学考场，他最受不了的还在于，关系网还决定了他的作品会不会被采用。"[3]徐志摩对沈从文早期作品的发表起到了决定性的作用，他鼓励沈从文以写作来维持生计，并将之引荐给文艺界，使沈从文有机会在闻一多的屋子里听朱湘、刘梦苇、饶梦侃等人抒情吟咏。从表面上看，这同传统的引介关系十分相似，甚至如出一辙，但事实上，它们本质的区别在于现代作家的关系网是以各类报刊为中心的。徐志摩的身后至少有《晨报副刊》、《新月》、《现代评论》等几大刊物，正是这几大刊物塑造了一个不折不扣却相当松散的京派。二十世纪三十年代，沈从文还参与了那场著名的京派、海派大论争，他的观点看起来像是对文学场域内"有限生产亚场"和"大规模生产亚场"之间不可避免的冲撞之复述，简单地说，这两大亚场的冲突就是通常所说的雅俗之争。但金介甫却以为，这言之凿凿的背后，依然能看见狭隘的地区意识："从沈从文三十年代写的论战文章中，人们会看出，沈对一个人的籍贯非常重视……区域偏见使他不谈逻辑。"[4]金介甫设法表明，虽然印刷媒体重构了文学场域的空间，打破了区域间隔，但是行动者因为个人气质、背景（血统、家庭出身、学校教育和阶层阶级等)等差异造就的迥异的习性、想法、能力和感觉,却无法因之轻易改变。这个理解,符合布尔迪厄的"生性"观念。"生性"很大程度上决定着行动者为哪些地位所吸引,以及是否能成功地占据这些地位,它既是个性,也是偏见。沈从文作为地方代言人的形象,有一部分根源于此。

如果说心理学和社会学的考察有助于我们厘清沈从文作品与其外部世界(现实、社会)之间的关联,那么,来自新批评的方法则可以帮助我们发现其写作中多元的形式技巧和试验方案。这一视点,显然是受到了夏志清的影响。金介甫以影响研究的思路,仔细分辨沈从文对西方现代文艺思潮的借鉴表现,特别是其中的心理分析和创作进化论,认为沈从文在着力探索主观世界的本质(意识、记忆、交流、情欲),以及现实本身,尤其是精神的无意识层面。金介甫笼统地将之称为"思想性小说"或"实验性作品",而未对其总体特征作详尽描绘。在后来的一篇文章中,金介甫追赠沈从文为"学院派现代主义",并对其作品中包含的现代主义技法作了明确总结,在他看来,以沈从文为先驱的"学院派现代主义",虽受到"外来现代主义"的影响,却有其独创性,它不同于"上海现代主义",对域外的物质进步、感官刺激以及现代都市的政治喧嚣不感兴趣,而更关注个人的内心世界,在乎人的原始本能,且不愿意通俗和大众文学主题的介入。沈从文的作品《凤子》、《看虹录》、《水云》等,或是以"分解主观性的方法探索主观性",或是以"叙事的分解"、"文体的分裂"打乱线性的情节发展、人物刻画、意识活动及因果关系,从主题到技巧都充分证明了其作品现代主义特征的一面。[5]

当然,沈从文也有传统的一面。他读古书、习书法、考据历史,写作时不避文言和方言,甚至一度效仿屈原的《楚辞》章法写组诗《广楚辞》。金介甫的观察是全面的,他通读了沈从文的所有著作,包括评论和书信,以及那些不为人所重的"失败之作"。这是金介甫的独到之处,他无意塑造一个完整的沈从文,或者说对他而言,只有失败过的沈从文,才是完整的。唯其如此,当我们还在啧啧称道沈从文的小说时,他能指出沈从文也是一个抒情诗人;当我们还在留恋《边城》与《长河》的独树高标之际,他能发现沈从文笔下的湘西世界并非甜美如一。金介甫广阔的观察视角和广泛的取材方法,复原了一个多面的沈从文,也许,全书唯一值得指摘的地方就是他过于主观地将沈从文的"人"和"文"等同起来:在沈从文二十世纪二十年代的传奇小说中,他试图发现沈从文的童年经历;在随后的讽刺小说中,他又读出了各种人事对应;而在其乡土小说中,他也竭力梳理一段区域的历史和人文景观。如果说这种做法不是在暗中回应新历史主义将文学与历史同作叙事的信条,那么就是在无形中履践丹纳的种族、环境、时代三元素的艺术哲学。时代和环境的因素很快将随着时间的流逝而褪色,但种族的因子却能历久弥新,就像沈从文的乡土小说令人百读不倦。不过,金介甫超越了它,在普遍人性的层面上深化了这一问题。沈从文曾有过一段"夫子自道":"说句公平话,我实在是比某些时下所谓作家高一筹的。我的工作行将超越一切而上。我的作品会比这些人的作品更传得久,播得远。我没有方法拒绝。"[6]这种自信,在金介甫的眼中,得益于"他捍卫的最高理想并不像有些评论家说的那样,是什么象牙之塔,而是个人主义、性爱和宗教构成的'原始'王国"[7]。在这里,我乐于将这结论同赫鲁晓娃评价纳博科夫的观点等量齐观,她说:"纳博科夫才是俄罗斯的未来。"因为传统的俄罗斯文化教导人们去"受难"和"隐忍",把所有行动都导向对更高贵的人或灵魂的追求,但纳博科夫认为过一个普通人的小日子也不坏。[8]中国文学,除了要像鲁迅和郑振铎那样去写感时忧国的"血和泪的文学"、涕泪飘零的"国族寓言",也需要沈从文式的"批判抒情"、张爱玲的"苍凉手势"、老舍的"突梯滑稽"。[9]中国的现实主义文学无法以政治的正确、道义的崇高一苇杭之。文学既是奢靡的实践,折射着政治、家国的欲望,但同时也是人性的转喻空间,充满着有情的温暖。

金介甫全书反复强调沈从文与政治的距离,但他并不认为沈从文缺乏政治见解或根本无心政治。金介甫认为沈从文的家国之痛藏在诗礼江山和情色煎熬之中,沈从文梦寐以求的是文学在意识形态上的权威地位。换句话说,沈从文的政治就是其审美之维。在这一点上,金介甫指明了所有现代主义共享的文化寓意,它们反抗腐烂的社会现实,探索内心的广阔天地,"美是沈从文的上帝,但他的上帝也是生命。他主张的艺术不是现象上的艺术,而是为上帝的艺术,这样的上帝要干预人类生活"[10]。

当然,金介甫的这部传记也有遗珠之憾,重在论"文"而非谈"人",意在讲"技"而非诉"情",所以对人物生平事迹的描写总是略显粗略,特别是回避了沈从文与夫人张兆和之间的情感历程。不过,患得患失早已和盘托出,是非功过也自有论断。这里我们略陈管见,作一己之思,仿若金介甫所言:"我的真正目的,并不在于提供一个概貌的介绍,而是要探究蕴含在沈从文作品深层结构中的真正宝藏。"[11]

注 释

1　王德威：《批判的抒情——沈从文的现实主义》，载氏著《现代中国小说十讲》，复旦大学出版社，2003年，第130页。
2　贺麦晓：《二十年代中国"文学场"》，载《学人》第十三辑，江苏文艺出版社，1998年，第298页。
3　金介甫：《沈从文传》，符家钦译，国际文化出版公司，2005年，第83页。
4　金介甫：《沈从文传》，第206页。
5　金介甫：《沈从文与三种类型的现代主义流派》，黄启贵、刘君卫译，《吉首大学学报（社会科学版）》2005年第4期。
6　沈从文：《湘行书简·横石和九溪》，载《沈从文全集》第十一卷，北岳文艺出版社，2002年，第181–182页。
7　金介甫：《沈从文传》，第287页。
8　李宏宇：《"纳博科夫才是俄罗斯的未来"》，《南方周末》2007年3月29日。
9　参阅王德威著《想像中国的方法：历史·小说·叙事》，生活·读书·新知三联书店，1998年。
10　金介甫：《沈从文传》，第287页。
11　金介甫：《中译本作者自序》，载氏著《沈从文笔下的中国社会与文化》，虞建华、邵华强译，华东师范大学出版社，1994年，第1页。

抒情的理论与伦理

王德威《史诗时代的抒情声音：
二十世纪中期的中国知识分子与艺术家》读札

一、情动中国

在二十世纪的中国，启蒙与革命的呼声此起彼落，亟欲疗救中国社会的沉疴巨痛。事实上，经过几代人前赴后继的实践，启蒙与革命也确实带来了中国社会的巨变，一九四九年之后，几乎重造了中国社会结构与人文景观，成为中国现代性的"两大主导范式"[1]。然而，如果启蒙与革命只有理性教条或政治实践，无数的人又怎么会为此义无反顾、赴汤蹈火？显然，背后还有一种无形的力量，这种力量可能就是"情动"或"动情"。王德威敏锐地指出："革命的能量既源于电光石火的政治行动，也来自动人心魄的诗性号召；而启蒙虽然意指知识的推陈出新，但若无灵光一现的创造性情怀则难以成其大。"[2]这样的论述,在中国现代史的研究中,似乎也不难找到相呼应的个案。裴宜理研究安源大罢工时就发现,中国革命的胜利,展现的远非政治与军事上运筹帷幄的一端,如果没有细致入微的情感培养和情绪渲染,星火燎原终究只是纸上文章。从革命之际的"文化置入",到胜利之后的"文化支援",情动的威力是如此之大,竟俨然凝聚成一脉革命传统。[3]从安源大罢工"从前是牛马,现在要做人"的口号,到抗战时期广泛的"新诗朗诵运动",再至土改中不绝如缕的"诉苦"与"翻身"运动,情感的传统均历历可见。可以说,在某种层面上,二十世纪中国持久而广泛的群众动员,乃至国家治理,所依赖的核心不是其他,而是动情。

问世间情为何物?汤显祖说"情不知所起,一往而深",虽然所言非虚,但这无法"以理相格"的情感即使对他个人来讲,也显得有点抽象虚玄,最终还要落实在具体的物象之上,那千娇百媚、姗姗花开的牡丹恰好印证与体现了他所欲传达的千回百转的绵绵爱意。透过牡丹这个具体而微的"象",汤显祖促动或引发了无数人的感同身受,并实践着"以情抗理"的追求。在此,人我的交互、物我的呼应成为情动的关键,正如"遵四时以叹逝,瞻万物而思纷"(陆机《文赋》)。或许我们可以进一步说,世间并无所谓抽象的情,情或者情感必然也只能以具体的"抒情"

的状态来呈现。

或者换句话说,既然人永恒地处在历史的情境与脉络中,也就不可能杜绝情感的不断涌现和赋形。表面看来,这样的论述似乎要宣扬"情本体"的观念,将抒情看成最根本的世界观。但是,世界观的实质乃是用最鲜明的观念或物象来阐明世界的来龙去脉,而情的状态恍兮惚兮混沌难言,岂非有一种以其昏昏使人昭昭的荒诞?但仔细想来,当我们以所谓澄明、恍惚来作事与情的区隔时,难道不是在变相地宣告理性的观念依旧盘桓不去?或者反过来问,世界观本身可否是一种最难索解、难于一言以蔽之的喧声复调,而非一种本质化的判定呢?

在此,我们所想到的是斯宾诺莎和吉尔·德勒兹等人的努力,他们试图重新缝合笛卡尔以来长期分隔的身心状况,在两者之间建立起互动关联,同时也倡导在身与身的关系中去重新把握自身,理解情感的引发。汪民安曾对此作过梳理:在斯宾诺莎看来,身体并不是完全独立自主的,而是始终处于和其他身体或物体构成的关系之中。这种关系并不存在所谓等级与操控,而仅仅是一种相互的触碰与联系,亦即"身体的感触"。感触引发了情感,但不论这种情感是厌恶或是吸引,它们总是变动不居,不断行动、实践,彼此转化,进而构成人的本质或特征。德勒兹将这种因情景不同而带出的情感流变现象称为情动,并明确说不应该将之还原为一种对象或者观念,而应该是一个生成的过程。汪民安总结道:"斯宾诺莎和德勒兹要讨论的,不是人(身体)是什么?而是人(身体)做什么?能做什么?我们应该从人的动作和谓语,应该从人的存在方式的角度来断定人。"[4]

如果说启蒙和革命本身也是一种情感诉求的话,那么,这种诉求的最大问题在于它被单一化了。尽管许纪霖、刘剑梅等学者已经各自从思想史或文学史的角度说明,启蒙和革命事实上包含了另面、多层与变奏的可能,而不应被均质化对待[5],但是回顾整个二十世纪,应该说启蒙和革命已经很大程度上被限制在了写实的经验里面,展现出了一种夏志清所批评的感时忧国的情愫。当然,所谓写实,在这里不只是字面意义上对历史实景的记述,而且是指在这种记述的格局与情感设定里面,饱含一种相当深厚的阶级或者阶层意识,从而极大地挤压了自我的空间。阶级是两个维度上的,启蒙者与被启蒙者构成了最为人所熟知的一个维度,而另一个维度则由隐而不彰的东西方构成,并且充当了前一维度最为重要的拟仿对象:西方对东方的启蒙结构,被跨国地应用于区分本地的知识层级。因而,当我们在警惕东西方之间那恒久的殖民或后殖民关系时,有必要把压抑的观念带入到对本地启蒙者以及他们同民众关系的讨论之中。为此,王德威在《被压抑的现代性:晚清小说新论》中宣称,"压抑"既是指被西化的精英口味所排挤的"种种不入(主)流的文艺实验",也是指"'五四'以来的文学及文学史写作的自我检查及压抑现象"。[6]换言之,排他和自我净化是压抑观念的一体两面,代表的是损人不利己的双向伤害。因此,在评价鲁迅的写实主义抉择时,王德威说:"以其人多样的才华,他的抉择不应是惟一的抉择。后之学者把他的创作之路化繁为简,视为当然,不仅低估其人的潜力,也泯除了在中国现代文学彼端,众声喧哗的多重可能。"[7]

对于王德威而言,写实当然不必只是谨守欧洲传统遗绪中最保守的那一部分风格,即有板有眼地模仿自然、铭刻现实,相反,虚构也可以成为最重要的写实技巧,甚至本质。这个思路,一方面与新历史主义观念一脉相承,有意让各种文本平起平坐,在一个共同的叙事平台上来展开对话,但是另一方面,当我们回到中国现代文论语境时,又可以发现它与传统文史关系的内在延续。比如,在关于《左传》叙事的讨论中,钱锺书就提及了史传著述中所采用的"记言而实乃拟言、代言"的叙事方式,以为"史家追叙真人实事,每须遥体人情,悬想事势,设身局中,潜心腔内,忖之度之,以揣以摩,庶几入情合理"。[8]表面上,钱锺书似乎表现了一种新历史主义式的观察,认为历史的叙述和文学的想象间有着无可隔绝的情缘,但实际上,钱锺书特别强调"诗具史笔"与"史蕴诗心"相通却并不相等,"同宗而非同道":"赋事之诗,与记事之史,每混而难分。此士古诗即史之说,若有符验。然诗体而具纪事作用,谓古史即诗,史之本质即是诗,亦何不可。论之两可者,其一必不全是矣。况物而曰合,必有可分者在。谓史诗兼诗与史,融而未划可也。谓诗即以史为本质,不可也。脱诗即是史,则本未有诗,质何所本。若诗并非史,则虽合于史,自具本质。无不能有,此即非彼。若人之言,迷惑甚矣。更有进者。史必征实,诗可凿空。古代史与诗混,良因先民史识犹浅,不知存疑传信,显真别幻。号曰实录,事多虚构;想当然耳,莫须有也。述古而强以就今,传人而借以寓己。史云乎哉,直诗而已。"[9]

对钱锺书而言,诗史之间终有不可僭越的界限,真正带来问题的,其实不是两者的混淆,而是彼此的关系。比如,他对所谓诗史观念就颇不能认同,以为"'诗史'的看法是个一偏之见……仿佛要从爱克司光透视里来鉴定图画家和雕刻家所选择的人体美了"。[10]在钱锺书那里,史、诗纵然可以对话,有互通性,但毕竟不是"同道"。但是,在经历了所谓解构之后,我们似乎应该坦承:追索或理解文学与历史关系的思路,其实不唯直证式地写实,还可以旁证、反证,甚至以谑仿的方式进行。换句话说,文学的史感或曰史识所要寻觅的以虚击实的力量,并非只能"直认之招状"或"曲传时事",因为在这样的观念里面,"状"与"事"成了"招"与"传"的鹄的与中心,因而使得文学之力无从显现。换句话说,二十世纪中国的情动原本千端万绪,但后来者的叙事却一再将之压缩为政治层面上的启动。如果转换视野,以"招"与"传"为中心,那情动又将带出怎样可观的场景呢?

二、物色历史

正是基于对叙事能量本身的追问,王德威、陈国球等人不断地折返传统,发展抒情支脉的阐释力,来说明面对种种宏大的"状"与"事",文人知识分子所引发的情动,以及这些并不一律的情动在文字、言论、表演乃至生活方式上的落实和延续。王德威的《史诗时代的抒情声音:二十世纪中期的中国知识分子与艺术家》一书,可以视为"抒情传统"研究方面最新也是最重要的成果。此前,在《抒情传统与中国现代性》、《抒情之现代性》等著作中,王德威已经交代过抒情的身世,认为抒情不是古代文学或浪漫主义的专利,当历史进入现代乃至当代,这脉流风余韵不败反升,越挫越勇,在巨大的历史变革里发展出新的面相和形态,诚如王德威所言:"传统不是僵化的'伟大的存在之链',而是一连串的发明、反发明,和再发明所汇集的洪流。"[11]

在王德威看来,抒情既可以视为观察二十世纪中国的新参数、新维度,与启蒙和革命形成一种三角联动,同时也可以在"感情"与"事/世情"之间形成一种对话结构,让"time"的"节奏"意涵在"时间"和"时代"的语义之外凸显出来,即"不仅描写一个时代种种抒情声音,更要探询这些抒情声音如何体现或颠覆了史诗的节奏和韵律"[12]。乍看之下,王德威似有意回应普实克早年的论述,以为传统中国虽无史诗传统,但绝不必引以为憾,因为"中国的抒情诗同时涵摄了西方文学'抒情'与'史诗'的双重特征"[13],即在个人的情、物共振里,始终容纳更为浩大的天地情怀。换句话说,抒情和史诗在中国的语境里是如此不离不弃,以至于这些声音有且只有体现或颠覆史诗韵律的可能,甚至变成一股无可遏抑的历史趋势,于二十世纪二十年代末期同革命合流,铭刻了社会现实的涌动变化。但其实不然,史诗所内定的一整套起承转合的叙事规律,必然导向对历史、现实的承诺,而对于自我的、偶发的、细微的情愫总是视而不见,或总是有待整合、提升,化小我为大我。对于王德威而言,史诗所表征的并不只是一种宏大的情境或境界,也是这些情境中不可不见的事/世情与人情,表现出对个体的体贴和担当。慨而言之,历史毕竟是人的历史,而不是信仰、体制或政党的表征。而且,"正是这'有情的历史'才能够记录、推敲、反思,和想像'事功',从而促进我们对于'兴'与'怨'、'情'与'物'、'诗'与'史'的认识"[14]。

在王德威这里,"记录、推敲、反思和想象"岂止是文学的技巧而已,相反,如此曲折、回旋的方案,正是在过去由实入虚、由虚而实的直线式写实外,开辟了一个转圜的抒情空间,容纳了种种不见容于宏大历史的多音、杂音乃至噪音,从而令"物色尽而情有余"。或许,对于刘勰来讲,在他初始的含义里,"物色"本就不局限于定位自然景物的色相与声气,也是面对新的风景以及新的表述资源时一种全新的"感物"模式。"情"之所以有余,不是在物外平添了一种向度,而本就是物的余情未了。正如有论者所指出的,在山水诗兴起以及佛教影响的语境里,"色"已不再是"'物'原始本样的呈现,而只是在某个特定时刻,由于'光'的作用而显露在诗人视线中的景象。诗人在此关注的并非自然实体的真实,即所谓'客观性',而只是自己当下感知的直观现象,哪怕它可能是一种错觉"。[15]

那么,历史本身可否也是观者于此时此地的直观感知乃至错觉呢?柄谷行人说"风景的发现"实际上是一种制度上的发明,是现代民族国家在创制一个主体或者一种主体性时,所率先产出的一种现象或装置。因此,不是主体发现风景,而是风景在呼唤主体,它是现代主体出现的充分甚至必要条件。正如没有了近代的殖民经历，日本文学也就无从呈现全新的风景面貌，更遑论看见风景的人。正是在这样的思路里，我们对王德威所选择的一九四九年或者说二十世纪中期这个时间节点当别有会心。新政权的建立，势必呼唤对新人的塑造。如果说历史叙事或者政权更迭可以采用一种分水岭式的视角和立场，那么，对于历史中的人物和事情，采用这样一种断裂论显然不甚合适。就此，我们想到的或许是黄宗羲所说的"史亡而后诗作"：当过去的时光临近终了，叹逝、伤逝的情绪也将接踵而至。对于过去的缅怀，其实也同时指向了对现下与未来不安定要素的焦虑。回转到二十世纪中期的格局里，这些新人面对全新的国家期许以及种种连锁的雄浑意象，是否有了一种心有余而力不足的忧虑呢？他们在时代的精进与跨越中，意识到了自身无从克服的缺陷和软弱，而这种脱节的状况，又是否不得不迫使他们去寻觅一种新的技艺/记忆或者风景，来作自我的暗示或者净化/进化呢？比如冯至和何其芳，尽管他们力图接受新的意识形态洗礼，寻求"重生"，但是，早期书写中反复出没的"梦与蛇"，却在主体本身要求夺胎换骨的新语境里不请自来，发展出一种不确定性，以致"重生"诗学见证的不是斩钉截铁的断裂，而是敦促其人不断地折返自我的源头，正视"我"之所来和"我"之所宗，甚至由此昭示重生的不可及和不可为，正如王德威所说:"梦或许并不导向真实,反倒衍生出层层堆叠的迷梦;蛇未必带来蜕变,而仅显现(蛇一般)缠绕的缠绕、重复的重复。"[16]

在此,我们注意到王德威的抒情有意延续张灏关于幽暗意识的讨论。在后者的视野里,幽暗仿佛原罪,如影随形,不过也恰恰是因为有了这种对于自我、群体乃至人性中无可根除的卑贱、阴暗的警惕,反而可以激励人们努力迈向新生,变恶为善,推动政治与文化上的正面建制,发展民主传统。因此,幽暗意识并不能与意义近似的忧患意识简单替换,因为忧患"只是代表当时的人已经意识到时代的艰难和环境的险恶;而幽暗意识则是指:在'忧患'之感的基础上,人们进一步认识他们所体验的艰难和险恶不是偶发和傥来的现象,而是植基于人性,结根于人群;只要人还是人,忧患便不可能绝迹"[17]。王德威视抒情为现代文人重要的生活和批评界面,尽管他强调的是此时此地的情景交融或感触,但实际上暗示了此时此刻的经验和经历不过是一种触媒,它所要启动或焕发的情绪不仅因此时此刻而起,而且还包含一种从根底上发展出来的自我意识或曰民主观念。或者退一步而言,在历经了近代中国种种的灾难之后,这种幽暗意识其实也足以在人们心中埋下草蛇灰线。二十世纪中期的鼎革变化,如果不是从一种后见之明的视角来看,其实不啻启动另一轮的情动。

这样一来，王德威和夏志清之间的对话关系则于焉浮现。对于夏志清而言，现代中国的知识人所抱持的种种情感，归根结底，乃是一种格局有限的忧患意识，其眼界和思想往往局限于一时一地。但王德威却认为这样一时一地的经验之所以能够普遍涌现，其实不应忽视作为根底的幽暗，甚至暗示这种幽暗至少从屈原身上就可以找到苗头，其人"发愤以抒情"的表述，早已在物我、家国之间建立了紧密关联。换句话说，这种第三世界式的民族寓言，从根本上说可能就是一种其来有自的情感结构，而不是现代政治意涵中的意识形态。

三、笛卡尔时刻

当初，威廉姆斯以情感结构来区别意识形态，其主要目标之一，就是想指认社会和文化的流动性，不希望把种种文化研究的对象全部视为已经完成的产品，而主张把过程、局部和个人诸要素从结果、整体和社会的阴影中解放出来，促动人们对"正在被体验和感受的、与正规的或系统的信仰之间存在着不确定关系的意义与价值"的事物发生兴趣，并借此了解，甚或还原真实的历史。[18] 简言之，在威廉姆斯这里，现实不是夏志清层面上的一种现象或结果，而是王德威说的在公私律动里捕捉到的电光石火、灵光乍现的瞬间。这些瞬间和某些既定的原有的观念或传统是如此紧密地联系着，以至于它的闪现不可能是一种全新的发明，而是一种主体的情动。

汪民安指出，主体的情动必然要区别于结构主义马克思主义所言的讯唤。因为在阿尔都塞看来，主体的生成过程，其实就是意识形态发挥它再生产现有生产关系的过程，通过追认和强化处于支配地位的文化和社会观念，完成对主体的塑造。夏志清的感时忧国观念，或多或少追随了这种以文化霸权观念来理解文学写作的思路。虽然阿尔都塞的阐释中并无一个明确的、处于支配地位的团体，但是，那个处于支配地位的观念——现代民族国家——却自始至终存在着。汪民安说，阿尔都塞的意识形态论，其实和福柯早期的身体规训说有着异曲同工之妙。前者倾向强调意识对主体的召唤，而后者则偏向说明体制等对身体的管理。但不论形式如何不同，他们都重蹈了笛卡尔的身心二分论，试图在两者的隔绝里作出决断。[19] 但是，情动却如上所述，将两者的流动性呈现出来，既坦承感时忧国有其历史的机缘，更意识到这种机缘绝非当代的发明。正如沈从文以他"抽象的抒情"进行自救之际，其实有一个相当具体的依靠，即服饰的考古，因为"作为一种物件，服饰如此'肤浅'、'贴身'，又如此与外在脉动息息相关。除了中介内与外、个人私密与社会体制，服饰本身也传达了一个社会转向文明过程当中'种种可感知的关系'"。[20]

但是,对于王德威来说,抒情的根本价值并不在于建立一个能够逃脱权力制约的理性主体,因为这样的主体尽管具备认识自我的能力,但终究只是一种知识或学问上的修养而已。对于王德威以及他背后的后期福柯来讲,更为重要的观念是"关怀你自己"。简而言之,他们诉求的是一个伦理的主体。在福柯看来,"在笛卡尔之前,一个人如果是不纯洁和不道德的,就无法赢获真理;而笛卡尔之后,我们的认识主体不再是苦修的。这一改变把人从修习工夫中解放出来,认识论获得了空前的高度,使现代性成为可能。这就是福柯称之为我们的历史本体论中的'笛卡尔时刻'"。[21] 不过,"笛卡尔时刻"在带来新的主体和知识关系时,也就等于同时擦除了既有关系中的伦理要求,它令知识和主体不再相关,而仅是一个客观的事实,个体在获取它的同时,并不需要为了与之保持一致而改变自身。这对于王德威而言毋宁"直捣抒情'诚于中,形于外'的本质",甚至"揭发了抒情'本质'内蕴的表演性和暧昧性"。[22]

以胡兰成为例,王德威尝试说明这样一个毁家叛国的浪子,如何能够义正词严、堂而皇之地为自我行径辩解,甚至表彰。更富戏剧性的是,胡兰成不仅将浪子的核心价值归结为感受和表现"情"的能力,更是从《诗经》已降的诸多传统中找到论述的灵感,令"直见性命"的"情真意切"和繁复缛丽的修辞奇观并置而生。值得追问的是,行与言的关系到底是相互匹配,譬如刘勰所言的"登山则情满于山,观海则意溢于海",还是互为拆解:"胡兰成解释他的'情'时旁征博引,妙笔生花,却意外的带有消费逻辑的色彩。他认为他对一个女人的爱情并不因爱上别的女人而减损;相反的,移情和别恋只能更证明他'兼爱'的能量。"[23] 表面上,王德威愿意把抒情的伦理向度放在抒情内部来观察,即提出"情之'诚',情之'正',情之'变'"的论辩,思考源自抒情自身的内烁与反讽,以此揭示抒情的多声部特性。但事实上,抒情伦理的问题,不仅仅关涉着抒情如何帮助个体去面对、处理种种历史的经验和现实,而且也包含着历史本身如何被铭刻,并进入个体记忆的维度,即抒情不唯是历史中人的抒情,也是历史自身的抒情,在后一种情境里,历史而不是个人成了问题的发出者,它主动要求或者召唤人们对它的回应,而不是被动地成为个体抒情的背景或起因。

承续这样的思路,我们在黄宗羲的"史亡而后诗作"之外,更要吟诵清代诗人赵翼的名句:"国家不幸诗家幸,赋到沧桑句便工。"这句话的含义,当然不是在宣告国家的命运和诗人的命运是如何紧密地相连,能够借着一种严苛的写实主义方案来彼此对应,或者用一种"失之东隅,收之桑榆"的乐观史观来自我抚慰,恰恰相反,"幸运"必然要成为("便")对"不幸"的伦理承担,如此沉痛的时间经验,如果没有合宜的艺术成就和书写形态甚至数量来与之回应,那么,这不仅是人间的不义,更是历史的不公。因此,"有情的历史"所传递的是这样一种诉求,即在时间已止、伤痛已然的情势里,任何言说和记述其实都已难以消抵苦痛、抹除伤害,但唯其如此,孜孜矻矻的书写显得尤有必要。这种明知不可为而为之的勇气与韧性,以及由是发展出来的记忆、叙事,注定变成人与历史之间的约定和承诺,或者说伦理,甚或规律。

贯穿全书,王德威以诗歌、散文、绘画、音乐、戏剧、电影、书法、文学批评以及文物考古等诸多文类来说明抒情如何以其多样的形态,全方位地和着二十世纪中期国家与个人之间那不断激荡、变化的关系,并由此凝聚成一个重要的批评界面,可以介入到当代中国和世界政治之中。但是,当他不断放大抒情的定位和来路时,似乎又有意无意地重蹈了感时忧国的思路,认为抒情不过是这些知识分子和艺术家在面对复杂的中国历史时所启动的思辨路径,但问题是,面对这段冷战格局中的中国历史时,抒情的能量又能否越出国家的界限,或发展出更多的可能呢?这应该是值得我们深思的问题。

*原载《文艺争鸣》二〇一八年第十期。

注　释

1　王德威：《史诗时代的抒情声音：二十世纪中期的中国知识分子与艺术家》，涂航等译，麦田出版公司，2017年，第9页。

2　王德威：《史诗时代的抒情声音：二十世纪中期的中国知识分子与艺术家》，第9页。

3　Elizabeth J. Perry, *Anyuan: Mining China's Revolutionary Tradition*, University of California Press, 2012.

4　汪民安：《何谓"情动"?》，《外国文学》2017年第2期。

5　许纪霖：《启蒙如何起死回生：现代中国知识分子的思想困境》，北京大学出版社，2011年；刘剑梅：《革命与情爱：二十世纪中国小说史中的女性身体与主题重述》，郭冰茹译，上海三联书店，2008年。

6　王德威：《被压抑的现代性：晚清小说新论》，宋伟杰译，北京大学出版社，2005年，第11页。

7　王德威：《被压抑的现代性：晚清小说新论》，第9页。

8　钱锺书：《管锥编》第一册，中华书局，1979年，第166页。

9　钱锺书：《谈艺录》（补订本），中华书局，1993年，第38页。

10　钱锺书：《宋诗选注》，生活·读书·新知三联书店，2002年，第3页。

11　王德威：《史诗时代的抒情声音：二十世纪中期的中国知识分子与艺术家》，第10页。

12　王德威：《史诗时代的抒情声音：二十世纪中期的中国知识分子与艺术家》，第8页。

13　王德威：《史诗时代的抒情声音：二十世纪中期的中国知识分子与艺术家》，第85–86页。

14　王德威：《史诗时代的抒情声音：二十世纪中期的中国知识分子与艺术家》，第611页。

15　张静：《"物色"：一个彰显中国抒情传统发展的理论概念》，《台大文史哲学报》2007年第67期。

16　王德威：《史诗时代的抒情声音：二十世纪中期的中国知识分子与艺术家》，第278页。

17　张灏：《幽暗意识与民主传统》，新星出版社，2006年，第59页。

18　张德明:《从岛国到帝国:近现代英国旅行文学研究》,北京大学出版社,2014年,第157页。
19　汪民安:《何谓"情动"?》,《外国文学》2017年第2期。
20　王德威:《史诗时代的抒情声音:二十世纪中期的中国知识分子与艺术家》,第201页。
21　王辉:《从福柯的"笛卡尔时刻"到笛卡尔的"作为伦理的方法"——以笛卡尔的〈谈谈方法〉为例试析两种"方法"》,《浙江社会科学》2016年第8期。
22　王德威:《史诗时代的抒情声音:二十世纪中期的中国知识分子与艺术家》,第23页。
23　王德威:《史诗时代的抒情声音:二十世纪中期的中国知识分子与艺术家》,第325页。

无限弥散与增益的文学史空间

王德威《哈佛新编中国现代文学史》读札

二十世纪八十年代后期以来，"重写文学史"蔚为风潮，一方面呼应了极左年代终结后拨乱反正的思想趋向，另一方面亦彰显了文学史写作在文学研究中的特殊地位（《哈佛新编中国现代文学史》即有"1988年7月1日，新时期思想解放语境中的'重写文学史'"条目）。近三十年间，国内学界对于中国现代文学史的重写所投注的热情有目共睹，其所生产的数以千计的文学史著作亦令人侧目。在此过程中，海外中国现代文学研究的经验和影响，特别是夏志清的《中国现代小说史》，对国内的中国现代文学史重写起到了不容忽视的作用。在过去的研究中，我曾尝试梳理从夏志清、李欧梵、王德威，到安敏成、耿德华、奚密等人的中国现代文学史书写谱系，评估其所带来的种种价值观念，以及对于复杂多元、众声喧哗的中国现代文学史的认知与建构，以与来自本土的学术能量彼此激荡，互为阐发。这些海外的现代文学史书写，与我们所熟悉的中规中矩的文学史并不相符，却从各个方面形塑了中国现代文学史的景观，呈现出一个复数的、多面的文学史，而非均质的文学史。但是，我们不得不承认，即使经历了这么长时间的重写，国内的中国现代文学史书写依然存在诸多瓶颈，其虽不必与政教观念或国家意志亦步亦趋，却往往受困于自身写作范式的僵化和价值标的的固着，或投入千篇一律的重复劳动，或沦为生财有道的商业复制，学界甚至有悲观论者认为"重写文学史"已经中道而辍，积重难返。在此背景下，深入文学史研究的内在机杼，重探文学史资源的多元维度，寻求文学史书写的理论爆点，自然成为"重写文学史"的题中之义。这种重写是要以全新的理论与观念，重新组织与构建中国现代文学史的话语空间，消解文学史的确定性，质疑文学史的权威性，以更灵活生动的方式重新讲述文学史的故事。

近年来，英语学界再度投入讨论，新一轮的"重写文学史"风潮虽然姗姗来迟，却势头迅猛。邓腾克主编的《哥伦比亚中国现代文学指南》，张英进主编的《中国现代文学指南》，罗鹏和白安卓主编的《牛津中国现代文学手册》，以及王德威主编的《哈佛新编中国现代文学史》，四种中国现代文学史在两年内相继问世，成为一道亮丽的学术风景线。令人兴奋的是，这几种著作虽然并不都冠以"文学史"之名，但都具有文学史之实，它们刻意跳脱现有的文学史书写典范，本身即带有元史学的意味，所采用的组织模式、所涉及的文学议题都包含着对文学史书写范式的自觉反思和挑战，这无疑对国内学界"重写文学史"的实践具有积极的警醒与借鉴意义。当然，国内学界未必真的能或可能拷贝这种文学史书写模式，但这些文学史所传达的关于文学史编纂、书写、呈现以及阅读的看法，所展望的文学史书写的存在方式和发展趋向，很值得我们认真思考和学习。以下先简略介绍一下几种文学史的基本构成，然后再着重讨论《哈佛新编中国现代文学史》的文本形态及其背后的理论立场。

邓腾克是美国俄亥俄州立大学教授，也是美国最重要的中国现代文学与文化研究刊物《现代中国文学与文化》的主编，出版过《中国现代文学中的个人问题：胡风和路翎》等著作。这本《哥伦比亚中国现代文学指南》其实脱胎自二〇〇三年由乔舒亚·S. 莫斯托主编的《哥伦比亚现代东亚文学指南》，只不过新的这本内容更为集中，线索也更为清晰。《哥伦比亚中国现代文学指南》分为两个部分，共五十七个章节，篇幅近五百页。第一部分"专题论文"由八篇文章构成，包括《作为体制的现代华语文学》、《语言与文学形式》、《文学社群与文学生产》、《华语语系文学》等。第二部分"作家、作品、流派"由四十九篇文章构成，包括《晚清诗歌革命：梁启超、黄遵宪与中国文学现代性》、《重审中国现代女性写作的起源》、《"狂人"阿Q：鲁迅小说中的传统与现代性》、《伤痕文学与创伤记忆》、《来自边缘的声音：阎连科》等。邓腾克在开篇的《历史概述》中，把中国现代文学分成晚清文学（1895–1911）、"五四"文学（1915–1925）、二十世纪二十年代至三十年代文学、战时文学（1937–1945）、早期后革命时期文学（1949–1966）、"文革"文学（1966–1976）、后毛泽东时代文学（1977–1989）、消费文化崛起的文学（1989–　）等几个时期，同时再加上港台文学和"华语语系与全球化"两个部分。显然，这样的划分与传统的中国现代文学史的线性框架若合符契，后面关于文学思潮、作家作品、文类风格、文学制度、媒介文化和社会转变等议题的若干选择与论述，与此构成了线性与横向的互文关系。在四种文学史中，这本是与国内通行的中国现代文学史最为接近，也是最具教材形态的一本。

相比较而言，《中国现代文学指南》的理论色彩明显加强，视野也更为宏阔。张英进是美国加州大学圣地亚哥分校的教授，研究范围包括文学、电影、都市文化、文化史等领域，出版过《中国现代文学与电影中的城市：空间、时间与性别构形》、《影像中国：当代中国电影的批评重构及跨国想象》等大量著作。他主编的《中国现代文学指南》由"历史与地理"、"文类与类型"、"文化与媒体"、"议题与论争"四个部分构成,篇幅近六百页。"历史与地理"部分从时间与空间两个维度呈现中国现代文学发展的基本面貌,属于相当宏观的描述;"文类与类型"则侧重于诗歌、小说、戏剧和散文等传统文学类型,以及翻译文学、女性文学、通俗文学和少数民族文学等新兴的文学类型;"文化与媒体"包括《无用之大用:西方美学如何使中国文学更为政治化》、《语言学转向与二十世纪中国的文学场域》、《中国现代文学和视觉文化中的分裂统一体》等文章,特别是最后两篇探讨媒体技术对文学的影响,既讨论印刷媒体的发展与中国现代文学的兴起之关系,也探究网络技术与新媒体对中国现代文学正在产生的巨大影响;"议题与论争"则选择了一些重要的话题,比如文学形式与民族文学运动的关系,现代中国文学中的摩登女郎形象,作为现象的身体、政治记忆、历史创伤等,最后两章概览汉语学界和英语学界中国现代文学研究的发展谱系。由前面的总论,到分论,再回到总论,全书形成了一个相对完整的结构。张英进坦言,该书虽然"不是对于中国现代文学所有可想到的方面——包括对运动、流派、文类、作者、文本、风格以及主题——的综合性概观",也"不是一个叙述性的文学通史"或"对于代表性作家和作品的导读",[1]但确实以学术性、批评性的立场为我们多层次地描绘了中国现代文学发展的丰富性与独特性。

罗鹏和白安卓是近年来脱颖而出的青年学者。罗鹏现任杜克大学教授,出版过《离乡病:现代中国的文化、疾病与国家改造》、《裸观:关于中国现代性的反思》等多部著作,还翻译过《兄弟》、《受活》、《四书》等多部小说,成果丰硕,是目前相当活跃的青年汉学家。白安卓是康奈尔大学副教授,出版过《说文写字:汉字书写与文化的印迹》等著作。他们主编的《牛津中国现代文学手册》,篇幅近千页,体例上与《中国现代文学指南》颇为相近,分为"结构"、"分类学"、"方法论"三个部分。罗鹏在《导论:"文"的界限》中,以《说文解字》中对"文"的解释为线索,介绍了《牛津中国现代文学手册》诸章节的内在思路。罗鹏指出,文学史的第一部分对应"文"字解释的第一句话"错画也",即"文"字产生的"结构性条件"。这一部分的选文涉及文学写作的空间、心理、物质或语言因素,罗鹏将之视为文本的直接延伸,推动读者和研究者对于文学文本的重新理解。第二部分对应"文"字解释的第二句话"象交文",罗鹏将之引申为一种依据象形的分类法原则。这一部分的选文涉及对于文学分类的不同标准,特别考察了一系列历史的、族群的、区域的和形式的因素以及与其相对应的文学概念,反思了这些分类原则的洞见与不察。

第三部分对应"文"字解释的第三句话"凡文之属皆从文",即一种理解字义的方法论。这一部分的选文尝试处理中国现代文学的种种不同方法与试点,包括历史的、心理和政治的、社会的、族群的,等等,重估这些方法的预设、局限和可能。如其所言,这一部分追求的是一种元方法论:"能在研究文学现象的同时思考这一解读范式本身。"[2] 在论文的开头和结尾,罗鹏都引用了马来西亚华人作家黄锦树的小说《刻背》,其中对于文字、语言之于文化认同、身份建构的吊诡叙述显然对本文的讨论影响颇大。对罗鹏而言,《牛津中国现代文学手册》通过一系列堪称边缘性的观察,所要处理的是"现代华文文学"这一概念的来龙去脉。与其老师王德威一样,罗鹏将文学史书写视为一个开放的、动态的生产过程,以散点辐射的编纂结构呼应中国现代文学史中的种种幽暗意识,甚至更进一步,他取消了另外三种文学史或多或少的编年传统,代之以一个非线性的论述宇宙,以不断彰显中国现代文学话语自我建构过程中的时间纵深,并试探其包容的界限。

四种文学史中,最特别、最丰富、最有趣的当属王德威主编的《哈佛新编中国现代文学史》。全书"起自一六三五年晚明文人杨廷筠、耶稣会教士艾儒略等的'文学'新诠,止于当代作家韩松所幻想的二〇六六年'火星照耀美国'","以一百六十一篇文章构成一部体例独特,长达千页的叙述。全书采取编年顺序，个别篇章则聚焦特定历史时刻、事件、人物及命题，由此衍生、串联出现代文学的复杂面貌"，以此"呈现中国文学现代性之一端，同时反思目前文学史书写、阅读、教学的局限与可能"。³王德威的长篇导论，开宗明义，将《哈佛新编中国现代文学史》归入文学史的异类：它不是"完整"的文学史，不仅缺少诸多主流作家、作品，而且各个章节之间完全自说自话，甚而风马牛不相及；它涉及的媒介或体裁过于宽泛，远远超出了文学的意涵；它借用"华语语系文学"的比较视野，忽视主流的家国脉络。但也正是从这一明显"缺陷"出发，王德威阐明自己的文学史观："这本文学史不再强求一家之言的定论，而在于投射一种继长增成的对话过程。"在他看来，中国的"文"与"史"包含着西方的再现模式所不能囊括的辩证和对话关系，这一关系由古典的文学传统中来，却在强调颠覆传统的现代中国萦绕不去。由此，王德威提出《哈佛新编中国现代文学史》的核心关切："如何将中国传统'文'和'史'——或狭义的'诗史'——的对话关系重新呈现。"除却对"中国"、"现代"、"文学史"等语汇进行一系列的考古，王德威还借用海德格尔的"世界中"概念，以呼应他对于上述关系的理解："'文'不是一套封闭的意义体系而已，而是主体与种种意念器物、符号、事件相互应照，在时间之流中所彰显的经验集合。"在《哈佛新编中国现代文学史》中,"世界中"的中国现代文学通过四个主要议题切入:时空的"互缘共构"、文化的"穿流交错"、"文"与媒介衍生、文学与地理版图想象。[4] 在详细讨论这四个相互关联的主题中的种种面向时,王德威其实亦是对于开头处自陈的种种"缺陷"作进一步的解释和回应。草蛇灰线,自有相与对话的可能;鸿爪雪泥,恰能捕捉变动不居的轨迹。文学史书写不必限于居高临下、登台点将的传统,更可以通过彰显其种种关联与涌动的过程,反思"文学何为"的根本问题。

过去的文学史往往以一种权威的姿态,传达给读者一个简单的文学演进的脉络,对文学现象、作家作品作出不容置疑的判断。殊不知,文学演进本身就是千般风光、变幻无常的,任何一种文学史某种程度上都只是想象的结果。文学史写作也是一种历史想象的方式,是文学、社会、时代、读者期待、文学生产等诸多因素斡旋的结果。宇文所安在《瓠落的文学史》一文中,明确提出了重新思考文学史必须注意的三个层次,"首先确认在当前的文学研究实践里有哪些研究方式和信仰是司空见惯的,然后问一问这些研究习惯是否都是有效的工具",其次,"我们应该把物质、文化和社会历史的想象加诸我们习以为常、确信不疑的事物",最后,我们要探询那些文学史写作所围绕的"重要的"作家,他们是何时,又是被什么样的人视为"重要作家"的,依据的又是什么样的标准。[5]这四本文学史的大胆创新与实践,正体现了宇文所安的三个层次,与其说是"意在取代目前的文学史典范,不如说就是一次方法实验,对'何为文学史'、'文学史何为'的创造性思考",尤其是《哈佛新编中国现代文学史》完全放弃了那种面面俱到,以历史背景、作品作家、思潮运动为主导的线性发展的文学史模式,而着力于捕捉历史时空中那些生动细节,"以小观大,做出散点、辐射性陈述","全书各个时间点所形成的脉络——及缝隙——促使我们想象文学史千头万绪,与时俱进,总有待增删填补。细心读者其实可以看出书中草蛇灰线的布置,进而触类旁通,把现代中国文学的故事接着说下去"。[6]这样的文学史书写,无论是广度、深度或性质上,都实现了巨大的突破。

我很高兴地看到,王德威自陈,这种全新的文学史书写形态的理论灵感来自中西两个方面,而不仅仅是西方现代理论的演练。一方面,它来自钱锺书《管锥编》、《谈艺录》所倡导的片段化思维,主张打破人文学科的樊篱,解构各种理论话语,让不同的文学、历史、哲学、社会学等话语交互映发,立体对话。随着逻辑结构的消解,无数贯通古今、跨越学科的话语现象交集纷来,相生相发,形成了某种可以无限弥散与增益的空间。钱锺书的片段化思维与文本特征一直以来颇受诟病,甚至有人以为钱锺书没有理论、没有体系，现在却成为《哈佛新编中国现代文学史》的灵感源泉，这再次提醒我们，中国现代学术，尤其是现代文论，完全可以与西方现代理论展开对话，这些真正的"世界中"的中国理论，值得我们重新加以阐释和发扬，也应该成为中国现代文学史的题中应有之义。另一方面，它的理论灵感当然来自西方理论，比如本雅明的"星座图"、"拱廊计划"，巴赫金的"众声喧哗"，福柯的"谱系学"，德勒兹的"组合"论、"皱褶"论，等等，特别是后现代史学理论。[7]相当长时间以来，经由主流话语、精英叙事所建构出来的清晰的历史叙事，制约和形塑了我们对事实与现象的理解、解释与认识，可是，后现代史学却告诉我们，各种非主流的、底层的、日常的历史细节，却一再挑战着权威历史的叙述。张英进曾经引用詹明信的一句话，"当代史学最主要的贡献，就是坚信历史是一系列的断裂，而非一个连续的整体"，指出"北美学界自二十世纪八十年代以来文学范式的变迁强化了一种对整体性消失的共识，这种共识激励了以异质性和片段化为标志的解构主义和后现代主义文学研究的发展，并且让人们逐渐倾向于寻求他者性和非连续性"，于是，"重写文学史"在某种意义上就成了"重新想象同时联系中国文学传统和西方现代性的一种新的整体性"。[8]与《哈佛新编中国现代文学史》同属哈佛大学出版社文学史系列的《哈佛新编法国文学史》、《哈佛新编德国文学史》、《哈佛新编美国文学史》,都以片段化和断裂性为文学史书写的结构原则,不追求建构线性的、因果的文学发展史,而是着力捕捉和梳理作为文学史症候的片段,一部作品的出版、一个团体的创立、一个主题的初现、一次论争的辩难、一桩社会事件、一段感情等,都成为切入文学与历史的有效角度,构成散点辐射式的网状脉络。"萌一绪而千变,兆片机而万触"(韦承庆《灵台赋》),"书中的每一个时间点都可以看作是一个历史引爆点。从中我们见证'过去'所埋藏或遗忘的意义因为此时此刻的阅读书写,再一次显现'始料/史料未及'的时间纵深和物质性"[9],文学史成为可以无限弥散与增益又无比迷人的书写空间。

王德威化用海德格尔的概念,提出了"'世界中'的中国文学"的观念,"近世中国文学'遭遇'世界后所显现的常与变,促使我们思考古典'文'的现代性问题,而这一思考可以从海德格尔'世界中'概念得到微妙灵感。'世界中'描述事物'存在于此'的条件,凸显其兀自彰显的状态。这种状态与其说可由语言、书写和思考形式所捕捉、规范,不如说经过这些形式而中转、绽露。海德格尔认为,诗以其借此喻彼、灵光一现的形式,仿佛泄露天机般的召唤出那世界和事物'一种简单的共在'","世界中"作为一个批判性的观念，引导读者联想一个意义广泛的"文"的观念，"不仅观察中国如何遭遇世界，也将'世界带入中国'"，令人信服地呈现了中国现代文学其实是"不同文化、文明的'交错互动'：各大洲、国家、社会、机构和社群之间，语言、文化和思想的相互交流、传译和衍生的结果"。[10]这样的视角与立场给《哈佛新编中国现代文学史》带来了全新的面目。虽然我们都清楚晚清以来的中国文学总是与外国文学的影响如影随形、相伴相生，但是，上千部的中国现代文学史著作却对此或视而不见，或语焉不详，让读者以为中国现代文学只是孤悬东方、完全内发型的文学。失去了世界维度的中国现代文学史，只能是一部残缺的文学史。比较文学界在讨论现代中外文学关系时，最新的做法往往是运用王德威的哈佛同事丹穆若什提出的世界文学理论，把世界文学视为在全球范围内翻译、传播、阅读的过程，以此重估中国现代文学的价值。丹穆若什的世界文学理论，确实提供了一个不错的解释的理论框架，而王德威的"'世界中'的中国文学"，却是从中国文学出发，关注不同文化的"交错互动"，直接发掘了大量的中外互动的个案，让那些曾经有意无意被忽略的中外文学交往互动的事实纷纷呈现，倾盖如故，天涯比邻，原来中国现代文学从来就在"世界中"，而非在世界之外，更非世界与中国的二元对立。这种二元对立模式，总是不断地要证明中国文学如何受到外国文学的影响，中国文学又如何传播到世界，所谓"中国文化走出去"，也不脱这个思维模式。而"'世界中'的中国文学"，则完全解构了这种单向的二元对立模式，让我们重新正视全球文化的互动交错，表现出中国现代文学空前复杂的面貌。

在讨论了《哈佛新编中国现代文学史》的文本形态及其理论立场后，我们还可以从文化研究的角度讨论对"文"的重新理解，从跨学科的立场辩证"诗"与"史"的对话，从时空的角度重估古典与现代的对话、现代性的中国面孔、旅行与现代性的关联，从"宅兹中国"的观念来重审华语语系论述，等等，这些都是王德威在其导读和文学史中不断提出和思考的理论问题，相信也是我们文学史重写所必须面对的问题。但限于篇幅，无法继续展开，只能留下一笔，以为异日之券。总之，《哈佛新编中国现代文学史》把文学与历史、文化、思想、理论熔于一炉，形式新颖，新见迭出，蔚为大观，虽然仍存在一些问题，也可能会引发一些论争，但无可否认，它应该是三十年来海内外文学史重写的最重要的代表性成果之一。这样一部充满主观性、创新性的文学史，与其说是一部权威信史，不如说它如斧破竹，打开了重返中国现代文学史的无限可能，也生动体现了王德威对中国文学的深厚情怀与自觉承担,从这个意义上说,不妨也可以视之为王德威的又一部抒情之作。

*原载《南方文坛》二〇一七年第五期。

注　释

1　Yingjin Zhang, "General Introduction", *A Companion to Modern Chinese Literature*, Wiley-Blackwell, 2016, pp. 21-22.
2　罗鹏:《导论:"文"的界限》,《南方文坛》2017年第5期。
3　王德威:《"世界中"的中国文学》,《南方文坛》2017年第5期。
4　王德威:《"世界中"的中国文学》,《南方文坛》2017年第5期。
5　宇文所安:《瓠落的文学史》,载氏著《他山的石头记:宇文所安自选集》,田晓菲译,江苏人民出版社,2003年,第7–8页。
6　王德威:《"世界中"的中国文学》,《南方文坛》2017年第5期。
7　王德威:《"世界中"的中国文学》,《南方文坛》2017年第5期。
8　张英进:《历史整体性的消失与重构——中西方文学史的编撰与现当代中国文学》,《文艺争鸣》2010年第1期。
9　王德威:《"世界中"的中国文学》,《南方文坛》2017年第5期。
10　王德威:《"世界中"的中国文学》,《南方文坛》2017年第5期。

通过碎片来重建整体性的可能

张英进《中国现代文学指南》读札

尽管文学史的出现与民族国家观念的兴起密切相关，但是，在海外学界，文学史书写从来都不是热门选项，尤其在中国现代文学研究领域更是如此。虽然海外也有一些具有"中国现代文学史"形态的研究著作，甚至也有夏志清的《中国现代小说史》、顾彬的《二十世纪中国文学史》等，但是与国内汗牛充栋的书写体量相比，海外中国现代文学史的书写，实在乏善可陈。饶有趣味的是，海外中国现代文学研究的发生，又以夏志清的《中国现代小说史》为起点和标志。而《中国现代小说史》之所以成为发轫经典，大抵在于它划定疆域、标识特征、明确标准，既有时间的起落，又有叙事的线索，具有鲜明的史观，不至于让初识者迷失于个别的作家作品或文学现象，而无法建立起对"现代"的整体认知。与此同时,夏志清秉承西方人文主义立场,以世界文学的视野,对中国现代作家作品展开审美性的细读与评判,从而独树一帜,卓然而成"夏氏范式"(王德威语)。半个多世纪之后,回顾夏志清《中国现代小说史》所作出的种种品鉴和论断,我们必须承认,这样的文学史不以溢美为能事,而更注重辨析"美"的形态与可能。学界对该书的思辨,往往围绕夏志清的标准或立场来展开,反而忽略了他所作出的不同评价如何形成有趣的对话,如何可以在同一个历史场域中并存。比如,既然《中国现代小说史》标榜对"优美作品之发现",为什么那些"不优美之作品"也同时与之并存呢?这些所谓"不优美"与"优美"构成怎样的关系?或者说理解"优美"必须以所谓"不优美"为对照,现代文学史本来就是以拉锯的方式来加以理解和定位?这是否意味着,中国现代文学史书写从一开始就是一个问题,而不是一种事实?

夏志清《中国现代小说史》之后,海外具有中国现代文学史典型形态的著作难得一见。最近几年,邓腾克主编的《哥伦比亚中国现代文学指南》,张英进主编的《中国现代文学指南》,罗鹏和白安卓主编的《牛津中国现代文学手册》,王德威主编的《哈佛新编中国现代文学史》,以及顾明栋主编的《劳特利奇现代中国文学手册》横空出世,分别展示出他们对文学史的全新理解。这几本文学史著作,无论是以"文学史"命名,还是以"指南"或"手册"命名,其实都没有传统中国文学史的典型形态。这样的非典型形态,表明主编者们尝试以更灵活、更多元也更轻松的方式来展开对中国现代文学史的书写,也从另一个角度回应了后现代思潮下"历史重写"的可能性,呈现出中国现代文学史的崭新风貌。但是,我们必须承认,文学史无论其形态如何,都必须在严谨的形式和自由的立意之间拔河。在整体性消解之后,我们如何呈现具有一定逻辑关联的文学史叙事,而不只是给出一些吉光片羽,仍是文学史书写者的基本使命。本文尝试以张英进主编的《中国现代文学指南》为例,对文学史书写的形态问题作出探索,希望既揭示该书的特色,也借此追踪文学史书写的新动向。

一

《中国现代文学指南》篇幅五百七十余页,三十二位作者围绕"历史与地理"、"文类与类型"、"文化与媒体"、"议题与论争"四个板块进行论述。粗略来看,"历史"不过是《中国现代文学指南》所要处理的话题之一,并不独立构成论述的结构或线索。张英进本人也坦言,不准备对中国现代文学涉及的诸种运动、流派、文类、作者、文本、风格及主题进行综合性的概观,使其呈现为通史式的或作家作品导读式的著述。显然,文学史所面对的不只是一段连贯的历史,也同时包含其他方面各种复杂而多元的内容。在这个意义上,《中国现代文学指南》帮我们辨析了文学史的题中应有之义,即其对象或范畴的问题。张英进指出,文学史其实是一个所谓"空间"或者巴赫金意义上的"时空体"。此"空间"既包含地理上的跨境、跨国,也同时承载不同议题和观念之间的拉锯,充满运动性。人文地理学者曾经仔细辨析地方与空间的不同。对他们来说,两者既紧密相连,又有明确区别。相比起"地方"所代表的熟悉感,"空间"不仅投射更大的领域意识,而且也表征一种陌生和不确定的感觉。我们可以用一系列充满矛盾的概念来描述它,比如,它既是自由的,但同时也可以是充满威胁和限制的。[1]之所以视文学史为"空间",一方面既可以指明文学史写作不是一种四平八稳的知识组装,而是一种探索知识讲述的新路径,不断给我们带来陌生感;另一方面,这种探索本身不是随性而为的,它受到各种认知经验的限制,比如它仍需回应时间的问题,总与既往的文学史观念发生牵连。

以第一部分"历史与地理"为例,张英进的编排有意突出一种不连贯的叙事视角。即使从时间的编排来看,由陈晓明执笔的第五章《激进现代性驱动下的社会主义文学:二十世纪五十年代至八十年代》,就和陶东风所撰写的第六章《新时期文学的三十年：从精英化到去精英化》存在重叠。前者着力说明文学与政治运动的关系，试图帮助我们理解：即使在政治的变动中，文学书写受到影响，这种影响也从侧面表明中国现代性的特色，它并非一无是处。而后者显然凸显经济因素的介入如何使文学转变成对文化事业的追求，各种流行现象怎样驱使社会主义文学有了"后"的征兆，表现出一种因体制转变而来的去精英化效应。是否有可能糅合经济和政治，乃至更复杂的要素，对这段历史进行重排，是值得我们深思的议题。既然张英进"放任"了这种重叠的出现，是否表明即使是一种更综合性的标准，也很难对历史作出连续、有效的切分。毕竟这种综合性的考量体系，在不同的区段内，构成的情况亦存在差异，随时变动。换句话说，标准本身也是变动不居的。

这种叙事上的不连贯性，同样表现在编者将历史和地理并置这一点上。这种并置多少说明我们没办法在历史的进程中有效地容纳地理上的转变，或者不同地理空间的差异，并不能形成一种时间上的有效贯通。在通常的文学史叙事中，港台文学常被单独讨论，就是这种不连贯性的表现形态。显然，与传统文学史不同，张英进邀请张诵圣进一步说明了造成这种不连贯性的原因，而不只是单独罗列一个地区的创作实绩。通过再现一个复杂的文学机制和一段复杂的历史，张诵圣说明了台湾文学为什么无法被有效地整合进大陆文学演变的进程之中。差异化的在地经验虽然让海峡两岸的文学无法同步前行，但是，张诵圣也着重指出其共同的现代性发展之路乃是对语言现代性的寻求。台湾文学仍是中国文学的因由，不仅在于政治，也在于它们分享了近似的历史驱动力，即与近代东亚的殖民经历存在莫大关联。这似乎也弥补了我们对时间和地理无法进行同步观察的遗憾。

二

如果说历史和地理的问题是文学史书写不得不面临的难题，两者的错位本身就说明文学史书写不可能是一个连贯的时间故事，那么，《中国现代文学指南》的第二部分将文类与类型并置，就有点自我挑战的意味了。毕竟我们可以通过所谓"文类史"来给出若干走向清晰的故事，即使这种走向不一定沿着线性进化的方式展开，但实在没有必要把类型作为它的补充或并列的对象。小说、诗歌、戏剧、散文之中，未尝不可以列出翻译文学、女性主义文学、通俗文学或少数民族文学的分支来加以讨论。我们的问题是，这些被单独罗列的写作类型寄寓了编者怎样的用心？

诚如张英进所说，在上述四种文学类型之外，其实还有更多的题材值得注意，比如自传文学、儿童文学、报告文学、游记文学等。这些文学类型的研究在西方也行之有年，相关成果不容忽视。仅以报告文学而言，弗吉尼亚大学罗福林教授编著的《中国报告文学：历史经验美学》早在二〇〇二年就由杜克大学出版社出版，是英语世界到目前为止唯一一本有关报告文学的研究著述。透过这本著述，我们可以进一步追问，报告文学真的只是散文书写的分支吗？还是可以视为全新的文类，代表一种全新历史经验的美学形态？刘禾在《跨语际实践》中，已经指出四大文类的说法源自西方，日本作为中介在其中发挥了巨大作用。跨语际实践代表了在一个动态的历史进程中，不同的意识观念与文学认知的交流、切磋和纷争，背后甚至裹挟着国家利益和政治诉求。换句话说，诗歌、小说、散文、戏剧的分类，在一定程度上代表了民族国家间的对话甚至对立，它们的中国化过程，也代表了现代中国文学主体的自我定位和抉择。但问题是，这个过程是否已经终结？此后漫长的文学实践，有没有可能对这种分类提出挑战？或者至少在其内部发出异议和多音？

正是在这完而未了的进程中，我们认为张英进尝试将文类和类型并立，代表了一种持续推进文学跨语际实践的努力，呈现了在新的语境里继续发展文学文类的思路。被挑选出来作为类型代表的四种写作题材——翻译文学、女性文学、少数民族文学和通俗艺术——通常被视为文学的弱势力量。它们如何与代表主流与不言自明之权威的虚构写作、男性文学、汉语文学和精英文学形成对话，本身就是另一种形式的跨语际实践，只是这个语际未必在国家和地区之间发生，而是在文学内部展开。以女性文学的定义而言，杜爱梅似乎并不准备将之完全性别化，反而一再指出跨性别思考的可能，尤其是在晚清的世代里，作者的身份并不能被完全确认，故事里的女性主义思考就无法简单地和具体的生理属性相勾连，特别是顾及当下酷儿政治流行的情况，这种女性定位更可以有其权宜和机变。在此，我们自然会想到周蕾在她的大著《妇女与中国现代性》里的论述，理解到"妇女"其实是一种特征和立场，而不是本质，代表的是在给定的境遇里去发展抗议和变革的行动及思考。[2]

在此意义上，翻译有了新的维度，它代表的不是一种写实的经验或者转述，而是一种发明，一种持续的意义推进。本雅明以"来世"点明其中的关键点，但不妨继续追踪，这样的"来世"面临身份归属之际，又可以形成怎样的张力？林纾所译述的各国文学，是中国文学，还是外国文学？在何种意义上，我们视它为中国文学，可以置入中国文学史？是以其传统的表述风格，用汉字来呈现的形态，还是采用中国式的选择立场和判断？此外，翻译与翻译文学又和当下流行的世界文学形成怎样的对话关系？丹穆若什视世界文学为在翻译中受益的作品,这种受益除了传播层面上的表现,怎么看待它被大幅删削、修改,甚至被冒名当作创作的现实?文学史除了客观地再现过去,有没有可能向我们阐明这种翻译所带来的问题,就如同它总试图揭示文学的流变方向?

三

继"文类与类型"之后,《中国现代文学指南》再以"文化与媒体"对中国现代文学的发展作出展示。在这一部分,我们不仅看到了其他的文学类型,如都市文学、网络文学,而且也据此了解到文学如何与政治、语言、新兴媒体和视觉经验发生交锋的故事。我们再一次注意到,以某种单一的视角来讲述中国文学史永远有遗漏,必须附加但书。这部分的讨论,乍看之下是以外部研究的方式来补充完善前两部分的讲述,揭示文学外围的一些活跃力量怎么渗透到文字实践之中。不过,从"后"的视角来看,如此的内外之隔,其实是人为设障,然后又自我取消。如果没有物质载体的基础,文字的实践本身是不可想象的。我们对作品的命名或指认,虽然主要指代它的文本内容,可是,作为基础的载体问题始终如影随形,甚至有时候还成为文学命名的关键。比如,章太炎即以"有文字著于竹帛"来定义文学，以为踵事增华的文采、文字的操练，不过是华而不实的细枝末节，真正的根本在于文字，在于竹帛。他回顾本根，以如此"退化"的方式看待文学，固然有其保守的一面，但换一个角度看，好像又恰恰代表一种最时髦的看法：文学的实践和物质文化的发展不能割裂。[3]

当然，如今的文字实践不再著于竹帛，而常常流布于网络，甚至文字本身也不见得要照过去最严格的规范来书写和运用。种种网络语言的出现，势必要再次冲击我们目前所理解的语言学转向。语言学转向关注我们如何表述我们所知晓的世界的本质。在文学研究领域里，其直接的体现是一系列的科学主义文论，诸如俄国形式主义、英美新批评、布拉格学派、结构主义、符号学，乃至解构主义。这些流派虽然纷繁各异，却似乎共同标举内部研究作为其解题关键，以为语言乃文内之事，无论其辐射能力多大，首先还是一种文学语法——无论是作为风格、修辞，还是一种普遍结构。[4]这样一来，就与《中国现代文学指南》的定位颇为不同，网络文学被置于"文化与媒体"板块之中，被视为一种重要的文化现象。

尽管冯进用文本细读的方法辨析了网络文学的亚文类穿越小说的风格和情节模式，但其着力点仍在澄清亚文类小说所代表的道德意识和新的阅读范式，将这种全新的转变看作是具有活力的文学叛逆和创新。她没有回应上面陶东风所谓去精英化问题，而是采用了一种新的立场，将"娱乐"这个一度被贬抑的文学态度，重新定位为新语境下的创造力。由此，她就把网络文学接续到了通俗文学和大众文学的脉络中。在这里，网络文学被当作一种新的类型来处理，而不是一种基于载体的文学实践。换言之，它排除了其他一些也经由网络传播的文字，比如当代的一些古典诗词创作，我们似乎无法将其看成网络文学，它背后强大的传统使它免于被简单地定性。因此，我们需要叩问到底什么是网络文学，我们将之视为文学的依据或者标准是什么，这些新的观念是否足以帮助我们修正对文学整体观念的理解。

与此相似，近年来风行的视觉文化的转向也同样促使我们重新调整文学或语言的定义。图文的互生关系，古已有之，于今为烈。魏朴把目光聚焦到了杂志图像和木刻版画上，并指出当代诗人身份日趋多元化，其中的一维便是画家。这种以回向传统去面向未来的趋势，点出了文学史所具有的回转和跨界的特性。那么，文学的定义是否也会因之回转到过去呢？相应的，我们对其语言和功能是否也要进行调整？这种调整又怎样和西方理论、西方文化的影响合而观之，一并处理？王斑在第十七章里给出了他的看法，在他看来，近代中国的文学实践强化了"文以载道"的理念，而西方美学的传入非但无助于我们形成某种超越意识，恰恰相反，它强化了文学的政治化倾向。

四

在此有必要说明，这种政治不必局限在社会层面上的权力运转和事务管理，而应同时代表不同观念间的张力关系。第四部分"议题与论争"可以视为文学政治性的表现之一。通过将现象或思潮的论争看成是刺激文学发展的动力甚至机制，《中国现代文学指南》有效地传递出了这种文学的政治性运转机制，给出了一种文学史的发生学解释。在早前的一篇论文《从文学争论看海外中国现代文学研究的范式变迁》中，张英进已经明确提出将文学论争或观念变迁看成促进文学史发展动力的看法，在他看来，二十世纪六十年代夏志清和普实克围绕《中国现代小说史》的著名论争，一九九三年刘康与林培瑞、杜迈可和张隆溪围绕理论和经验的笔谈，二〇〇七年史书美和鲁晓鹏关于华语语系的分歧，等等，恰好阶段性地勾勒了海外中国现代文学研究的发展轨迹，说明其在方法论上的演进。[5]

论争在此变成一种动力机制，代表的是一个开放、动态的过程，而不是自治、自足的系统。就多数的文学史而言，对重要作家作品进行导读和梳理，仍是最基本的选择方案。这种方案中的"史"的观念主要是追随时间的线索，并不能特别说明文学史的内生动力的问题。二十世纪八九十年代关于"重写文学史"的论争，基本上还是属于这种方案。而《中国现代文学指南》则有所不同，它从论争看历史，重在说明论争如何与静态的历史观形成对话，文学史的内生原则与外部的推力并不是决然割裂的。陈思和特别提醒我们，中国现代文学研究也在一定意义上扮演了推动文学史发展的力量。韦勒克早在他的《文学理论》中就说明，文学史、文学批评和文学理论是一体互融的，难以精确区分，整体性的观念于焉浮现，它将文学阅读、文学写作和文学批评冶为一炉。在《中国学界的现代文学研究概览》一章里，陈思和以三个变迁的概念来理解文学史的发展。从"新文学"到"现代文学"以至"二十世纪中国文学"，命名的变化指涉了研究动机的转变和学科定位的变动。"新文学"以批评"旧文学"、"死文学"而建立合法性，"现代文学"则因应现代化的国家建设而生，到最后鉴于文学研究日益僵化的分科建制而提出反思，以期凝成一种文学整体观。

与中文学界多样化的动力机制不同，海外学界的中国现代文学研究，在张英进看来更集中地表现出一种现代性的恋物癖。从早期现代性、翻译现代性到都市现代性、社会主义现代性，乃至后社会主义的美学现代性，名目繁多，令人目眩。研究者持续深耕现代性的诸多层次，表面上看各有千秋、迭代有致，但张英进指出，这更像是一种拓扑结构，其彼此贯通，相互折返，并不是一条前进的直线。拓扑的观念，除了有对文学史线性意识的反叛，也揭示出中国现代文学自身的发展特性。"现代性"徘徊不去，既可代表一种属性，但又因其如此的反复、不定，充满变化的前缀，所以还可以被进一步定性为不稳定的状态。如此一来，联系到上述的整体性，我们似乎可以推论：文学史的不稳定性，恰恰在于它试图去囊括更多的内容，以求完整。整体性所代表的恰恰是一种拓扑的意识，而不是一个与宽度和广度相连的平面。

记忆或可以看成是这种拓扑发生的重要节点。在这部分的其他两个章节中，柏佑铭和陈绫琪有志一同地处理了时间、记忆和创伤的问题。作为引申，文学史本身也可以视为一个记忆的成果，透过勾连过去的种种来疏通知识、展示变化。当然对两位作者来说，记忆本身是被高度选择和把控的结果，怎么记忆、记忆什么，有其不得不为的无奈，但透过实验性的写作和私人的回忆，那种整体的、集体的记忆有望得到补充或修正。这是否在一定意义上回应了钱锺书所谓片段意识呢？庞大的、精巧的历史架构，总有趋于支离的趋势，总有轰毁坍塌的一天，最后得以保存的还是那些"零星琐屑的东西"和"片言只语"。[6] 我们再一次注意到，重要的不是连贯的"现代性"，而是补缀在前面的那些修饰词"早期"、"翻译"、"都市"、"社会主义"等。因此，整体性不是周严的系统工程，而是本雅明的"星座图"。它们遥不可及，却又遥相呼应。

在关于海外学界文学研究范式的讨论中，张英进不无遗憾地指出，整体性的消失正在成为一种共识。这种共识驱策研究者们以异质性和片段性来建构他们的批评实践。这种实践的直接后果之一，就是文学史书写的持续低迷。但是，他同时坚信，文学史的写作不妨通过这些碎片来进行整合。他不无预言性地写道："邓腾克在某种程度上达到了这一要求，他在介绍东亚文学的一部参考书中负责编辑长达三百二十九页的中国现代文学部分，包括开头的四篇专题长文，及随后四十二篇分述作家、作品、学派的文章……然而这本书名为'指南'、竟不敢妄称文学史。"[7]张英进的这番评述颇有自况的意味。通过三十章的内容、四个板块的设计，张英进提出了如何通过碎片来重建整体性的可能性。当然，这个整体并不是一个被复原的华美宫殿，而更可能是一个废墟群落。他的所谓整体性，不是连贯、完整、协调和有序，而是使它们成为问题的思辨和导向。

二〇一九年十二月十二日

* 原载《南方文坛》二〇二〇年第二期。

注 释

1　Dara Downey, Ian Kinane, and Elizabeth Parker (eds.), *Landscapes of Liminality: Between Space and Place*, Rowman & Littlefield International, Ltd., 2016, p. 2.

2　周蕾:《妇女与中国现代性:西方与东方之间的阅读政治》,蔡青松译,上海三联书店,2008年,第261页。

3　王德威:《现当代文学新论:义理·伦理·地理》,生活·读书·新知三联书店,2014年,第69–71页。

4　有关语言学转向和现代文论关系的简要论述参考朱立元主编《当代西方文艺理论》,华东师范大学出版社,1997年。

5　张英进:《从文学争论看海外中国现代文学研究的范式变迁》,载氏著《理论、历史、都市:中西比较文学的跨学科视野》,复旦大学出版社,2015年,第146页。

6　钱锺书:《读〈拉奥孔〉》,载氏著《七缀集》,生活·读书·新知三联书店,2002年,第33–34页。

7　张英进:《历史整体性的消失与重构:中西方文学史的编撰与现当代中国文学》,载氏著《理论、历史、都市:中西比较文学的跨学科视野》,第100页。

文学·历史·阐释者

顾彬《二十世纪中国文学史》读札

二十世纪九十年代以来，关于二十世纪中国文学史的书写，已经成为学界的热点话题。一方面，学界热衷于写史，大同小异的《中国现代文学史》层出不穷，据说有上千部之多；另一方面，对中国现代文学断代、分段、命名、性质、成绩与局限，又争议不断，有学者干脆放弃"新文学"、"现代文学"的概念，提出了"民国文学"的叙述框架[1]。相比较而言，海外学者没有像国内学界如此强烈的写史冲动，文学史写作一直不温不火，但是很显然，这些文学史无论是文学史观，还是叙述框架或价值立场，都与国内的中国现代文学史颇为不同，两者之间形成了有趣的互补。对于海外学者而言，从来不存在完全客观、固定的文学史，文学史写作也是一种历史想象的方式，是文学、社会、时代、读者期待、文学生产等诸多因素斡旋的结果。因此,我们不可能书写一部完美的文学史,世界上也不可能存在唯一的文学史。我们所能做的只是以各自不同的方式、角度、立场,不断地去走近与走进文学史。从这个意义来说,顾彬《二十世纪中国文学史》对史料的重新处理,对文本的重新阐释,对历史演进的重新叙述,为我们提供了一个特殊的极具个性色彩的文学史样本,让我们再次看到二十世纪文学史多元写作的可能性。

一

夏志清在他的著名论文《现代中国文学感时忧国的精神》中曾提出"感时忧国"的概念,认为"从世界文学的眼光来看",这种感时忧国的精神"值得我们进一步加以探讨",现代中国作家并不像西方现代文学大师那样,"热切地去探索现代文明的病源,但他们非常感怀中国的问题,无情地刻划国内的黑暗和腐败",这使得中国现代文学作品往往"自外于世界性"。[2] 显然,夏志清对中国现代文学秉持的是审慎甚而批判的态度。无独有偶,顾彬在考察二十世纪中国文学时,同样对中国文学的"执迷"进行了反思和批判:"'对中国的执迷'表示了一种整齐划一的事业,它将一切思想和行动统统纳入其中,以至于对所有不能同祖国发生关联的事物都不予考虑。"[3]对国族和历史的过度执拗,令现代中国的文学探索"和世界文学观念相左",在顾彬看来,紧扣时代历史的先在的目的性和指向性,成了横亘在中国文学与世界文学之间的重要屏障。[4]

需要指出的是,如果单纯从文学是否感时忧国的角度进行评价,并不能判断出作品的高下优劣,因为感时忧国同样可以产生好的作品。事实上,夏志清在这里也只是提出对中国现代文学的一个判断,在谈论中国文学时,夏志清内心存在着一种超乎其外的更为高级而纯粹的文学,在他看来,"文学是应当探索的,不过,不仅要探索社会问题,而且要探索政治和形而上的问题;不仅要关心社会公正,而且要关心人的终极命运之公正。一篇作品探索问题和关心公正愈多,在解决这些问题时,又不是依照简单化的宣教精神提供现成的答案,这作品就愈是伟大"[5]。这既是夏志清批评理念下的好的文学,同时也是他基于中国现代文学现状的批判而提出的文学理想。顾彬同样认为,世界文学观念的存在,便意味着"一种超越时代和民族,所有人都能理解和对所有人都有效的文学"[6]。可以看出,无论是夏志清还是顾彬,都试图将二十世纪中国文学提升至普适性的世界文学的角度进行考量和批判。这固然与史家的视野相关,但显然,这也是海外中国文学研究的重要语境甚至研究范式。尽管将世界文学直接对应于中国文学的论述难免有某种偏见或存在偏颇，但是在实际论述中，顾彬对此始终保持谨慎和公正，"从《诗经》到鲁迅，中国文学传统无疑属于世界文学，是世界文化遗产坚实的组成部分"[7]。而且他也指出，中国诗歌在世界诗歌史上占据着极为重要的地位，德国则是在经历了几个世纪之后，才真正出现能够跟中国诗歌和中国诗人抗衡的作品。且不说顾彬直言"我们应当做到公正"[8]，即使是回到中国文学本身，也同样需要足够的自信和海量，与任何艺术形态进行参照和比对。

如果以世界性的坐标品评二十世纪中国文学史的合法性可以确立，那么顾彬在《二十世纪中国文学史》中将中国文学与世界文学并置而谈，毫不忌讳对之进行高下优劣的对比，就与国内通常的文学史叙述大相径庭，两者形成了有趣的互补。可以说，顾彬在他的文学史中，设定了一个比较文学的理论视野和研究框架，比如在讨论鲁迅时，将其作品与《圣经》、尼采、艾略特、罗素等对照阐述；在讨论郁达夫时，一般的国内文学史只是将其与日本的私小说相对应而谈，而顾彬则更是将郁达夫对现代人心理的书写，与列夫·托尔斯泰、邓南遮、歌德等人的作品作对比；在讨论新月派诗歌时，将其与巴那斯派诗人圈子相结合，而冯至的《昨日之歌》、《北游及其他》则是其"在德国叙事谣曲影响下创作了汉语的类似之作"[9]。以世界文学为坐标轴的论述方式，有时也会陷于简单的比较和判断，例如在评论现代戏剧时，简单地以是否得到国际承认和认可作为评断标准，就没能将戏剧这一复杂而丰富的艺术样式在现代中国的发展状况呈现出来。但是，不管怎样，顾彬在叙述二十世纪中国文学史时，经常采用世界－中国的叙述模式，将中国现代文学与西方尤其是德国文学相映照，恰恰是国内文学史叙述所缺乏的视角，其中也许会有不科学、不严谨的地方，但不得不承认，这种叙述模式更多地起到了一种相互映照的效应，打开了思维的空间，也赋予这本文学史与众不同的光彩。

二

海外汉学对现代中国文学史的研究，更多的并不是直接探入其间，而是通过反思与抵牾的方式，在对抗现有文学史框架与意识形态叙述主旨的趋向中，反向建构起现代中国文学历史的研究图谱。海外关于中国现代文学及其历史的研究领域，往往一方面以西方文学理论作为方法论的支撑，形成立论的根基，另一方面则是直接对抗和消解国内现有的研究路径和概念理论，尤其是对意识形态管控下的文艺思想进行质疑。值得注意的是，这两个面向往往是相互呼应的，以此建构起具有西方思想形态的同时又有着强烈寻求本土化和在地化效果的独特的文学史体系。夏志清在《中国现代小说史》中指出中国现代文学对现实主义的历史内容过分关心，容易令自身落入某种目的和手段的陷阱中，从而忽略了对艺术和形式的探索；夏济安的《黑暗的闸门：中国左翼文学运动研究》将传统的鲁迅研究从单调引向了复杂和丰富；李欧梵在《中国现代作家的浪漫一代》中重新揭示被现实主义及其背后的意识形态所压制的中国现代文学浪漫主义一脉的文学史价值；王德威则在《被压抑的现代性：晚清小说新论》中，直接指摘和反抗以"五四"为圭臬的文学史叙述；安敏成的《现实主义的限制：革命时代的中国小说》则重新反思作为二十世纪中国文学主线的现实主义文艺创作；等等。[10] 在这种情况下，顾彬的文学史如何反抗现有文学史的写法，尤其摆脱意识形态和固有观念对文学史的禁锢，为二十世纪中国文学发展历史提出新的命题，成了他的二十世纪中国文学史书写不得不面临的挑战。

如前所述，世界文学与中国文学，普遍性与特殊性，西方性与在地化的辩证，成了海外中国文学研究尤其是文学史研究重要的方法论。然而，对文学外部元素如世界与国族、文化与社会等要素的考察，势必最终要回归到文本内部探究，否则将会架空文学真正的本质与核心。就这一点而言，与夏志清以新批评理论投入中国现代小说研究相对照的是，顾彬相应地将文学史的研究重心倾向于文学文本的内部，即语言与形式。

二十世纪的中国，民族意识开始在内忧外患的境况中得以唤醒，而民族和国家在发现和建构过程中势必要进行自我的言说和发声、塑造和形成，从这个角度而言，语言的作用是显而易见的，甚至处于核心地位。可以说，顾彬所关注的语言与形式的问题，与二十世纪中国文学的问题有着深刻而内在的呼应。也就是说，顾彬敏锐地把握住了二十世纪中国文学发展过程中需要面对与解决的最关键的问题。《二十世纪中国文学史》选择以语言和形式为讨论重心的研究路径，事实上是试图探索文学文本内部的存在状态，尤其是考察不同的题材形式在历史发展中的演进动力，由里及外地勾勒文学发展的特性和脉络。

另一方面，对文学语言与形式的关注，实际上依循的是文学发展的内在规律，通过考察文学内部的构件和要素，尤其是叙事语言和美学形式上的发展演变，阐释二十世纪中国文学的质量和品格。这也是顾彬的文学史不同于以往的文学史写作的关键所在。在《二十世纪中国文学史》第二章中，顾彬在谈及民国时期文学时，首先阐述"五四"新文学的奠基性意义，指出"从文言文到书面化口语的过渡也可以解释为从一种精细的守则到突破这种守则，从而形成了一种更自由的语言的过渡"[11]。在此基础上，通过阐释鲁迅、郭沫若、郁达夫等"五四"先驱对文学语言、组织、形式及体裁等方面的贡献，揭示出中国现代文学在草创时期的真实境况。然而，近年来对晚清文学的纷繁复杂的研究，令"前五四"文学的面貌更加多样丰富，而仅以刘鹗、苏曼殊等个例阐述"五四"前后文学观念和文学语言之过渡的顾彬，不知对此会不会有所增补和转圜。在讨论"后五四"时代的文学时，顾彬指出，经由"五四"文学之根而开枝散叶的中国现代文学，进入了蓬勃发展的时期，林林总总的作家作品，包括诸种文学体裁如小说、诗歌、戏剧等，都得到了拓展和延伸。顾彬将文学的演进引向其"激进化"的一面，尤其是出于战争和革命的影响，意识形态对文学的搅扰，令其走向了政治、大众和民间。可以说，顾彬很好地将文学横向存在的状态呈现了出来，通过语言形态、叙事特性、形式体裁等要素来考察文本自身的质地与品质，并与纵向发展的政治历史时间紧密勾连，在不贴近和附着现实历史与不被其左右的前提下，清晰地呈现了二十世纪中国文学的演进历程。

然而，问题的复杂性还在于，顾彬的文学史思想似乎存在着一个悖论：二十世纪的中国是一个革命的时代，革命话语、战争叙事、政治宣教等因素对文学的侵入都相当明显，有的甚至起到了决定性的影响；而顾彬以语言与形式作为文学的核心，在评价或构建二十世纪中国文学史时，又不得不面临如是这般的诸多外在因素的干扰。在这种情况下,顾彬并没有避讳这些尖锐的问题,而是执拗地回到自己所意欲构筑的文学和文学文本内部,坦承面对文学在历史中的源流和沉浮,理据并重地对其进行分析和阐述。尽管顾彬以语言和形式为重要衡量标准来探究二十世纪中国文学发展历史,但是这并不代表中国文学由此便趋向成熟与经典。顾彬《二十世纪中国文学史》所探索的,是从传统中国过渡到现代民族国家再到当代历史过程中的中国文学,其基于语言与形式层面的更新,成效如何,局限如何,顾彬都作了精彩的评析。从这方面说,顾彬的《二十世纪中国文学史》给予中国文学研究界诸多警示与启示。

三

宇文所安在《瓠落的文学史》一文中,开宗明义地提出了重新思考文学史必须注意的三个层次,"首先确认在当前的文学研究实践里有哪些研究方式和信仰是司空见惯的,然后问一问这些研究习惯是否都是有效的工具",其次,"我们应该把物质、文化和社会历史的想象加诸我们习以为常、确信不疑的事物",最后,我们要探询那些文学史写作所围绕的"重要的"作家,他们是何时,又是被什么样的人视为"重要作家"的,依据的又是什么样的标准。[12]

长期以来，缺乏问题意识的文学史研究比比皆是，空洞浮泛、人云亦云的模式套用和理论搬弄，导致了"翻烙饼"和"高大空"的乱象，使文学史的研究既无法深入到具体讨论对象的内部，探究其起源、特性及流变，又使得对研究对象的论述无法真正归纳入史的范畴，梳理出富有洞见的文学史发展线索，于是便形成了宇文所安所说的"瓠落的文学史"。以语言、形式、文学思想等要素切入文学史的论述，可以说把握住了文学／文本研究中的根本问题。顾彬以此为切入点和落脚点，形成了一种以核心观念和关键问题为导向的文学史阐述风格。

可以说，对语言与形式的倚重，固然是顾彬研究中国文学史所考虑的核心问题，而如何以点及面，从语言和形式的倾向，提升至能够观照二十世纪中国文学历史的观念和方法，在触及中国文学发展核心问题的同时，牵引出统领现代中国文学格局的史论形态，显然是所有中规中矩的文学史最希望企及的境界。在这方面，顾彬还是一如既往地不落窠臼，他并不是以先见的方法论套入现代中国文学发展过程，也没有遵循一般的文学史表述方式，而是先将相应的问题呈现出来，随后对症下药，提出研究二十世纪中国文学史的方法论。

具体而言，从顾彬《二十世纪中国文学史》中对史的把握和对文学的阐述来看，二十世纪的中国文学史并不是谨饬的、平顺的，其中存在着无数的折叠、迂回、反复甚或倒退，因而，他的这本文学史呈现出了完全不同于我们习惯的文学史叙事的形态。顾彬并不在乎构建完整的史的叙事，比如对先锋文学就几乎不加关照，直接进入对余华等人九十年代长篇小说的评价。如果说第二章还有些传统文学史的框架，到了第三章就完全打破了文类的差异，基本上是以问题为中心，随意调用和驱遣小说与诗歌文本。这种看似不协调的史的论述，正构成了顾彬的特色。有话则长，无话则短，可说则说，不可说则不置一词，这本身就代表史家的立场和评价。与其把它看成是一部文学史，不如看成是一本二十世纪中国文学史论。诚如他自己所言，"我宁愿尝试去呈现一条内在一致的上下关联，就好像是借文学这个模型去写一部二十世纪思想史"[13]。从文学史论或曰思想史论的角度，又当如何看待二十世纪中国文学发展的若干问题呢？这就涉及文学材料、文本形式如何处理与自身相关之历史的方式。

在这一点上，顾彬在讨论现代和当代文学时，对其中历史发展的常态与变数就拿捏得颇为准确。他在讨论了中国现代文学的奠基阶段之后，将一九二八年至一九三七年的文学定位为"激进化的文学"，指出文学运转中的异变，并且将这种异变延伸至一九四九年之后的文学，探讨战争和革命影响下文学的发展形态。不仅如此，其对二十世纪八九十年代文学的研究同样以问题为核心,探究"后文革"时代的改革开放的文学如何面对和参与商业化的历史。顾彬似乎毫不在意文学文本的时间性,他可以从翟永明的诗歌跳到郭沫若的作品,把《围城》的"自我的展开"与艾青的分析放置一处。显然,顾彬没有严格地依照时间发展来观照文学历史,而是以方法和问题为核心进行文学历史的梳理和论述。当然,顾彬尽管对过于贴近历史与时代的文学始终保持审慎的态度,但显然并不回避重要的历史节点,他既以"现代前夜"、"民国时期"、"一九四九年后"等政治历史更迭的关键时间分章立节,又专门以一九二七年、一九三七年这样的革命战争为讨论的时间界线,尤其是在第二章的第三部分,专门讨论"文学的激进化",以战争历史、政治干预等要素,进入文人和文学内部进行讨论。这正体现了顾彬《二十世纪中国文学史》直面中国历史问题与中国文学问题的文学史论述风格。二十世纪的中国文学,并不是纯粹的不受外在因素影响的文学,也不是一个超然世外的乌托邦存在,那么对于二十世纪的中国文学历史,有针对性地实现在地化的历史论述,就成了顾彬《二十世纪中国文学史》最为突出的亮点之一。

如果细读顾彬的《二十世纪中国文学史》,可以发现,他对激进化文学、港澳台文学、文学中的文学军事化和人道主义,以及当代文学的商业化趋向等内容的研究,都成了这部文学史较为引人注意的地方。顾彬所探讨的这些文学题材或曰文艺思潮，在二十世纪中国文学史的发生与流变的图谱中占据着至关重要的位置，对于其源起与发展脉络，前人多有论及，许多观念也已形成和完善，在这种状况下，要廓清研究历史的迷雾，进行回溯源头式的再发掘，以新的方法论和系统的文学史观照视野，探讨其起源与变迁的状况，并非易事。顾彬以历史发展的时间点切入这几个层面的文学生态进行"重论"，以二十世纪中国文学发展历史内部所面临的问题为核心，通过具体的论证与阐释，建构起新的认识论基础，形成了切实有效的方法论研究，从而对中国现代社会和文化转型中出现的具体的文学文本、文艺现象以及整体的文学史脉络提供了富有启发性的阐述。顾彬在讨论一九四九年中国文学的军事化倾向时，事实上是将抗日战争、解放战争等战争历史在文学上的映射延伸至共和国的历史之中，从土地改革、战争、历史题材到百花齐放的文学，再到"文化大革命"时期的文学写作，浸透着军事、战争和政治氛围的文学表达，其内在的叙事语言、形式探索及其中的发展线索于焉得以显现。不仅如此，顾彬对文学的军事化的叙述，并没有先入为主地批判军事化给文学带来的侵犯、腐蚀甚或灾难，而是对共和国战争和政治意识形态影响下的文学进行深入分析，指出其中的文学发展线索和文本语言形态，例如以茹志鹃的《百合花》

为例，指出战争背景下人性与爱情的萌动，又如宗璞的小说《红豆》，对丰富而微妙的内心世界进行了刻画，等等。

关于二十世纪中国文学史的研究，已经不算新的课题了，要想有所突破，还必须建立起自身系统性的认识论前提，通过客观直接的阐释方式，最终实现方法论的更新和文学史论尖锐独到的视角。顾彬从一种辩证的角度出发，不避讳历史时间的正常演变、政治政权的更替以及意识形态对文学的直接影响，将真实的历史与丰富复杂的文学形态揭示出来，论证了二十世纪中国文学从发生到逐渐形成自身特征的内部动力。这就打破了西方影响论的单向度思考，从现代中国社会和政治历史文化转型的角度，对中外文化传统与二十世纪文艺思潮之间的关系进行了一种基于历史内部的延续性的系统考察，不仅以严密的逻辑推演、条分缕析中的层层推进廓清了二十世纪中国文学史研究的诸多迷雾，而且还提供了新的文学史线索和系统的观照视野。顾彬聚焦于文学现象与文学文本的暗部与细处，探讨文学语言与叙事形式的流变与转化、受困与挣扎，采用文学与语言相互倚重的方式，既揭示文本语言与语法的核心作用，又关注文学语言与叙事话语对文学的渗透与再造，揭示其中呈现出来的文本形式的选择与话语形态的建构。

四

顾彬对一般文学史的越界,并不代表其完全取消文学史写作的特性与规律。诚然,好的文学史写作不仅需要切入当下的研究状况,以明确的问题意识为先导,进行一种宏大的整体性观照,而且还必须以翔实、可靠和新颖的材料作为支撑,粗中带细,理据相合,详略得当,如此方可在纷繁芜杂的文学史研究对象中抽出潜在的发展线索,并对此进行概括性的系统论述,也才能摆脱一味空对空的抽象阐述,以层层递进的逻辑推演,牵引整体论点的提升,又通过步步深入的理据论证,带动局部聚焦的深化。从这些方面而言,顾彬的《二十世纪中国文学史》可以说作了令人瞩目的努力。

以往的文学史阐述,往往过于注重对繁芜的文学研究对象进行一种简单的抽象式概括,甚至出现以单一的决定论作为基本的论断方式,而缺乏对细部的探究并周旋于细部展开思辨性的探索,也没有深入到时代历史发展的关键性层面,对重要的文学现象进行系统综合的查究,从中归纳出具有洞见的文学史发展线索,因而显得乏力而且空洞。从顾彬对特定的文学对象阐释以及文学史的建构之中,可以看出其以外部研究与内部研究相结合的史论方法,打破了沉闷的文学史研究局面。内、外二者表面看来似乎存在龃龉,实则貌离神合,内外并合的论说逻辑也并不是简单的面面俱到。具体而言,顾彬的文学史论述中,内部与外部所指代和涉及的对象是存在差异的。外部研究体现出来的是一种系统、宏观的文学史阐释意识,往往可以对二十世纪中国文学史现象的源与流进行釜底抽薪式的探究,回到革命与文学、政治与美学、战争与人性等相互制衡的逻辑原点,实现一种倚赖于政治、文化、语言、形式等多种元素相生并行的宏观探索,揭示文学与历史之间潜在的互动关系。而内部研究并不是与外部研究直接相对的一个概念,其指向的不同之处在于,外部是超离具体研究对象之外的,起到统摄和提领的作用,而内部则与对象平行,常常体现为某种源头式的追溯与因果式的延伸。两者相结合,既能基于时代历史发展的诸多层面,进行整体性的综合与总括,从而实现对现代中国文学史发展线索的重新梳理;又可以在历史延续性的内部肌理中,将文学史的参考坐标内移,揭示出特定文学现象的源起、特征及流变,进而有助于对文学史研究对象实现在地化与本土性的发掘。在此基础上,形成针对现代中国文学文本与文艺思潮发生和存在的认识论基础,创造出阐述二十世纪中国文学史的独特的方法论视野,并最终构建起现代意义上的具有历史同一性的文学史理论框架。

  从顾彬的文学史框架来看,并没有给人一种明确而直观的感受,也不是千篇一律的寻常文学史叙事模式,而是于焉展示突出的问题意识与现实关切,将文学史内部的复杂与曲折加以呈现。尽管顾彬的阐述主要集中在文学"史"的范围,以现代中国文学内部所面临的问题为核心,在具体的论证过程中,旨在建构起新的认识基础与理论框架,形成切实有效的文学史整合方式,为中国现代社会与文化转型中出现的具体的文学文本、文本现象以及整体的文学史脉络,提供富有启发性的阐述,但是顾彬的讨论并不局限于此,其往往从"文学"与"史"的框囿中"越界"出来,寻求与中国历史乃至世界文学发展历史更为深层的对应与启示,寻求世界文学理论与中国文学的在地化对接,而这一切的历史叙事与文学史论,包括文学文本之问题的提出与解决、文学史研究方法的建构与运用,体现出的是叙事者或曰阐释者所秉持的文学观念和所采用的论说方式。正如顾彬所言:"二十世纪中国文学并不是一件事情本身,而是一幅取决于阐释者及其阐释的形象。"[14]顾彬在这里固然是强调叙述者话语的重要性,甚至将其抬到决定性的高度,然而需要指出的是,二十世纪中国文学却并不代表可以取消文本和作者,如何在彼此之间实现真正而切实的对话,既是文学史家与文学本身的交互对话,同时也是西方学界与中国文学文化的彼此对话,这不仅是反思二十世纪中国文学发展历史,也是将其置于世界文学语境下加以考察的必由之路。

总之,顾彬的《二十世纪中国文学史》体现了特立独行的文学史观,呈现了相当敏锐的文本解读能力,处处浸润着其西方文化的素养与知识结构。我们显然不能要求海外学者按照我们传统的文学史观来写文学史,如果那样,反而是毫无价值的,而现在这本充满个性的文学史,虽然有粗漏,有误读,有局限,但毕竟体现了二十世纪中国文学史叙述的另一种可能性,也为西方读者提供了二十世纪中国文学的基本面貌,其价值和贡献是不容否认的。

*原载《文艺争鸣》二〇一六年第三期。

注　释

1　参阅丁帆著《关于建构民国文学史过程中难以回避的几个问题》(《当代作家评论》2012年第5期)、李怡著《民国文学：阐释优先，史著缓行》(《学术月刊》2014年第3期)、张福贵著《从"现代文学"到"民国文学"：再谈中国现代文学的命名问题》(《文艺争鸣》2011年第13期)等文章。
2　夏志清：《现代中国文学感时忧国的精神》，载氏著《中国现代小说史》，刘绍铭等译，香港中文大学出版社，2001年，第460–462页。
3　顾彬：《二十世纪中国文学史》，范劲等译，华东师范大学出版社，2008年，第7页。
4　顾彬：《二十世纪中国文学史》，第7页。
5　夏志清：《论对中国现代文学的"科学"研究——答普实克教授》，载氏著《中国现代小说史》，刘绍铭等译，复旦大学出版社，2005年，第328页。
6　顾彬：《二十世纪中国文学史》，第7页。
7　顾彬：《二十世纪中国文学史》，第1页。
8　顾彬：《二十世纪中国文学史》，第1页。
9　顾彬：《二十世纪中国文学史》，第90页。
10　季进：《多元文学史的书写——海外中国现代文学研究论之一》，《文学评论》2009年第6期。
11　顾彬：《二十世纪中国文学史》，第23页。
12　宇文所安：《瓠落的文学史》，载氏著《他山的石头记：宇文所安自选集》，田晓菲译，江苏人民出版社，2003年，第7–8页。
13　顾彬：《二十世纪中国文学史》，第3页。
14　顾彬：《二十世纪中国文学史》，第9页。

作为文本、现象与话语的金庸

韩倚松《纸侠客：金庸与现代武侠小说》读札

众所周知，任何文学观念与文学现象的出现总有其多重缘起，文学研究必须直面文学发生的多中心、多资源的语境，允许对文学文本、现象、话语进行多角度、多视野的评价，避免将其固定于某个静止的层面。文学研究中没有绝对的权威与定律，所谓排他律、一元论是与作为审美活动的文学研究背道而驰的。因此，我们期待的理想的文学研究应该是充满对话伦理的众声喧哗，是带有问题意识的自我驳难。基于这样的认识，我想从美国汉学家韩倚松的《纸侠客：金庸与现代武侠小说》这本书出发，来重新思考关于金庸研究的一些话题，辨析金庸研究中所呈现出来的文学形态的辩难（雅与俗）、文学空间的构造（港台与大陆）、文学史书写程式的变动（金庸入史）以及全球语境的形象流布（中国性与民族国家想象）等问题。金庸在二十世纪的成功，不仅见证了一种文学类型无远弗届的影响力，而且也见证了公共媒体（报刊、电影、电视、漫画，甚至网络游戏等）在塑造作家形象方面无限的能量。"作为文本的金庸"、"作为现象的金庸"和"作为话语的金庸"有力冲击了既定的文学史框架和设置，带来了学术史本身的位移和变动，也彰显了金庸作品独特的价值与可能的局限。

一

"作为文本的金庸"，主要是指金庸作品本身所具有的文学价值与丰富内涵，包括其作品在沟通大小传统、发展新式武侠叙事、呈现中国文化精髓以至于侧写香港地区的民族国家想象和大中华记忆等方面的独特贡献。这些方面已被论者反复提及，也一再显示出金庸作品的价值，为其入史提供了强大的舆论准备。但是，这些论述潜在的排他性也不容忽略，我们可以把这些解读大概归纳为历时论、高低论和内外论三种模式，来讨论其背后可能的挤压与遮蔽。

所谓历时论，是指将金庸小说置于武侠小说历时性的发展脉络中加以讨论，并以新派武侠与旧派武侠来加以结构与概括。这基本上是大历史的写法，既强调历史的有头有尾、线性发展，也确认每个历史行为都有其意义与价值。陈世骧激赏金庸的小说，称之为"精英之出，可与元剧之异军突起相比。既表天才，亦关世运。所不同者今世犹只见此一人而已"[1]。可是，这种历时论往往见大不见小，缺少共时的考察。金庸技高一筹，却不必就此压抑了古龙、梁羽生、温瑞安等人的创作。正如二十世纪四十年代，不必因为张爱玲的存在，而抹杀苏青、潘柳黛的价值，没有众女性联袂表现，张爱玲恐怕也难凭个人之力在彼时的文坛和以后的文学史中拔得头筹。[2] 韩倚松已经指出，金庸的出现既有广派武侠小说的历史因缘，也有港澳人民因一场"国术合演"（吴公仪和陈克夫于一九五四年的比武擂台）而引发武侠狂热的直接动因，但最先介入的不是金庸，而是梁羽生和他的《龙虎斗京华》。因此，金庸的价值也还需要一个共时的武侠小说书写场域来给予支撑。

与历时论相比，高低论更为人们所熟知，通常对应着"雅俗二分"的立场。陈平原认为，"武侠小说作为一种大众文学，是在与高雅文学的对峙和对话中，获得革新和变异的灵感和动力的。武侠小说中好些思想观念和表现方式，都是从高雅文学那里偷来的，只不过慢一两个节拍而已。高雅文学革新的尝试得到了广泛承认以后，大众文学家就会想方设法将其引入自己的创作"[3]。姑且不论结论的正误，其讨论问题的模式基本上还是冲击－反应论在雅俗文学论域内的还魂附体。通过设定通俗文学僵化不变的假象，将其发展的动力归因于外部世界的刺激，所以着力发现通俗文学如何接纳容受高雅文学，却忽略了通俗文学内部自我衍生的可能。这种解读的排他性在于只谈雅文学对俗文学的冲击，却避而不谈俗文学对雅文学的反向改造。韩倚松对金庸武侠谱系的分析，表面上追本溯源，从《史记·游侠列传》、唐传奇、宋话本一路追踪而来，看似有理有节、清晰可辨，却也一再显示出武侠传统以外无武侠的偏见。当然，应该指出的是，尽管陈平原的外部冲击论颇有可疑之处，但他阐述的外部视角却对我们大有启发，比如就侠客形象的设定来看，其放浪、洒脱，甚至颓废、逸乐的个性面貌，除了武侠小说的叙事程式外，至少还可以与明清士人在城市交游过程中所形成的轻财结客、饮酒狎妓、不事生产的文人文化相呼应。[4] 韩非子《五蠹》讲"儒以文乱法，而侠以武犯禁"，正可以作这种对话式的理解。

最后一种内外论的论述倾向于将金庸作品置于离散语境中，以内外结构考察它如何在香港这片土地上书写家国故事、历史传奇，不断激发出地缘政治、殖民式记忆和身份认同的复杂问题，也见证其文字如何将地方经验推向民族国家想象，甚至上升到一种更为广大的无关政治的文化主义。诚如宋伟杰指出的，金庸小说的绝大多数主题是少年失怙、英雄成长。[5] 在某种意义上，这正是香港历史和在港华人特殊社会心态的文学投影：父亲（祖国）的缺席、经年的流亡，切实地唤生出一种浓厚的怀旧意识和想象的乡愁。韩倚松认为，这与"二战"后香港高涨的国家观念大有关联。一九四九年之后，一个新的中国崛起在东方大地，对于离散在外的华人，这无疑是一种刺激和振奋，从中升腾起强烈的民族国家情绪自不待言。但是，正如田晓菲所说，"流亡心态和怀旧意识并非仅仅局限于政治地理意义上，也可以用在任何时间与空间的意义上。现代中国社会的人们，由于对中国现状的不满，特别渴望看到一个辉煌的古代世界，这种渴望可以浪漫化它怀旧的对象，甚至可以像魔术师一样凭空造就一个虚幻的过去，一个并不存在于真实的历史时期、完全是现代想象之产物的'古代中国'……我们应该把'流亡'二字的意义加以扩展，因为流亡可以完全是精神的、时间的——现代中国人从'过去'的流亡"[6]。这个意见显然提醒我们，内外论的排他性在于对时间视角的忽略。或者更准确地说，金庸作品不仅指明了一种空间意义上的由外向内的回归冲动，更揭示出从时间意义上建设本地文化根基和悠久历史的努力。换言之，金庸作品并没有一以贯之地表现出一种大一统的向心倾向。

韩倚松指出，金庸作品本身经历着一种对民族国家主义由憧憬、想象到自省、嘲弄的过程。在《笑傲江湖》中，金庸堂皇地营造出一个虚构的地理空间（江湖），使之远离先前作品中屡屡呈现的政治地理构造，并由此展开大胆的文化想象和武侠艺术实践，最终以个人理想的实现和爱情主题的完美取代了大一统的国家历史叙事。这种趋向，在《鹿鼎记》中达到了高潮。借着韦小宝这个玩世不恭的人物形象，金庸大玩后设叙事，出入演义与历史之间，亦真亦假，不仅戏仿了武侠小说的传统（也包括金庸本人的武侠小说），还瓦解了读者的阅读期待，更对民族国家主义发出了异见之音，对那铁板一块式的"中国"和"中国性"概念提出异议。

周蕾曾经指出，香港乃是"帝国之间"的城市。夹杂在中、英两国之间，香港不过是外交舞台上一个厚重的政治筹码，任人摆弄，毫无主体性可言。[7] 韩倚松对《鹿鼎记》的解读，显然受到该观念的影响，把中国同帝国形象相联系。该书的英文名是"Paper Swordsmen"，也让人想起关于帝国主义都是纸老虎的提法。所谓"paper"，当然是指其色厉内荏、不堪一击，帝国主义在中国的殖民式统治垮台了，那些接受或背负民族国家想象的正统侠客和侠客叙述，在金庸后现代式的滑稽模拟中同样土崩瓦解。当然，这样的论述仍然没有摆脱二元对立的模式，还是把中国和外国、香港和内地置于观念的两端，虽有可取之处，但有时还是失之于简单。问题的复杂性在于，一些后殖民理论家已经指出，殖民者和被殖民者之间，事实上存在着一种互为合作的关系，甚至在某种意义上，被殖民者的话语权力正是通过被殖民才确立起来的。[8] 借助于这样的理论表达，我们才能既看到金庸小说对大一统观的质疑，也注意到这种质疑实际上只发生在文化的内部，它见证的只是一种文化的内在张力和多音嘈杂，力图解构对"中国"和"中国性"的本质论的解释。因此，我才说金庸小说并不总是表现出大一统的向心倾向，它包含着内爆的因子和张力，正如王德威谈"红色抒情"的诗史辩证[9]，舒允中分析七月派战时活动的主观战斗精神[10]，这些异见都是从内部发出的，而不是从外部导入的。

二

"作为现象的金庸"，是指作为文学创作者的金庸，如何巧妙地把一度落实于纸张的文字通过报纸这个现代传媒推向大众，为其所知，也为其热捧，甚至介入他们的日常生活，由此形成了所谓"金庸现象"。金庸借着武侠小说的魅力推动报纸的销量，又借报纸的流播来培养稳固的读者群体。伴随着小说连载的还有金庸精彩的政论，从而使他自己由纯粹的作家转变为身兼作家、社会活动家和新闻学者多重身份的文化人。在这个意义上，金庸是一个懂得如何出奇制胜的现代剑客，推动了其作品的正典化、学院化，乃至视觉化和全球化。

除了商业利润和经济运作，金庸和他的《明报》帝国相应地形塑了一个阅读武侠小说、发展武侠叙事的公共空间和美学平台。在那里，读者（包括批评家）、作者、出版机构联成一体，共同致力于文本的制造和开发。在这个公共空间中，作者个人化的价值观念逐渐消解，取而代之的是公众普遍的愿景与期待，充满锄强扶弱、善恶有报、英雄崇拜等人类的共同愿景，甚至还有同气相求的民族寓言。不过，陈建华针对鸳鸯蝴蝶派文学的谈论，却使我们注意到，在所谓公共空间内部也有游移、溃散的层次，他说："安德森认为现代报纸和小说建构了'空洞、同一的时间'，造成民族'想象共同体'的必要条件。但在中国场景里不甚确切，至少在二三十年代的鸳蝴文学里，周末暇日与传统'阴历'混杂在一起，在'空洞、同一的时间'里存在另类空间，当然也在躲避或抵制那个'进步史观'。"[11]

包括金庸武侠小说在内的通俗文学，之所以会呈现出另类空间，或许跟以下三个方面互有关联。一是通俗文学的消闲取向，这不仅同梁启超的所谓"新民"议程大相径庭，更与"五四"以来的工作说、进步说、革命论南辕北辙，格格不入。通俗文学坚守"小说"本分，不作"大说"的非分之想，所以是"异类"，是"逆流"。二是通俗文学专注于传统的情感结构，李海燕就把鸳鸯蝴蝶派的感伤情绪定位在儒家观念内[12]，但实际上，其内容应该更为广泛，包含了三教合流的内容。陈建华特别指出，"在中国的近世进程里，'三教合一'是极其重要的思想与文化运动，尤其在晚明，与此开放态度相应的，在文学上尊崇戏曲、小说，显示出民族文化的内在活力，在作一种空前激烈的自我调动，藉以回应时代的危机，对于这一点，迄今还未给予足够的关注"[13]。林培瑞的《鸳鸯蝴蝶派：二十世纪初中国城市的通俗小说》也曾提到，民初言情小说的大盛实际上与当时动荡的社会风潮大有关系，但比起"五四"那种直接搬用西方资源，通过启蒙、救亡来直面血泪的"说服性诗学"，鸳鸯蝴蝶派小说更倾向于从民族文化内部发展出一种似曾相识的阅读记忆，以平复人们在现代性压力下惴惴不安的内心恐惧，也因此成为进步史观下的"异端"。[14]三是与通俗文学的阅读史有关。"五四"文学或左翼文学，抑或革命文学自有其阅读史，共同构成了主流价值论述，而通俗文学却大起大落，从"封建遗毒"、"阶级买办"变身成了现代、后现代的先锋。韩倚松反复提醒我们，在二十世纪五十年代的香港阅读金庸和在八十年代的内地阅读金庸完全是两码事，他仔细讨论了八十年代内地"通俗热"与"文化热"背景下，金庸小说如何受时势推动，逐渐为学界所重视，最后升格为学问（"金学"）的过程。与韩倚松的关注点不同，我希望指出，金庸小说与阅读金庸的现象的出现，不仅是社会改革、思想解放的历史产物，而且这个产物本身就是这段历史的动因之一。换句话说，我关注的不仅是通俗文学的被动接受，而且还有其主动参与历史变革的功用。

在二十世纪七八十年代之交，来自港台地区、日本以及西方世界的通俗文化，如邓丽君的抒情歌曲、琼瑶的言情故事、金庸的武侠小说，以及墨镜、喇叭裤、外国影片之类的消费品，提供了一套既有别于官方话语，也区别于传统知识分子语言的全新符号系统，其感伤、私人又充满浪漫冒险的靡靡基调，在某种意义上，直接构成了对革命叙事和阶级斗争的冲击和挑战。[15] 李陀也从现代汉语发展史的角度，佐证了这种颠覆性的力量。李陀认为金庸的写作承续了已然中断的旧式白话文书写传统，同时吸纳欧化的新式白话的语法和修辞，而发展出一种独特的"金氏白话"。[16] 这样的论述已然揭示了金庸等通俗文学作家直接参与历史变革的作用。需要指出的是，金庸小说及其他大众文艺对八十年代内地意识形态话语及其表述的冲击，并非是以直线、对立的方式推进的，它们通常借着反讽、植入的方式与官方话语发生关联，并在某种程度上为其所用，因此，通俗文学的"反叛"价值通常受到轻视。还有一种更为普遍的解读是，八十年代的"新启蒙"和"文化高热"[17] 应归功于西方文化的冲击。从先锋小说、现代戏剧乃至第五代电影,都或多或少接受和挪用了西方话语资源。尽管陈小眉已经指出,这种挪用有其主观上的选择和创造性的扭曲,[18]但是,我们还是不能否认其基本的认知模式就是"外(国)强中(国)干"。中国始终被当作与西方相对的落后的他者来看待,当代文学的活力或者说吸引力,不在于对传统的再利用和创造性转换,而是其东方主义式的"原初激情"[19]。这样的论述思路,当然也不可能关注到金庸小说等通俗文学主动参与历史变革的独特功用。当下所谓"重返八十年代"的思潮正愈演愈烈,可遗憾的是,其返来返去也同样返不到通俗文学的层面。重返者批评此前的文学史书写有僵化胶着的倾向,但是我们不禁也要问,其重返实践中是否也有某种预设的偏见和前理解,比如雅俗的判然不同和高卑定位,由此而影响了对八十年代文学生态的全面把握?

三

"作为话语的金庸",主要是想探讨金庸作品对目前的文学史写作和学术史发展带来了哪些影响和冲击。当然,从根本上来说,并不存在所谓完善、权威的文学史框架和书写模式。我们之所以会认为张爱玲、张恨水、金庸等人的入史是一种学术冲击,是因为我们每每预设了一个可以被冲击的对象。这种预设的前提就是文学史变成了教科书,在地位上不可低估,在观念上不容触动。不过,陈国球已然指出,这种担心教科书"以一种思想文化的霸权面目出现,使舆论一律,进而达到思想的钳制"的考量,实在是"其他地区的研究者难以体验的。或者因为别处的大学用书没有这种至高的地位,虽然其中的叙事声音仍然不脱权威自命的唇吻——自觉能成一家之言的叙事者往往高度自信,但听声者不会视之为绝对真理的惟一代言,甚或仅视为喧哗的众声之一"。[20]

正是在多元论的意义上,才必须首先检讨冲击论这个提法本身。我并不是说金庸入史对既往的文学史写作毫无冲击,而是我们把冲击的影响力无形中放大,而放大的原因就是把过去的某些文学史抬得太高、看得太重。归根到底,我们为过去的文学史写作,特别是成为教科书的文学史写作,设置了过多的排他律。如果我们不是以一种大历史的观念来看待文学的发展历史,那么,今天的讨论也就毫无必要。我们应该反思,所谓冲击,到底是冲击什么,以怎样的方式冲击。陈平原曾经描述过文学史家接纳通俗小说的三条路径,"即在原有小说史框架中容纳个别通俗小说家、另编独立的通俗小说史、强调雅俗对峙乃二十世纪中国小说的一个基本品格,并力图将其作为一个整体来把握",除了单独修史,"另外两种策略,都面临如何为通俗小说定位的问题"。[21]金庸作品的冲击论,便是从这几条路径派生而来。

表面上看来,单独修撰通俗文学史,雅俗文学针锋相对,对传统文学史书写冲击最大,但实际效果却差强人意。范烟桥曾在一九二七年写过一本《中国小说史》,追流溯源,把民初以来便盛行不衰的鸳鸯蝴蝶派通俗小说正式纳入中国本土小说发展的全盛时期加以论述,张扬《玉梨魂》和《广陵潮》承前启后的作用,却只字不提"五四"以来方兴未艾的新文学。唐小兵认为,这"也算是给了新文学运动健将们……一个不亢也不卑的回应"[22]。二十世纪九十年代,范伯群也集方家之力,编撰厚厚两大本的《中国近现代通俗文学史》,为单翅的中国现代文学史找回了失落已久的另一只翅膀。但是,观其效果,实在有限,学界至今依然需要讨论通俗文学入史的问题,中国现代文学史照旧书写"鲁郭茅巴老曹"的丰功伟业,不谈包天笑,不说周瘦鹃,更遑论孙了红、程瞻庐等。至于在原有的文学史框架中接纳部分通俗文学,也无非是拾遗补阙,仍构不成对文学史的冲击和质疑。这些文学史书写的后来者,基本上都是敬陪末座的。只有到了新文学作家要与通俗文人一较高下、重新论资排辈时,这种冲击才真正成立。夏志清的《中国现代小说史》之所以对"重写文学史"厥功甚伟,关键原因是把张爱玲放到了与鲁迅平起平坐的位置上。如果张爱玲不过是夏志清论说二十世纪四十年代女性作家中的一节,那么,《中国现代小说史》的魅力恐怕会大打折扣。金庸冲击论的实质也是如此,当有人把他放在了鲁迅、沈从文、巴金之后,老舍之前,至于茅盾则干脆名落孙山,这才引发了所谓文学大师排座辩论的风波。从这个意义上看,金庸入史其实没有真正冲击现有的现代文学史书写,只不过是重申了一个基本的文学史常识,即新文学并不是中国现代文学的全部,通俗文学与新文学共同构成了中国现代文学史的生动面向。文学研究应当具有更加开阔的视野和开放的心态,通过雅俗互动这个视角,把所有作家置于同一个平台,彼此激荡,相互冲撞,以此讨论和评价他们的审美特性与艺术成就,还原中国现代文学发展的丰富生态。这或许是我们所期待的真正的冲击。

最后,必须指出的是,金庸入史虽然具有学术思想转型的示范意义,但是,切忌把金庸入史变成金庸典律,形成所谓金庸之后无武侠的错觉。比如张大春的《城邦暴力团》,无论是场景、叙事、观念、结构、体例以及文类的挪用上,都更加现代化或者后现代化,既传承了新派武侠的传统,又将其大大向前推进了一步。所谓文学史,不过是一种叙事,一种视角,一些有局限的材料和观点。金庸小说不能代表武侠小说的全部。面对金庸入史的讨论,我们应该抱持开放而审慎的态度,对通俗文学与高雅文学之间幽微关系、复杂间性作出更为细腻的界说和追问，从而呈现文学史众声喧哗的丰富而多元的面貌。

＊原载《中国现代文学研究丛刊》二〇一四年第十期。

注　释

1　陈世骧：《陈世骧文存》，辽宁教育出版社，1998年，第202页。
2　参阅黄心村著《乱世书写：张爱玲与沦陷时期上海文学及通俗文化》，胡静译，上海三联书店，2010年。
3　陈平原：《小说史：理论与实践》，北京大学出版社，1993年，第284页。
4　有关明清文士生活形态的讨论参见王鸿泰著《侠少之游——明清士人的城市交游与尚侠风气》，载李孝悌编《中国的城市生活》，新星出版社，2006年，第92–131页。
5　宋伟杰：《从娱乐行为到乌托邦冲动：金庸小说再解读》，江苏人民出版社，1999年，第97–106页。
6　田晓菲：《"瓶中之舟"：金庸笔下的想象中国》，载氏著《留白：写在〈秋水堂论金瓶梅〉之后》，天津人民出版社，2009年，第205页。
7　参阅周蕾著《写在家国以外》，牛津大学出版社，1995年。
8　周蕾：《写在家国以外》，第15页。
9　参阅王德威著《抒情传统与中国现代性：在北大的八堂课》，生活·读书·新知三联书店，2010年。
10　参阅舒允中著《内线号手：七月派的战时文学活动》，上海三联书店，2010年。
11　陈建华：《漫谈中国文学的自我与时间意识（代序）》，载氏著《帝制末与世纪末：中国文学文化考论》，上海教育出版社，2006年，第17页。
12　参阅 Haiyan Lee, *Revolution of the Heart: A Genealogy of Love in China, 1900-1950*, Stanford University Press, 2007。
13　陈建华：《漫谈中国文学的自我与时间意识（代序）》，第9页。
14　参阅 Perry Link, *Mandarin Ducks and Butterflies: Popular Fiction in Early Twentieth-Century Chinese Cities*, University of California Press, 1981。
15　参阅 Sheldon H. Lu, *China, Transnational Visuality, Global Postmodernity*, Stanford University Press, 2001, pp. 197-198。
16　参阅李陀著《一个伟大写作传统的复活》，《明报月刊》1998年第8期。
17　对这两个范畴的讨论可参阅贺桂梅著《"新启蒙"知识档案：80年代中国文化研究》，北京大学出版社，2010年；Wang Jing, *High Culture Fever:*

Politics, Aesthetics, and Ideology in Deng's China, University of California Press, 1996。

18　Chen Xiaomei, *Occidentalism: A Theory of Counter-Discourse in Post-Mao China*, Oxford University Press, 1995.

19　这个观念当然来自周蕾,参阅周蕾著《原初的激情:视觉、性欲、民族志与中国当代电影》,孙绍谊译,远流出版事业股份有限公司,2001年。

20　陈国球:《文学史书写形态与文化政治》,北京大学出版社,2004年,第320页。

21　陈平原:《"通俗小说"在中国》,《上海文化》1996年第2期。

22　唐小兵:《漫话"现代性":〈我看鸳鸯蝴蝶派〉》,载氏著《英雄与凡人的时代:解读20世纪》,上海文艺出版社,2001年,第264页。

妖娆的罪衍,负面的现代

叶凯蒂《上海·爱:妓女、文人与娱乐文化(1850–1910)》读札

海外学术界对上海妓女问题的关注由来已久。一座"浮城",若干"尤物",成为学者测绘一时一地情色想象的最佳途径。一九九七年,安克强和贺萧两位的研究大作,开始摆脱以往道德批判的束缚。安克强的《上海妓女:19–20世纪中国的卖淫与性》站在社会史和思想史的交叉路口,以现实主义的目光,写出了百年上海青楼妓业的更迭,明确了娼妓性质不断商业化和情欲化的进程,既刻写了一个利润丰厚的市场,也复制了一种不平等的性别关系。贺萧的《危险的愉悦:二十世纪上海的娼妓问题与现代性》则反思这些"下属群体"的发言权,探查二十世纪娼妓问题与民族、政治、商业、性别及情感文化的相互扭结与彼此征用的关系。尽管贺萧承认妓女并非完全沉默无语,但

真正的话语权仍掌握在官方和知识分子手中。她们被记忆、被塑造、被讲述,从而变为符号,变成隐喻和知识。换句话说,作者清楚地意识到,这部史学著作是关于"想象的想象"。可是,吊诡的是,作者的想象不是削弱,而是强化了前一想象中某些力图彰显的面向,例如,女性是被压抑的。

但"封建社会尽是祥林嫂吗"?高彦颐在《闺塾师:明末清初江南的才女文化》中的这一诘问,让我们注意到了"五四"史观之外,女性形象多姿多彩,表情达意诚具能动效益和主体性的"被压抑"的面貌。明清易代之际的江南闺秀,虽不能改写框定于她们的阃道规制,却也在其中觅得一个另类的文化生存空间,并由此获得人生的意义、安慰和尊严。虽说在整个女性世界中她们只是处在社会夹缝中的少数,但是,有一点可以断言,即过去那种将女性一概视为父权牺牲品的论述方式,如今已成明日黄花。这样的理路,得到了愈来愈多的学术支撑,其中尤以女性学者的论述为主,比如曼素恩的《缀珍录:十八世纪及其前后的中国妇女》、胡晓真的《才女彻夜未眠:近代中国女性叙事文学的兴起》都是如此。德国学者叶凯蒂的《上海情爱:妓女、文人与娱乐文化(1850–1910)》通过对上海妓女某个时段的研究,再次显示了上述理路。叶凯蒂稽查当时勃然兴起的大众消费文化与头牌娼妓的互惠、互利关系,重新赋予这些社会邪流以光彩照人的一面。她们不仅在勾栏世界里左右逢源，精打细算地操持着自己的情色生意，更在公共领域呼风唤雨，引领一时潮流，俨然成了乱世里推倡公共关系与私人狂想的行家里手。其极致处，在在形塑了一种如恶之花般璀璨、颓废的娱乐美学。

城市景观和流行时尚

过去对上海大众文化的观察，大多从文化制度和工业资本的角度导入，但近来的研究却越来越倾向于从日常生活以及知识精英以外的社会群体和个人入手，主张现代性的多角度、多方位并发，甚至颠覆了之前文学史、文化史所宣称的自上而下式的传播模式，改从下层社会进行探查，这也避免了将大众文化变成另一种精英现象。比如，在针对周慕桥画作《视远惟明》的讨论中，李欧梵曾敏锐地指出，望远镜作为一种西式科技，它的出现却完全与科学无涉，只是公众娱乐生活的一部分，三位盛装的妓女，成了它的有力诠释者和展示人。也许，历史的奇幻之处正在于此，往往是这些并不受欢迎的个体和流派，承载了一种必然的"历史不安"，并借用娱乐和消闲的方式，释缓了这种焦躁，达成一种"纾解性的诗学"。林培瑞在《鸳鸯蝴蝶派：二十世纪初中国城市的通俗小说》一书中就认为，以消闲著称的鸳鸯蝴蝶派文学提供了一种疏解现代性焦虑和紧张的文化功能。

叶凯蒂笔下的清末妓女,正是这样一类人物。她们大胆地表演西式服装,以颠覆传统性别界限的方式着男服、乘马车,出现在人流混杂的茶楼、戏院和公园。她们服色夸张而大胆,妆面出人意表、标新立异,而且出行装备也堪称奢华,不仅有装饰一新的敞篷马车,还有一位同样时髦光鲜的马夫。这种种行为,不仅是同行竞争的需要,更是一种必要的自我标榜。通过频频在大众面前曝光,她们展示了自己独特的魅力,并由此达到招揽潜在顾客的最终目的。这些新式服装,不仅改善了她们的外在形象,为其增"色"添"奇",更重要的是,它还提供了一种全新的身体语言和行为姿态,见证了一座城市的欲望,提供了一种全新的价值标准,不但混乱了内外界线,打破了男女区隔,就连牵涉民族意识形态在内的华洋之别,亦由此变得模糊不清。她们在公众场合抛头露面,成为一道亮丽的文化景观。城市指南和都市画报以此为素材,向各方游客广而告之。她们所穿的种种服装款式,也成为一般女性效尤的对象,屡屡牵动时尚潮流。可以说,历史上"靓妆倩服效妓家"的风潮,莫此为甚,亦莫此为广。除了服装,包含在这效仿风潮中的内容,还有妓女所采用的家具,以及她们为拓展业务而进行的摄影活动,前者提供了组织现代家庭结构所需要的物质要素,包括西洋照明器具的引入和时钟的使用所带来的新的起居规范和时间模式,而后者则牵出技术更新、商业利润以及文明的新意象"明星"等诸多内涵。

叶凯蒂有意将上海妓女塑造成颇具商业意识的"独立职人",声言其如何懂得借用各种渠道、手段,来包装、宣传、经营和巩固自己的业务,左右逢源,八面玲珑。可是,这些近乎溢美的表达,是否有夸饰的成分呢?值得我们思考的是,这些时尚行为到底在多大程度上出自她们的主观意愿,而非被动防御?叶凯蒂多次使用了"夸示性消费"的概念。这个概念在社会学家维布伦笔下是与社会结构或阶级实践相挂钩的,其功能不只是提供感官享受,而是为了阻止社会的流动,巩固上层精英的既得利益和文化地位。卜正民《纵乐的困惑:明代的商业与文化》一书在讨论明代时尚时就指出,时尚并不是一个公开、普泛的进程,它随时变化坐标,目的就是为了让那些企图进入上流社会的一般民众,在接近现行标准时遭受挫折。换言之,时尚成了一种必要的捍卫机制,它是针对社会效仿的防御策略。回过头来看上海妓女,根据安克强的提示,整个二十世纪的风月场,"野鸡"团体不断壮大,长三、书寓、么二等相对高等的妓女不免受到冲击。除了自降身价,我们大有理由认为,其处心积虑地制造流行时尚,目的就是为了与其他的妓女更好地竞争，并循此表明自己的"崇高"地位。如此一来，海上名妓胡宝玉移樽就教，向咸水妹学习西式发型和装扮，乃至语言和家具摆设，其意图就昭然若揭。此其一。

其二，对这种追风逐浪式的社会效仿，上海妓女起了多大的带动作用？或者，换一种提法，还有没有其他的社会因素推动这种奢华时尚的到来？回顾二十世纪的中国社会，至少有三种要素值得注意。一是女学堂的大量涌现，二是不缠足运动的风起云涌，三是女性务工人员随经济发展而日益壮大。这些走出闺阁的新女性，特别是女学生，她们该如何着装，成了一个首当其冲的问题。许多女学生无处效仿，只得纷纷效法妓女，以至于出现妓我不分的现象，被时论讥为"服妖"。有鉴于此，社会各界从一九〇六年起开始纠正时弊，讨论女学生的服制问题。由此可以看出，妓女带动时尚风潮，仍有待社会变革之助力。如果没有整个社会秩序和风气的移易，恐怕妓女的这般夸张举动，仍不过是哗众取宠而已。而且，这种流行时尚中仍可能包含着疼痛感。名妓林黛玉开了画浓眉风气，叶凯蒂认为这可能是得益于她曾从事戏剧表演，但贺萧的讨论却指明，这与她得过性病有关。因为梅毒，她脸上落了疤，眉毛也脱了，为了遮丑，她不得不化浓妆来掩饰。可见，时尚潮流背后也包含有被动、负面的信息。

最后，更为重要的是，这种通过日常生活进入中国的现代性，是否得到了最为有效的吸收，时尚行为的无害是否足以保证它的畅通无阻。曾佩琳就认为，"惊骇与诱惑是对文明的曲解，而不是它的本质，即进步。换句话说，穿着外国服饰拍照，无助于创造能够促使中国变成强国的新女性，即达到西方文明标准的女性"[1]。此外，社会舆论也对妓女的种种越轨行为颇多微词，屡屡设置障碍。就服装而言，就不允许妓女模仿女学生，坚持尊卑有别、夫人不得学婢女装等。通过这些方面，我们可以看出，尽管妓女们热闹地表演着"现代"，但其过程并非一帆风顺。来自传统的文化意义和等级秩序，仍固执地盘旋于世人的头脑中，既牵制着它的实践者，也困束着它的对立面。如此一来，叶凯蒂笔下的晚清妓女真可谓是"光彩而悲惨"。

欢场制度与文化姻缘

晚清妓女之所以能在上海这个大洋场里如鱼得水，其中一个很关键的因素是，这里的妓院有着一套严苛的游戏规则。小至叫局、出局，大到聘用、典押、卖绝，以至于逢年过节的宗教仪式，都有一整套的规章做法。这些规矩，看似无足轻重，却可以使妓女之间相互区别、分出等级，同样也可以使那些企图越矩行事的恩客乖乖就范。这些规制，提供了一个男女相对平等的文化场域，为现代式的情感事务和行事准则拉开了帷幕。张爱玲说，只有妓院这边缘的角落里，还有些许自由恋爱的机会，可以填补男子人生的一个重要空白，或许也有这个意思。我们以往对现代性的讨论，往往放言其如何冲决罗网、藐视陈规，在这里，叶凯蒂却使我们清楚地看到，墨守成规亦可别有洞天。王德威《被压抑的现代性：晚清小说新论》所谓"狎邪意味忤逆成规。但最成功的狎邪小说，竟可来自对成规有模有样的模仿"[2]，正可与这现实中的情色习俗对照而读。这算是现代性的吊诡，却也是理所当然的法则，传统与现在不必断然割裂，杨柳新翻照样可成新曲。

不过，还是应当看到，这种浪漫的士女遇合传奇，到了晚清算是曲终人散。少了陈子龙柳如是的诗词情缘，没有侯方域李香君的革命加恋爱，更欠了冒辟疆董小宛的情爱缠绵，风流退场，商业接棒，露水姻缘的背面，尽是赤裸裸的金钱关系。所谓情色化的金钱游戏，商业化的欲望征逐，在男男女女的交易酬酢中显露无遗。这些倡人清楚地懂得该如何将私情与生意相区分。她们承欢侍宴，与恩客逢场作戏，却也暗中吊膀子、傍戏子、爱马夫，把公与私的界限弄得泾渭分明。否则，她们将为此付出高昂的情感代价，在凄凄惨惨中悲悯身世多舛，忧思成疾。她们既是"倡优"，也是"公众人物"，前者成其骂名，后者却成了"五四"新女性的引子,其形象寓意之混杂、矛盾,由此可见一斑。

已经有学者指出,在漫长的十八世纪,至少长江下游地区的上层妇女间(也包括那些高级妓女),相互竞争的方式是诗文写作。但这种文化风尚,到了十九世纪发生很大的变化,王韬不无悲观地发现,在一百五十五个高级妓女中只有十七个人接受过文学方面的教育,而其他人仅具有一些肤浅的中文写作知识。为了弥补这种文学才华上的不足,同时也是为了增加自己的竞争筹码,她们开始模仿《红楼梦》,尝试把上海这个开放的移民之城比作大观园,而自己则是其中多情浪漫的少女。这种策略,当然是针对文人而开展的,官、商虽然是另两类比较重要的顾客来源,但比起文人,他们似乎更愿意寻求刺激与舒适,他们是来观看和享受这场表演的,但文人却直接加入其中。文人精熟《红楼梦》,懂得该如何扮演好自己的对应角色。在这场游戏中,他们各怀鬼胎,却也一拍即合。男的是为了舒遣内心深处由来已久的文化失落之感,来此寻花问柳;女的则希望借此提高身价,以角色的能量来掌控她面前的客人。有人说小说搬演现实,这里分明是现实模仿小说。虽然视之离奇,却又入情入理。现实主义的文学之所以会屡遭苛评,一个重要的原因就是它的实践者每每将现实与虚构世界、原则相混淆,并承担了过多的道德责任。我们无须讳言小说的政治功用，却也不必将之上纲到文学制度的层面加以施行。叶凯蒂的文化观察，大抵也算是一个有力的辅证。

《红楼梦》之所以能在风月世界里风靡一时，自然与它言"梦"、谈"空"、说"命"的内里息息相关。士女遇合，相知相守，最终却又注定天各一方。欢乐转头成空，一切有如梦幻泡影。所谓"繁华如梦"正是如此。不过即便如是，还是有很多人愿意领受这其间的虚虚实实、真真假假，反正春梦过后一切又还归正常。值得注意的是，这些上海妓女对《红楼梦》的投入，还包含着对《西厢记》、《牡丹亭》的拒斥。这些晚明情教的产物，剖白了人心欲孽，因而直见人性，不如《红楼梦》来得含情脉脉、浪漫动人。所以，《红楼梦》战胜了《西厢记》、《牡丹亭》，成为妓业的圣经宝典，它不仅有助于改善妓女形象（风月之中以情为先），更是提出了一种重要的情感理念，即爱不唯性、不唯革命、不唯政治，它是自我的愉悦与释放。简言之，爱是娱乐的一部分。妓女、文人与娱乐文化，于此融为一体。我们当然可以认为这开启了一代情感风气（如"五四"之自由恋爱），也可以说是掀起了另一轮的性之压抑，甚至还可以刁难它乖离了情感的崇高指向，不过，变数越多，越是说明晚清妓女对才子佳人故事搬演的成功。

除了隐喻主题、情感向度，"红楼梦影映青楼"的另一个原因是上海的经济发展,它催生了一种繁华景致,把这弹丸之地,变得如大观园般可圈可点。她的异国情调、她的遗世独立,都使她成为最佳的幻想对象。而且,就在这现实的都市里,确实还矗立着一座座庄园,提供了一切可能让妓女表演、炫耀、招徕顾客,比如著名的张园、徐园、愚园、西园,等等,不胜枚举。就在张园中还矗立着一栋可以览尽申城美景的高楼安垲第,此系英文 Arcadia Hall 的中译名,意为"世外桃源",颇可与大观园的寓意等量齐观。熊月之先生的研究表明,它后来私园公用,受惠于上海独特的社会结构和租界的缝隙效应,一跃成为华人自由发表意见的最优公共场所。这一点更可以和大观园里无拘束的情感表达相参照。所以,对于游惯了张园的上海妓女,会自然地将自己比作《红楼梦》中人,应该不是空穴来风之事。

不过,说到底,妓女最多只能算是红楼故事的追随者,红楼热潮的开创还当归功于洋场才子。韩邦庆的《海上花列传》中有座一笠园,摆明是大观园的化身。学界历来对这一部分评价不高,但王晓珏却以为,一笠园与张园的并存,是作者徘徊于现代与传统的最好表现。晚清的上海租界尽管是最早接受现代事物与价值的地方,但是,新旧之间所发生的,绝不是新的代替旧的,而是新旧价值的杂陈,传统与现代并存、对峙、协商的关系。这种关系,不只贯穿于文化界、文学界，也为商界的妓女发扬光大。这就是为什么她们会屡屡变身为时代隐喻和文化象征的关键。她们多元、烂熟而又离奇，成为文人写意托喻的最好选择。

文人心态及媒体造像

妓女从来都是知识分子自我历程的一部分。她们身处礼法的化外之境，为那些肩负民族兴亡、黍离之思和君父之恩的文人，营造出一方别样的文化和情感空间。声色犬马的平康巷里，文人们轻财结客，饮酒任侠，表面看似自我麻痹、龟缩不前，但实际上也孕育着对个体生命、价值的重思与再建。情色的"过度经济"自有其运作的动力与意涵，很多学者的研究早已指出这一点。以往风花雪月的故事总与易代承平的主题互通声气，但是晚清以来另一种新的母题逐渐浮现，即现代城市与妓女的关系。叶凯蒂认为，一般的研究总是将男与女对立起来，用看与被看的模式来考察，其实文人与妓女是相互定义的，这就有如城市与妓女的关系一样。

高路兹在《城市－身体》一文中指出，原来作为一个地域或都城成品的个人，也会反过来具体改变这个城市的空间象征。换言之，个人身体与城市空间，不是谁生产谁或谁反映谁的问题，而是他们彼此相互定义。评"花榜"

和建"花冢"便是极好的例证。文人利用各种新式媒体（小报、画报、城市指南）追捧妓女，将之作为新闻素材反复书写，举凡其出游、看戏、吃菜、相好，无不记录在案，公之于众；妓女也懂得适时制造话题，将自己的一举一动通知报馆，引来时人注目。这可以视为明星文化的滥觞。双方各取所需，成名获利不在话下。

叶凯蒂在另一篇文章《晚清上海四个文人的生活方式》中曾经指出，没有哪座城市会像上海这样，是多重矛盾的组合体，既允许个人以最传统的方式过活，也首肯其对现代生活方式的应用。王韬在不同时段内，采用了完全相异的手法来描写妓女，可以视为这种转变的有力体现，其一八五三年的病中之作《海陬冶游录》，写了一个身世坎坷的女子，被丈夫卖入妓院，受尽折磨，而在一八八四年的《淞隐漫录》里，妓女就不再是任人摆布的可怜虫，她们独立自主，敢于追求自我的幸福。这一正一反的形象，不仅反映出妓女形象的变迁，体现了城市生活的改变，更隐隐透露出文人对传统身份遗失的焦虑与落寞。从护花人到知音，再到以后的商业包装、彼此利用，文人与妓女渐行渐远，一方地位的提升与独立，正预示着另一方的失势与颓败。特别是比照晚明的艳迹，文人的这种挫败之感更是历久而弥深。传统的风月故事，不再只是文化的资本，反而成为历史的负担。辉煌逝去，徒然留下历史的惆怅、文化的乡愁以及现实的无奈。王韬在政治家与变革家之外所扮演的文化角色，对于重新检讨士庶文化，恢复文人原有的血脉精髓和声音色彩颇有意义。

与此相关的话题，是对晚清小报的观察和城市地图的出现。晚清小报数量之巨，不可小觑，它们的内容又无奇不有，令人叹为观止。这些内容多是花边掌故，话题腥膻，言辞夸夸，缺乏必要的真实性，历来不为学界所重。近年才有学者从社会－文化的角度，重新审视这些被遗忘的小报，比如李楠就认为它们形塑了一种特定时空语境下的文学与文化形态，意义不容忽视。叶凯蒂更多地通过这些小报来发掘一时一地之文人心态，以及其在公共空间开拓方面的作用，比如李伯元在小报上"评花榜"，就意在嘲弄科举，他诚邀读者进行花魁的投票选举，又是有意实践西方民主之风。此外，更因小报的畅销，造就了一套全新的时间规范。文人定时定点地完成编辑出版工作，读者则在固定时间购买、阅读。消闲娱乐与上班工作，判然有别。所以说，这些通俗小报表面上看似无关痛痒、游戏人生，但其实质，亦有大的政治意见和见解包含当中，并且对现代文化的多元共生和公共领域的开拓均有推动、发凡之力。

《上海情爱：妓女、文人与娱乐文化（1850-1910）》的最后一章探讨了三本城市指南及其对上海的不同定义，这或许也可以视为一种媒体造像。这一部分似与妓女研究相去甚远，不过，放在城市研究的视角下，依然有其意义。葛元煦一八七六年的作品《沪游杂记》，作为上海最早的旅游指南，将该地描绘成了一个没有中心、没有历史的主题公园，他条列款项，细话上海的异国风情，以百科全书的方式，向世人展示了一个无分夷我，集商业、娱乐、宗教、科技于一体的繁华之都。而一八八四年的《申江胜景图》，则试图勾勒一个"多族裔的社群"，有意将中国景致处理成带有历史荣光的所在，如愚园、会馆之类，而西洋景则为现代科技的代表，且对中国有启蒙之功，它的经典形象是街灯、电线、铁路和大型的商船等。达尔温特的《上海旅游手册》对娱乐避而不谈，而是着力将上海打造成一个模范租界，为其"高贵和秩序"背书，显然只是将服务对象定位于西来上海或对上海有所向往的洋人身上。这三本指南，给出了这个城市三种不同的向度，也为此后上海城市的定位提供了各不相同的形象模本。无论这些定位是否准确可靠，甚至彼此冲突，但是有一点可以肯定，这些不尽一致的形象定位，再次表明了娱乐之中亦大有精神。

综观《上海情爱：妓女、文人与娱乐文化（1850-1910)》，叶凯蒂对视觉文本的精彩解读，对大量文字材料的细密梳理，给我们带来了深入而新颖的论述，提供了一个文化研究意义上的上海妓女、文人及城市现代性的综合考察。她为我们细描了近代娱乐工业的勃兴与传统文化以及新式媒体之间的重要关联,其意义自不待言。当然,此书名为"上海情爱",但实为"上海租界之情恋",对租界以外的上海世界,作者并未深挖,也未给予那些下等妓女足够的关注。即使是对租界世界的妓女与文人问题的讨论,也没有将法租界、公共租界等区域再作细分。事实上,这些不同区域中的妓女生态、妓女政策、文人生活方式等都呈现出一定的差异。这或许是作者以后会再加论述的话题。

*原载《读书》二〇一一年第一期。

注　释

1　曾佩琳：《完美图像——晚清小说中的摄影、欲望与都市现代性》，余芳珍、詹怡娜译，载李孝悌编《中国的城市生活》，新星出版社，2006年，第416页。
2　王德威：《被压抑的现代性：晚清小说新论》，宋伟杰译，北京大学出版社，2005年，第71页。

第三辑

作为世界文学的中国文学

以中国当代文学的英译与传播为例

进入二十一世纪以来,随着中国经济的崛起,西方对中国的兴趣从单一的政治与经济领域开始转向文学与文化领域。与此同时,中国政府实施文化输出战略,通过各种方式在世界上不断形塑自己的文化形象,中外文学与文化交流日益频繁。中国当代文学在国外的影响与地位有所改善,越来越紧密地成为世界文学的重要组成部分。无论中国当代文学是否走向世界,世界都已成为中国当代文学的深刻背景。在此意义上,考察中国当代文学的英译与传播,将有助于我们重新思考作为世界文学的中国文学的特质与意义,反思中国当代文学走向世界的问题与挑战。

一

一九四九年以来,中国当代文学的英译与传播大概呈现出三个方面的转变。一是从政治性向审美性转变。二十世纪八十年代以前,英语世界对中国当代文学的翻译与传播,不少从属于"地区研究"或"中国研究",更多着眼于政治意识形态的意涵,往往将中国当代文学作为了解中国社会、中国政治的社会学文献来阅读,一直到新时期文学的一些翻译(如收入《伤痕》、《班主任》等作品的小说集 *The Wounded*,林培瑞编译的王蒙作品选集 *The Butterfly and Other Stories* 等),这种政治性的取向依然明显。这种现象在八十年代发生了很大的转变,中国当代文学作品开始得到比较全面的译介,不再局限于作品的意识形态意涵,而更多地从文学与审美的层面选择,中国当代文学的知名作家与代表作品得到较为全面的关注,比如张洁的《沉重的翅膀》、王安忆的"三恋"(《小城之恋》、《荒山之恋》和《锦绣谷之恋》)、张贤亮的《男人的一半是女人》、刘索拉的《蓝天绿海》、郑万隆的"异乡异闻"系列、阿城的"三王"、莫言的《天堂蒜薹之歌》、苏童的《妻妾成群》、李锐的《银城故事》等都有较为及时的译介。当然,不可否认的是,一直到现在,出于商业利益或猎奇心态,一些有争议的作品总是最容易得到西方出版社的青睐,比如卫慧的

《上海宝贝》，阎连科的《丁庄梦》、《为人民服务》，陈冠中的《盛世》等。二是从边缘向热点转移。长期以来，中国当代文学的翻译在英语世界绝对处于边缘地位，只局限于很小的学术圈子，而八十年代中期以后，这种状况开始得到一定的改观。尤其是最近十多年来，随着中国影响力的增加以及文学交流的频繁，中国当代文学越来越成为热议的话题。《长恨歌》、《兄弟》、《受活》、《河岸》、《生死疲劳》等重量级作品纷纷被译介，中国当代文学英译的量和质都有显著的提高。《纽约时报》、《华盛顿邮报》、《芝加哥论坛报》、《纽约客》等重要报刊也时见关于莫言、苏童、余华、王安忆、阎连科、毕飞宇等人的评论。《纽约时报》二〇〇八年五月四日书评版曾罕见地以整版篇幅，发表了一组关于中国当代小说的评论，包括了对《长恨歌》、《生死疲劳》、《狼图腾》、《为人民服务》英译本的评论，甚至开始发表余华等人的专栏文章。这是西方主流媒体少有的对中国当代文学的集束性关注。但是，毋庸讳言，由于语言文化的障碍，中国当代文学在西方的地位，相比其实际成就而言，依然不成比例。三是从单一性向多元性转变。原来英语世界对中国当代文学的译介，只是作为中国研究的附庸，非常单薄，而中国官方主导的《中国文学》和"熊猫丛书"，又由于翻译质量等原因，几乎没有产生真正的影响，流落为无效的翻译。现在中国当代文学的翻译与传播，则呈现出多元的格局，从经典的纯文学，到商业化操作的流行文学，各种流派、各种风格、各种层次的作品都有译介。中国当代文学翻译成为展现中国现实、透视中国文化的载体，承载了多向度的复杂意涵。

从三方面的转变可以看出，西方对中国的兴趣从原来的政治与经济领域开始转向文学与文化领域，中国文学开始走出被冷落、被边缘化的困境，显示出不一样的文学特质，成为世界文学不容忽略的组成部分。特别是近年来，中国当代作家或诗人常常获得各类国际性文学大奖，比如二〇一四年上半年，继苏童、王安忆之后，阎连科曾入围英语文学最高奖之一的布克国际文学奖的决审名单。这些消息总让国内媒体欢呼不已，以为中国当代文学终于走向了世界，成为世界关注的中心。莫言荣获诺贝尔文学奖，更是让这种情绪化的表达甚嚣尘上。可是，冷静观察一下，不难发现这些热闹的背后，其实存在不少问题，甚至是根本性的问题。已经有论者从不同角度对中国文学走出去的问题与障碍作了解析[1]，对此，我想提出三方面的观察。

首先是文学交流的不平等性。西方对中国文学的关注与熟悉程度，永远与我们对西方文学的关注相距甚远。西方出版社每年翻译、出版的中国当代文学作品数量，远远无法和我们每年引进、出版的西方文学作品数量相比。我们从中看到的，是历经世代累积所造成的中西经济、政治、文化实力的悬殊。中国当代文学身处世界文学的边缘，长期以来一直"面对维持这个世界的不平等结构的法规和力量，并敏锐地意识到为了延续自己的写作生命，他们必须在各自的中心获得认可，他们也必须对国际文学的最新审美发明保持高度敏感"[2]。可是，西方文学一直有着某种西方中心论的集体无意识，对中国文学始终不冷不热，少有主动了解、热切拥抱的冲动。也许，现实世界的文化流是永远的不平等流。这种不平等、不相称，某种程度上也透露出西方读者长期以来的偏见。很多时候中国文学成为被想象的另类之一。在东方主义式的凝视中，中国文学不可避免地被想象、被审视、被阅读，甚至被认为是与西方决然不同的存在。东方主义是"从一个毫无批评意识的本质主义立场出发来处理多元、动态而复杂的人类现实的；这既暗示着存在一个经久不变的东方本质，也暗示着存在一个尽管与其相对立但却同样经久不变的西方实质，后者从远处，并且可以说，从高处观察着东方。这一位置上的错误掩盖了历史变化"[3]，可惜，普通的西方读者未必听得进萨义德的真知灼见，中国当代文学的丰富性总是有意无意地被那种高高在上的本质化的凝视所忽视。

其次，中国当代文学虽然开始产生一定的国际影响，但在英语世界基本上还是属于边缘化、小众化的文学，很难成为大众畅销读物。对中国当代文学的阅读，可能欧洲比美国要好一些，诗歌比小说要好一些。比如王德威与哥伦比亚大学出版社合作，主编出版了一套中国文学翻译系列，包括了《私人生活》、《我爱美元》、《马桥词典》、《一九三七年的爱情》、《长恨歌》等拥有一定影响力的当代文学作品，译作也是出自名家高手，但是总体而言销量仍极为有限，更多的是进入大学图书馆作为专业研究者的阅读材料。这与英美读者阅读的趣味是直接相关的，法文、德文、日文的作品翻译到英语世界，同样也很难成为大众畅销读物。所幸出版者未必看重眼下的市场收益，而更多地看重其文学与文化交流的意义。我们还是得经过这样慢慢的积累，不要急功近利，才可能逐步帮助西方读者认识中国文学，这些译本的文学史意义随着时间的流逝，才会逐渐彰显出来。中国当代文学的译本，往来于中西文化之间，将当代文学的文化元素和个性特色，中国文学的本土性与独特性，一步步转化到另一种话语体系之中，对西方读者不断产生持续的文化冲击。我们常常说"跨文化之桥"，这些译作其实就是搭建了中外文学交流的桥梁，如果没有这个桥梁，中国文学要被西方所认识、所接纳，那真是不可想象的。西方读者在何种层面上接受了中国当代文学，接受了中国哪些当代文学作品，这不是一个可以简单量化分析的问题。我们对现在媒体所宣传的中国当代文学在国外的热闹，还是应该保持冷静审慎的态度。

再次是中国文学本身的巨大变化，有时已经超出了西方读者的预期，超出了他们理解与想象的范围。中国当代文学所展现的独特的认识与情感，以及它立足于中国的历史、社会现实所发生的变化，这本身就是一种非常可贵的特质，也是中国文学作为世界文学一部分的独特定位。对于中国当代作家来讲，完全没有必要为了迎合国外的某种趣味而刻意改变自己，如果我们放弃自己的个性，成为西方所熟悉、所想象的中国文学，那又会被西方无情抛弃。法国学者卡萨诺瓦早就指出，地处边缘的文学与作家，往往不得不采取各种方式，寻求进入西方世界的许可，可是，并不存在所谓统一的、纯粹的世界文学。[4] 每一种文学都有其独特的历史、政治和文化背景，如果中国文学长期坚守自己的独特风格和价值立场，也许某一天终将为更多的西方读者所认可。

二

中国文学之所以在海外影响力不尽如人意，最大的原因还是语言文化的天然隔阂。中西文学不同的文化传统、语言形式和叙事方式，决定了中西文学之间巨大的鸿沟。我们看来十分优美动人的篇章，也许在外国读者眼中就会变成连篇累牍、不知所云的天书。译者也许可以费尽心思越过语言的关卡,但却不一定能跨过文化的鸿沟。西方国家有着发达而自足的文学传统,有着自己的阅读趣味与评判标准,再加上一些复杂的现实原因,导致西方读者对外来的文学总是有一定的排斥。中国当代文学本身发展得也不充分,在整体思想深度和艺术价值上确实难以与西方抗衡,加上西方读者长期以来对中国的固有偏见,对当下中国人的真实经验与审美表达不可避免地带着东方主义式的凝视。因此,如何真正有效地让中国当代文学走向世界,被西方读者所接受,必然是一项艰巨的使命。虽然文学文化的交流途径并不仅限于一种,但文本的翻译无疑是其中最重要的一种途径。

如果是为了更广泛地获取海外读者的认同,由以外语为母语的译者来完成翻译工作可能更为合适。这并不是怀疑国内众多翻译家的素养和能力,毕竟文学作品的翻译绝不仅仅是两种语言符码间的精准转换,更何况植根于不同文化背景的语言间本身就不可能有绝对的意义对等。钱锺书谈翻译的最高境界是进入"化境",就是强调在深刻理解原文的基础上,将原来作品的情感意旨、文化意涵自然而然地与新的语言文化融合在一起,两者缺一不可。显然,这是一个相当高的境界,绝非一般的译者所能企及。比如葛浩文的母语是英语,他比我们更了解鲜活泼辣的、"活着的"本土英语,而且也比我们更清楚英语国家的文学传统欣赏什么、排斥什么，他可以挑选最符合英语读者理解习惯的词语与表达方式，也能依据读者的需要调整小说内容。事实上，葛浩文对莫言的小说也确实有所删改，也许有批评者认为作为翻译者的葛浩文不够忠实，但他让中国文学披上了英美当代文学的外衣，这恐怕是葛浩文译本受到认可的重要原因之一，也是国内的译者很难与之比肩的巨大优势。

我们不妨以阎连科《受活》的英译本为例略作说明。《受活》以一种夸张、滑稽的语言，讲述了一个荒诞、悲哀的故事，以想象、虚构的手法，写出了一段匪夷所思、震撼人心的历史，直指中国现实非理性的内核，是一部有着深刻隐喻的政治寓言小说。二〇一二年，英国兰登书屋出版了罗鹏的英译本 *Lenin's Kisses*（《列宁之吻》）。著名作家哈金认为，此译作"抓住了原著的活力，幽默、稳重、独具一格，但并不僭越"[5]。"受活"是豫西耙耧山脉一些地区使用的方言词语，大概的意思是享乐、享受、快活，也暗含有苦中作乐之意。如果音译为"Shou Huo"，显然无法表达其意义，所以译者结合小说情节译成"列宁之吻"，相当贴切地传达了原作对柳鹰雀荒诞行为的讽刺，以及原作对革命乌托邦的解构。在具体的文本翻译中，译者灵活运用了异化与归化的翻译策略，一方面遵循逐字翻译原则，不随意漏译任何一个意象，即便是一些非常中国化的表达,译者也将其逐字翻译出来,显示出明显的异化策略。比如"这样算,每人每月谁都能挣上一万块钱哩,每人每月有上万的收入,那可是要惊吓了祖坟的收入哟"中"惊吓了祖坟"就译成了"it was enough to make their ancestors turn over in their graves",以及"那些介绍信上政府的公章红红艳艳"中"红红艳艳"译成了"sparkling red"。另一方面,译者对于《受活》中的大量方言,比如"哩"、"死冷"、"热雪"、"儒妮子"、"头堂"、"撒耍娇娇子"等,以及一些不太好懂的叙事逻辑,则根据需要加以处理,甚至增添或删改一些内容,以利于西方读者更好地理解和接受。当然,也有一些地方的处理稍显生硬,比如原作中说"有个瞎子就对聋子道,人家说我家不用点灯,连我家的油灯都给拿走了,那油灯是红铜,闹铁灾时候我都没舍得交上去",其中"铁灾"就直译为"steel shortage",这对于西方读者来说,可能会导致语义不明,需要更为灵活的处理。

《受活》的翻译也许远不能说已臻于化境,但确实显示了以英语为母语的译者处理译作的优势。罗鹏从事中国文学研究的身份,更为他往来于两种文化之间寻求语言与意义的转换提供了便利。在时下的中国,当代文学的外译似乎成了一种潮流。可是,翻译实践不仅仅是为了"出口"本国文学,无论如何,没有读者的翻译是无效的交流。对于国家斥巨资组织各种典籍或经典作品的外译工程,我们一方面乐观其成，另一方面对其效果也持保留态度。中国政府也推出过"熊猫丛书"，翻译介绍了从古至今的数百部中国文学作品。可是这套丛书中的绝大部分作品出版之后便悄无声息，对于西方大众读者并没产生多大的影响，有的甚至永远躺在驻外使馆的地下室，蒙上尘埃蛛网，遭受蠹虫侵袭。极少数命运稍好的译本进入大学图书馆，被相关研究者翻阅，或者成为其他英译本的参照，比如葛浩文就据此重译了刘恒的《黑的雪》。因此，中国当代文学的翻译，更为有效的方式可能还得依靠以西方语言为母语的国外专业翻译家、汉学家，或代理人、出版社，由他们自主选择、自主翻译的作品，可能更容易获得西方读者的青睐。从这个意义上说，我们需要更多的像葛浩文、杜博妮、蓝诗玲、白睿文、罗鹏、杜迈可这样的译者。

如何让中国当代文学真正有效地走向世界，除了翻译实践的层面外，还可以从其他技术层面加以推进，创造更多交流的可能，比如组织文学参访活动，参加国际性的比赛、展会，组织作家到西方高校巡回演讲（莫言、苏童、余华、阎连科等经常会有类似的活动），使中国当代文学作品更频繁地参与到世界性的文学生产、流通与阅读之中。这些工作显然不能只靠若干高校、出版社、个人或组织，社会力量的参与十分必要，而且争取海外出版商、高校、相关组织机构甚至是公司财团的帮助，对于扩大中国文学的海外影响力也是至关重要的。当然,我们也不必抱着特别功利性的目的,也不应奢求我们的努力在短时间内就能立竿见影,更不必为了迎合国外的某种趣味而刻意调整自己的创作。中国文学在西方世界的边缘化地位远非一朝一夕形成的,要让西方读者消除之前的偏见,重新认识中国文学,也同样需要经过慢慢积累才可能逐步实现。

三

我们讨论中国当代文学的英译与传播,一个基本的预设就是中国当代文学需要走向世界、融入世界,但是,正如前面所指出的那样,无论中国当代文学是否走向世界,世界都已成为中国当代文学的深刻背景。从比较文学的立场来看,中国文学本身就是世界文学的一个重要组成部分。现在已经不会有学者在提及世界文学时遗漏中国文学的存在,只是我们还需要进一步讨论,中国文学到底要以何种面貌居于世界文学的大家庭里,全球化时代的中国文学到底面临着什么样的机遇与挑战。

"全球化过程最重要的特点之一,是文化生产与商品生产的关系日益紧密。文化与商品的密切结合,在大众文化和日常生活、意识形态与学术思潮等各个领域中,渐渐形成了充满着内在矛盾与悖论的'全球化文化想像'。"[6]一方面,全球化要求本土必须服从全球的权力结构存在;另一方面,全球化的跨国潮流又催生了本土变革的积极性。全球与本土,往往融合而成"全球本土化"。我认为,在强调全球化、强调资本与商品的跨国流通的今天,更应当强调中国文学的特殊性和最起码的中国立场。如果不能充分关注中国文学的特殊性,那就很容易走向浅薄的全球普世主义,将中国文学与文化的现实,削足适履地置于与全球化接轨的想象之中。詹明信曾经提出著名的第三世界文学寓言的理论,认为"所有第三世界的文本均带有寓言性和特殊性:我们应该把这些文本当作民族寓言来阅读,特别当它们的形式是从占主导地位的西方表达形式的机制——例如小说——上发展起来的"。第三世界的文本"总是以民族寓言的形式来投射一种政治:关于个人命运的故事包含着第三世界的大众文化和社会受到冲击的寓言"。詹明信提出民族寓言说的目的就是不断提醒,"任何世界文学的概念都必须特别注重第三世界文学"。[7] 霍米·巴巴也指出,处于弱势的第三世界文化时刻在进行着对霸权文化的抵制与反抗,进行文化上的反渗透,由此形成了文化上的多样性。[8] 证诸中国当代文学的创作,我们发现当代文学的民族寓言显然大大超出了詹明信的理解与界定,从政治的、文化的、伦理的、审美的不同层面拓展与丰富了詹明信对第三世界寓言的阐述,显示出中国当代文学的独特品性。如果不能充分认识到中国当代文学的这些特殊性,中国当代文学的存在价值就会大大降低:你想方设法和别人保持一致,这也许会比较容易获得接纳,但没有差别意味着你不能作出独到的贡献。我们并不是要故步自封,和全球化的潮流相抗衡,而是希望承认世界文学作为一种生态系统的内在多样性,强调全球化时代中国文学这个第三世界文本的特殊性和丰富性。

丹穆若什在《什么是世界文学?》一书中,从全球化的角度将世界文学理解为世界范围内文学的生产、流通和翻译的过程。[9] 丹穆若什将翻译的作用提到了一个新的高度。的确,翻译文学是多元文化、多元文学系统中最为活跃的部分,它在不同文化之间起到了一种协调作用,不断将新的东西引入本土文化,形成文化翻译的另类性,同时又不断解构主流文化的霸权,推动多元文化的融合。[10] 翻译文本创造了一个著名翻译理论家韦努蒂所说的"本土的兴趣共同体","通过译文而把共同体捆束在一起的各种兴趣不仅仅是以外语文本为焦点的,而且反映了译者在译文中铭写的本土价值、信仰和各种再现……就在某一体制内已经获得经典地位的外语文本而言,译文成了支持或挑战现行经典和阐释、也即流行的标准和观念的阐释共同体的场所"。[11] 这种支持与挑战的过程,正是世界文学不断流动、深化、融合的过程。虽然"世界文学本身也是不平等的整体,其各个所属部分——不同国家和地区的文学——的发展通常受制于它们在整个体系中的位置"[12],但毕竟世界文学已经不再是一个美好的乌托邦想象,它日益成为一个整体,一种文化全球化的表征与审美现实。中国文学作为世界文学的一个部分,与各民族、各语际的文学一起,共同构成了世界文学这个想象的共同体。整个世界文学应该是一种不断交流与传播的状态,哪怕是一种想象性的联系。国别文学只是世界文学的一个部分,即使我们讨论国别文学,将其与其他文学相区别,也仍然无法回避它与世界文学的联系。宇文所安也曾经提出,在全球化的语境下,中国文学与文化传统应该成为全世界共同拥有的宝贵遗产。我们所要做的不是强调中国文学是中国独有的东西,而是应该把《红楼梦》与《堂吉诃德》都视为同等伟大的小说,使中国文学成为一种普遍的知识。[13]显然,中国文学本身就代表了世界文学的一个面向,而且是一个重要的、不可或缺的面向。中国作家用独特的语言文字和表达方式,写下自己对国家、民族、世界以及整个人类社会历史的独特感受,以个体化的经验丰富全体人类的经验,以自己的文学创作为世界文学共同体增添色彩,在某种意义上,中国文学早已是"作为世界文学的中国文学",它的意义与价值,其实不需要借助"被译成几国文字"、"在海外销量如何"或是"获得哪些国际奖项"加以肯定。有人曾问,莫言获得诺贝尔文学奖可否视为中国当代文学走出去的成功？这个问题也许本来就是个伪命题，中国当代文学本来就被包含在世界之内，哪里有里外之分，又怎么会需要走出去呢？

因此，关键是要以平常心平等地对待世界文学共同体中的他者。我们应该认识到，与他者的差异是由不同的民族文化与审美特性所决定的，在与他者的交往中，在世界文学的总体格局中，每一种文学都需要在与其他文学的正常交流中保持和发展自己独特的文化审美个性。随着全球化经济、信息技术、跨国资本、大众媒介的介入，我们正进入一个多元共生的文化相对主义时代，每一种文学都有着存在的合理性，我们更加无法超越世界文学的总体格局自拉自唱，世界文学永远是中国当代文学生存与发展的背景和语境，永远是一个挥之不去的他者。正是不同国家的文学互为他者，才共同构成了世界文学想象的共同体。正如萨义德所说，"每一文化的发展和维护都需要一种与其相异质并且与其相竞争的另一个自我的存在。自我身份的建构——因为在我看来，身份，不管东方的还是西方的，法国的还是英国的，不仅显然是独特的集体经验之汇集，最终都是一种建构——牵涉到与自己相反的'他者'身份的建构，而且总是牵涉到对与'我们'不同的特质的不断阐释和再阐释。每一时代和社会都重新创造自己的'他者'"[14]。毫不夸张地说，中国当代文学也是作为一种资本在全球范围内流通与渗透。一方面，中国当代文学的精神场域受制于世界文学的话语冲击，我们应该敞开心胸，接纳他者的万千风光，以世界文学的最高成就作为自己的参照；另一方面，我们应该重返中国文学的传统，丰富自身的文学实践，以独特的实践参与到世界文学的进程之中，反过来为世界文学带去刺激。既不要遗失中国文化的固有血脉，又不会脱离世界文学的谱系，从而催生中国文学的内爆，呈现出多层次、多角度的众声喧哗的叙事格局，显示出作为世界文学的中国文学的独特风貌，这才是中国当代文学最为现实与紧迫的任务。

* 原载《中国比较文学》二〇一四年第一期。

注 释

1 高方、许钧：《现状、问题与建议——关于中国文学走出去的思考》，《中国翻译》2010年第6期。

2 帕斯卡尔·卡萨诺瓦：《文学、民族与政治》，载大卫·达姆罗什等主编《新方向：比较文学与世界文学读本》，北京大学出版社，2010年，第225页。

3 萨义德：《东方学》，王宇根译，生活·读书·新知三联书店，1999年，第428–429页。

4 帕斯卡尔·卡萨诺瓦：《文学、民族与政治》，第224页。

5 封底推荐语，参阅 Yan Lianke, *Lenin's Kisses*, (tr.) Carlos Rojas, Random House, 2012。

6 刘康：《全球化与中国现代化的不同选择》，《二十一世纪》1996年10月号，总第37期。

7 詹明信：《处于跨国资本主义时代中的第三世界文学》，载詹明信著、张旭东编《晚期资本主义的文化逻辑：詹明信批评理论文选》，陈清侨等译，生活·读书·新知三联书店，1997年，第521–523页。

8 参阅王宁著《民族主义、世界主义与翻译的文化协调作用》，《中国翻译》2012年第3期。

9 David Damrosch, "Introduction: Goethe Coins a Phrase", *What is World Literature?*, Princeton University Press, 2003, pp.1-36.

10 参阅王宁著《民族主义、世界主义与翻译的文化协调作用》，《中国翻译》2012年第3期。

11 劳伦斯·韦努蒂：《翻译、共同体、乌托邦》，载大卫·达姆罗什等主编《新方向：比较文学与世界文学读本》，第194页。

12 弗兰哥·莫莱蒂：《进化、世界体系、世界文学》，载大卫·达姆罗什等主编《新方向：比较文学与世界文学读本》，第244页。

13 参阅拙著《另一种声音：海外汉学访谈录》，复旦大学出版社，2011年，第14页。

14 萨义德：《东方学》，第426页。

海外的"《解密》热"现象

二〇一四年,麦家长篇小说《解密》的英译本 Decoded 在英语世界出版。随即,小说的西班牙语、俄语、法语、德语、意大利语等三十三种语言的译本也陆续出版,在西方形成了一股强势的"《解密》旋风"。《解密》的英译本在美国亚马逊的榜单上,一度达到了世界文学排行榜的第十七位。在阿根廷雅典人书店的文学类作品排行榜上,西班牙语版的《解密》曾攀升到第二位,短短几天内销售了上千册。一夜之间,《解密》成了国际性的畅销小说,打破了中国小说在海外难以商业化出版的困境。这个描写天才式的红色间谍最终被国家安全所异化的传奇故事在西方世界一夜蹿红,其速度之快、势头之猛出乎所有人的意料。一九四九年以来,中国政府为实现中国文学走出去曾作了巨大的努力，二十世纪五十年代初即创办《中国文学》，几经改版，先后经历了增设法文版、改为月刊等不断翻新，最终于本世纪初悄然停刊；相关的"熊猫丛书"等，尽管投入了大量人力物力，其反响寥寥也是不争的事实。现在，《解密》的成功似乎让停滞不前的中国文学对外传播看到了希望，创作界、评论界和出版业将其上升为"麦家现象"，希望能因循规律，实现中国文学的国际梦。

事实上，在《解密》受到西方读者欢迎之前，麦家在本土即是一位成功的畅销书作家。自二〇〇三年以来，包括《暗算》、《解密》、《风声》在内的各种麦家作品，累计销量早已达到惊人的数字。毫无疑问，麦家小说不同于主流创作的可读性是其赢得读者的关键因素，但其在畅销排行榜上的长盛不衰主要还是得益于作品被改编成影视作品并获得巨大成功。有研究统计显示，《暗算》在二〇〇三年上市后表现平平，随着柳云龙执导的电视剧《暗算》在二〇〇五年至二〇〇六年火爆荧屏后，小说的销售量呈现出井喷的态势。[1] 此后，随着谍战小说、谍战剧的不断升温，借助《风声》（改编自麦家《风声》）与《听风者》（改编自麦家《暗算》中的一章《听风者》）的上映，麦家作品在图书产业板块中的收益也一路上涨，达到了炙手可热的地步。

但是，《解密》在西方世界的火爆与本土的情形大不相同，《暗算》、《风声》等影视剧火则火矣，却还远未达到走向世界的地步。在西方市场畅销性这一维度上作出巨大贡献的,主要是包括译者、出版商、媒体等在内的一系列非文本因素的市场运作。正如布尔迪厄文化场域理论所指出的,文化场域中的每一个参与者,包括作家、文学研究者、评论家、文学译者,等等,都在利用自己的力量,即文化资本制定策略,他们在场域斗争中的最终结果决定了艺术作品的面貌。

《解密》在世界文学界的成功首先得益于其英语版译者米欧敏。麦家自陈,《解密》在国际市场的亮相与成功"是机缘巧合,或是运气",是"自己在合适的时候遇到了合适的人"。[2] 米欧敏是一名专攻古代汉语的英国学者,二〇一〇年,在韩国首尔国立大学任教的她赴上海参观世博会,在返韩的机场书店里,她买了麦家的两本小说《暗算》和《解密》,大为欣赏,于是出于"奇文共欣赏"的初衷,她逐步将小说翻译给她的爷爷,一位曾在"二战"期间从事密码破译工作的情报专家来读。之后,她将陆续译成的八万字交给了她的大学同学、新生代汉学家和翻译家蓝诗玲,得到了后者积极的反馈并推荐给英国企鹅出版公司,一举奠定了《解密》在海外出版界的地位。

在这个颇具传奇色彩的故事里,米欧敏扮演了相当重要的角色。一方面,作为一名译者,米欧敏的翻译是相当成功的,几乎所有海外评论都注意到了高水平译文对《解密》走红的重要作用,特别是洋溢在字里行间的古典韵味"给英语读者带来了中国文学的宝藏"[3]。英国《独立报》就曾以具体语句和段落为例,剖析米欧敏是如何"原汁原味地保留了古代汉语的韵味",并进而称赞"米欧敏的翻译堪称中英对接的最高典范"。[4]《中国日报》也指出,译者"创造了流利而优雅的翻译",鼓励其进一步翻译麦家的其他作品。[5]另一方面,作为一名欧美汉学界的学者,米欧敏间接促成了《解密》入选"企鹅经典文库",这也是继曹雪芹《红楼梦》、鲁迅《阿Q正传》、钱锺书《围城》、张爱玲《色,戒》以后入选的首部当代中国文学作品。也正是由于"企鹅经典文库"的名牌效应,《解密》很快被有着"诺贝尔文学奖御用出版社"之名的美国FSG出版公司签下美国版权,其西班牙语版本也被挂靠在西班牙行星出版集团名下出版,其所被纳入的"命运"丛书囊括了一大批诺贝尔文学奖得主的代表作,起点不可谓不高。

也正是由于重要出版机构的介入,《解密》打破了长期以来中国小说在海外难以商业化出版的困境。正如蓝诗玲曾指出,"译介到海外的中国文学作品大多并非商业出版,而属于学术出版,这使得中国文学作品始终被置于学者研究视域而难以走近普通大众"[6],而《解密》从一开始就进入了以畅销为目标的市场化运作。例如,FSG出版公司在二〇一三年签下美国版权后,曾派摄影团队从纽约飞到杭州，和麦家一起用了整整一个星期，花费数十万为《解密》的发行量身定制了一部预告片，并为其制定了长达八个月的推广计划。行星出版集团在西班牙语版《解密》上市之际，在马德里的十八条公交线路连续投放四十天的车身广告，极为轰动地打出了"谁是麦家？你不可不读的世界上最成功的作家"的推荐语，更是邀请著名作家哈维尔·西耶拉参与《解密》的发布会，并将容金珍比作西班牙人所熟知的堂吉诃德，还安排另一位知名作家阿尔瓦罗·科洛梅在巴塞罗那的亚洲之家与麦家展开对话。[7] 随着《解密》全球走红，国内的出版机构迅速与国外出版商联手，自二〇一四年六月开始，浙江出版联合集团和浙江省作家协会依托麦家作品的海外出版机构，在英国、美国、西班牙、德国、法国等十多个国家进行了长达一年的巡回推广，组织各种文学沙龙、文学之夜、媒体和读者见面会，其投入人力物力之巨、时间地理跨度之大，创造了中国图书对外推广的新纪录。

在《解密》的一系列市场推广过程中，出版机构不但趁着斯诺登事件的东风，更有意利用了其所引发的社会恐惧心理与反思心态。二〇一三年六月，斯诺登将美国国家安全局关于棱镜监听项目的秘密文档披露给《卫报》和《华盛顿邮报》，引起了轩然大波。在互联网时代，谁可以逃脱监控的天罗地网、所谓隐私是否可能只是人们的幻想等问题都触动着人们的神经。《解密》此时亮相世界文坛，恰似卡勒德·胡赛尼在美国"9·11"事件后推出《追风筝的人》，用文学的想象满足了人们对现实问题的好奇与担忧。正如《纽约时报》评论所指出的，"斯诺登事件爆发后，美国情报部门对全世界大规模实施监听、侦听这一耸人听闻的事件公之于众，人们对麦家的作品顿时又有了新的认识和感受，其现实意义不容置疑"，并暗示容金珍的故事很可能来自作者本人的经历，"这位作家今年五十岁，已是知天命之年，在他十七年的戎马生涯中，相当一部分时间在不为人知的秘密情报部门度过，与军队掌握最高机密的密码专家打过交道"。[8]无独有偶，在西班牙语版《解密》的作者介绍中，出版商也使用了相似的手法，"他当过军人，但在十七年的从军生涯中只放过六枪"，"他曾长时间钻研数学，创制了自己的密码，还研制出一种数学牌戏"，[9]引发了读者强烈的好奇心。对于这一历史契机，麦家并没有回避，而是作出了积极回应，在面对王德威"怎么看'斯诺登后'的全世界这个现象"的问题时，他直接将容金珍与斯诺登进行比较，指出他们"都是为国家安全这份至高神职修行的、异化的人；不同的是，前者为此感到无上光荣，情愿为此自焚以示忠诚，后者恰恰相反。他们是一个硬币的两面，背靠背，注定要在两个心向背的世界里扮演着一半是英雄一半是死敌的角色"[10]。麦家将来信与回信一并公开，作为小说的新版前言公之于众，本身就表明了他自己的立场。

可以说，《解密》在西方世界的畅销是作者、译者、出版机构、评论界等各方面合力的结果，而这种合力的机缘，实在是可遇而不可求的。

经由现代出版机制的操作，一部小说可以迅速进入尽可能多的读者的视野，成为一部畅销书，但读者对它的接受与小说最终走向经典化仍有赖于文本自身的因素。在《解密》登陆英语文学界之初，众多媒体都给予了肯定性的评价。美国的《纽约时报》、《华尔街日报》、《纽约客》，英国的《每日电讯报》、《卫报》、《泰晤士报》、《独立报》等主流媒体都给予了小说极高的评价，《华尔街日报》在一个月内连续三次报道麦家，英国《经济学人》周刊在封面写出"一部伟大的中文小说"，《纽约时报》的观点颇具代表性，认为麦家对革命故事叙述的擅长和对红色间谍英雄的塑造使得小说呈现出"一种新的紧张感"[11]。

这种紧张感对西方读者而言并不陌生，可以直接与其侦探小说的文学传统相对接。在类型文学发达的英语文学界，侦探小说有着一种源远流长的文学传统，它始于爱伦·坡于一八四一年发表的《莫格街凶杀案》，经由近两百年的发展，成了一直备受欢迎的类型文学。从柯南道尔的《福尔摩斯探案集》、阿加莎·克里斯蒂的《尼罗河上的惨案》，到约翰·迪克森·卡尔的《三口棺材》，侦探小说已经形成了固定的模式：开头是某一件神秘罪案的发生，经过侦探的几番侦查、与罪犯斗智斗勇之后，最终以案件侦破而告终。侦探小说常用的一条原则是表面上看来令人信服的证据，其实与案件毫不相干。同时，通常的套数是那些可推导出问题的符合逻辑的答案的线索，在侦得到它们并通过对这些线索进行符合逻辑的解释，从而推断出问题的答案，与此同时，线索也清楚地呈现在读者面前。冷战后，随着人们对间谍和阴谋题材的兴趣增加，传统的侦探小说、犯罪小说衍生出间谍小说、警察小说等，形成了西方流行文学中一支强大的谱系。究其根源，小说中的悬念构成了吸引读者的一大元素，并随着商品化的发展固定为可读性的重要来源。

在这个意义上说，《解密》恰到好处地契合了西方侦探小说的传统。此前，麦家因其作品在本土的走红而被冠以"谍战小说之王"、"中国特情文学之父"的称号，前者虽然将背景设在我国特定的历史时期，但其构成要素基本与侦探小说如出一辙，只是不同于侦探小说对侦探个人形象的突出，谍战小说往往以群像人物出现，从而彰显民族内涵与历史意义，后者则聚焦我国二十世纪五十年代中后期的历史事件，侧重人物的政治立场，往往以共产党地下组织突破美苏情报机构或国民党、台湾当局的特务间谍为结局。然而，不论《解密》究竟更接近哪一个类型，小说在特定历史背景下对悬念的运用是毋庸置疑的。小说开篇以"一八七三年乘乌篷船离开铜镇去西洋拜师求学的那个人，是江南有名的大盐商容氏家族的第七代传人中的最小，名叫容自来，到了西洋后，改名叫约翰·黎黎"[12]开场，待读者渐渐进入老黎黎和小黎黎的世界后，作者笔锋一转，将故事转移到了N大学，开始讲述一个数学天才和他同样具有传奇色彩的洋老师希伊斯的故事，直至小说用近半篇幅完成了"起"和"承"的部分后，故事才徐徐拉开帷幕："从那之后，没有人知道金珍去了哪里，他随着吉普车消失在黎明的黑暗中，有如是被一只大鸟带走，带到另一个世界去了，消失了。感觉是这个新生的名字（或身份）是一道黑色的屏障，一经拥有便把他的过去和以后彻底隔开了，也把他和现实世界彻底隔开了。"[13]读者这才恍然大悟，原来"容金珍干的事是破译密码"，而所谓"解密"，方才正式登场。

如果细细分析，可以看到《解密》蕴含了不少独到的元素，契合了西方读者的阅读趣味。首先，对多个学科领域的综合运用吻合了西方读者的阅读习惯。小说《解密》融合了包括密码编译术与破译术、数学公式的推导、计算机编程的方法、天文历法、无线电等诸多内容，这类横跨自然科学与社会科学的创作方式让国内读者耳目一新，但英语读者对此却并不陌生,他们对具有智力挑战因素文本的热衷与丹·布朗、007系列等阅读传统是一脉相承的。其次,《解密》中对中国传统民间奇人异事的渲染也极大地引起了西方读者的兴趣,比如小说开篇就谈及的"释梦术",由容家奶奶玄而又玄的故事奠定的小说诡秘的色彩,又比如希伊斯与容金珍在棋道上的较量,两人在不动声色中你来我往、见招拆招,提前演习了密码斗争场上的"化敌为友"和"互为出入",这些颇具神秘色彩的传统文化使得文本在最大程度上满足了英语读者的东方想象。再次,《解密》所涉及的国家安全、秘密单位、"文革"政治、第二次世界大战、抗美援朝、冷战以后的国际形势等问题恰恰是此前中国文学海外传播的盲点,这些都拓展了西方读者所熟悉的农村生活、当下社会问题等中国文学题材。

除了这些独到的元素外,小说的叙事手法也功不可没。小说运用了大量游戏性和迷宫式的叙事方式,而这正是师承自对中西文学都具有重要影响的阿根廷作家博尔赫斯。麦家坦言,博尔赫斯的创作于他有着特殊的意义,在初遇其作品时,"没看完一页,我就感到了震惊,感到了它的珍贵和神奇,心血像漂泊者刚眺见陆岸一样激动起来"[14]。麦家的情况并不特别,正如马原的小说总是以"我就是那个叫马原的汉人"开头,马尔克斯与博尔赫斯可谓是一代中国作家共同的精神母亲。一方面,正如现有研究所指出的,麦家小说与游戏性的关联深得博尔赫斯作品的精髓[15]，文本通过中国化的情节设置与故事内核极好地消化了这一舶来品，展现出对缜密叙事逻辑的无尽追求和对诡秘氛围的精心营造。另一方面，这种游戏性与迷宫式的叙事手法正是与文本对人生终极问题的追问紧密相关的。从类型上说，博尔赫斯的《小径分岔的花园》是一部侦探小说，但其之所以为经典，是小说中余准对自我价值的探寻，以及祖孙两人跨越时空的对人生意义的哲思，麦家的《解密》也不外如是。小说的高潮出现在容金珍阴差阳错地遗失了最为重要的笔记本，在高度紧张与极度疲惫的冒雨寻找中，他似乎得到了神谕："因为只有神，才具有这种复杂性，也是完整性，既有美好的一面，又有罪恶的一面；既是善良的，又是可怕的。似乎也只有神，才有这种巨大的能量和力量，使你永远围绕着她转，转啊转，并且向你显示一切：一切欢乐，一切苦难，一切希望，一切绝望，一切天堂，一切地狱，一切辉煌，一切毁灭，一切大荣，一切大辱，一切大喜，一切大悲，一切大善，一切大恶，一切白天，一切黑夜，一切光明，一切黑暗，一切正面，一切反面，一切阴面，一切阳面，一切上面，一切下面，一切里面，一切外面，一切这些，一切那些，一切所有，所有一切……"[16]

而当笔记本最终被寻回的时候，读者发现其中并没有什么了不得的大秘密，而只是一些对人生奥义的感悟，将其与这段呓语相对照，才发现所谓"发疯"恰恰是他开悟了久久叩问的问题，那是关于人生、关于宇宙、关于人性的终极意义。

由此可见，《解密》从涉猎范围、背景设置到叙事手法上都可谓正中西方读者下怀，其总体风格也可以被概括为神秘。小说中的人物，不论是具有主人公光环的天才少年容金珍，还是昙花一现的配角希伊斯、小黎黎，都是令人捉摸不透的缥缈形象，似乎每一个人的背后都有着一股神秘的力量，而对神秘力量的顺应或挑战也推动着他们卷入命运的旋涡。正是在对这些神秘的探索中，小说触碰到了勇气与恐惧、孤独与充实、大义与私欲，而读者对这些人性矛盾面的共鸣恰恰是不分国界、无关中西的。

《解密》的成功，让我们再次看到了丹穆若什所说的世界文学的合理性与可能性。丹穆若什在其专著《什么是世界文学？》中提出：世界文学是民族文学间的椭圆形折射；世界文学是从翻译中获益的文学；世界文学不是指一套经典文本，而是指一种阅读模式——一种以超然的态度进入与我们自身时空不同的世界的形式。[17] 在丹穆若什的定义中，世界文学具有相当的流动性，它甚至不是各国文学在全球语境下会最终交汇并走向的"美丽新世界"或者说"终极体系"，它更像是一种文化的中介，以相当个人化的阅读来理解他者的文化。这种对文学的整体性和连续性所作的解构，一方面证实了所谓文学可能是一些散点化的存在，它并没有一以贯之、起承转合的宏大历史，更遑论世界史；另一方面也说明所谓世界文学不过是一个长时段的建制过程，而非目标。为此，丹穆若什在结语中起用了"如果有足够大的世界和足够长的时间"这个标题。

《解密》所彰显的与西方文学传统和西方读者想象相吻合的面向，使得它在西方的翻译、传播和接受获得巨大成功，成为丹穆若什所说的世界文学的文本。但是，需要特别指出的是，丹穆若什的世界文学观念之下，依然存在非常多元化的区域和国别经验，《解密》中的中国元素本身就是一个极具张力的存在。正是因为这些多元元素，世界文学才不至于成为平面化的混杂了身份和历史的概念。在这个意义上，海外学者提出"华语语系"的观察，试图通过不同的"声音"来辨识纷繁的主体，《解密》中的中国声音成为海外读者定位麦家的重要依据。当然，我们也必须看到，中国当代文学走出去的关键是优秀的翻译，而很多时候，翻译恰恰最容易摧毁多音部的建制。当《解密》和莫言、苏童、王安忆、毕飞宇等人的小说，一起被标准化的现代英语或法语推向世界之际，往往伴随着时空距离、中国色彩的损失。如何在翻译实践中最大限度地转换和传达小说的内容、措辞、风格，甚至意义，《解密》的成功为我们提供了很好的范例。《解密》的成功启示我们，世界文学概念不是霸权层面的,更多只是技术层面的。一方面,文学既不是不可译的,它可以拥有本雅明所说的来世,作家作品的传播,也十分有助于民族文学间的交流互动和文化壁垒的消除。但另一方面,我们也无须把中国文学地位的抬升,乃至跻身世界文学之列的期望,仅仅寄托在翻译上,没有被翻译或者在翻译中失利的作品未必就不具备世界性。真正能够推动中国当代文学走出去的,也许应该还是文学程式、阅读习惯、地方经验、翻译实践等各种因素的合力使然。

*原载《南方文坛》二〇一六年第四期。

注　释

1　熊芳：《"麦氏繁华"：麦家小说及其改编作品畅销原因探析》，硕士学位论文，陕西师范大学，2013年。
2　陈梦溪：《麦家谈作品受西方青睐：这其中有巨大的偶然性》，《中国日报》2014年3月24日。
3　Bryce Christensen, "Decoded", *Booklist*, Vol. 110, No. 8, 2013.
4　*The Independent*, October 28, 2014.
5　Chris Davis, "Cipher This: Chinese Novel Explores Cryptography's Labyrinth", *China Daily*, May 8, 2014.
6　胡燕春：《提升当代文学海外传播的有效性》，《光明日报·文化评论周刊》2014年12月8日。
7　张伟劼：《〈解密〉的"解密"之旅——麦家作品在西语世界的传播和接受》，《小说评论》2015年第2期。
8　Didi Kirsten Tatlow, "A Chinese Spy Novelist's World of Dark Secrets", *International New York Times*, February 20, 2014.
9　转引自张伟劼著《〈解密〉的"解密"之旅——麦家作品在西语世界的传播和接受》，《小说评论》2015年第2期。
10　麦家：《前言：答王德威教授问》，载氏著《解密》，北京十月文艺出版社，2014年，第2–3页。
11　Didi Kirsten Tatlow, "A Chinese Spy Novelist's World of Dark Secrets".
12　麦家：《解密》，第7页。
13　麦家：《解密》，第127页。
14　麦家：《博尔赫斯和我》，《青年作家》2007年第1期。
15　张光芒：《麦家小说的游戏精神与抽象冲动》，《当代文坛》2007年第4期。
16　麦家：《解密》，第211–212页。
17　大卫·丹穆若什：《什么是世界文学?》，查明建等译，北京大学出版社，2014年，第309页。

阿来《尘埃落定》的英译与传播

中国当代文坛之中，阿来并不是一位多产作家。但是，阿来以少数民族内视角，以一种空灵、禅意、轻巧的叙事语言，吟唱出历史与现实、传统与现代、民族与国家的藏地生态史诗，呈现出沧桑、丰厚的藏族文化神韵，在主流汉语写作中可谓独树一帜。在西方接受视域下，阿来的作品被标记为来自遥远东方、雪域边疆，具有神秘而传奇色彩的中国少数民族故事，引起西方世界的极大兴趣和关注。

从英语世界来看，阿来的重要作品都有了较好的译本。阿来创作于二十世纪八九十年代的作品，如《阿古顿巴》、《灵魂之舞》、《月光里的银匠》、《鱼》、《群蜂飞舞》、《野人》、《槐花》、《格拉长大》、《生命》、《奔马似的白色群山》、《旧年的血迹》、《血脉》等十二篇中短篇小说被收录于英译小说集《西藏的灵魂》。这本小说集由葛凯伦和陈泽平合译，美国莫文亚细亚出版公司于二〇一二年出版发行。二〇〇五年，英国坎农格特出版社面向全球发起"重述神话"文化交流活动，旨在取材不同国家或地区的古老神话，结合当代语境，赋予其新的时代意义，英、美、法、中、德等三十多个国家和地区的知名出版社参与了活动，受邀作者包括诸多诺贝尔文学奖、布克文学奖获得者。中国作家苏童、李锐和蒋韵、叶兆言、阿来分别以《碧奴》、《人间：重述〈白蛇传〉》、《后羿》、《格萨尔王》等作品参与其中。二〇一三年，葛浩文、林丽君夫妇与坎农格特出版社合作翻译完成英文版《格萨尔王》。随后，《泰晤士报》、《威尔士文艺评论》、《奇幻小说世界》等报刊均发表了相关书评，向西方介绍这部小说。然而，《格萨尔王》在西方的传播和影响远不如《尘埃落定》。《尘埃落定》的英文版也是由葛浩文夫妇翻译，美国霍顿·米夫林出版公司于二〇〇二年出版发行。随后几年间，《尘埃落定》被翻译成法语、德语、意大利语、西班牙语、葡萄牙语、挪威语、希伯来语、波兰语、斯洛文尼亚语、越南语、韩语、印地语等十多种语言。值得注意的是，二〇一八年出版的印地语译本是以英文版的《尘埃落定》为蓝本翻译而成的，这种现象在中国文学走出去的译介活动时常可见，如苏童《妻妾成群》的德语版、挪威语版是从英文版翻译过去的，毕飞宇《青衣》的西班牙语版和土耳其语版则是由法语版转译的。由于精通汉语、深谙中国文化精髓的以外语为母语的翻译家较少，所以，中国当代文学外译有时只能不得已而求其次，先有英语、法语、德语或其他大语种，如果其中某个语种的译介传播很成功，其他语种可能就会以其为蓝本进行转译。中国当代文学经过不同语言间的相互转译之后，能够保留下来多少中国元素、中国经验？不同语言的读者阅读感受又如何？中国文学历经汉语-中间语-目的语多重语言文化转换，在其过程中消弭或衍生出多重、复杂的文本意义，这些问题都值得我们思考。

应该说，葛浩文夫妇非常准确地捕捉到了原作文字明快、纯净、轻巧的审美特质，尤其是藏族民歌的异域风情，最大程度临摹了阿来灵动而富有韵律的诗意语言，不仅给英语世界读者带来了丰沛的审美享受，也激发了西方对藏族文化、社会与历史的思考。比如，藏族民歌是阿来作品中独具特色的形式之一。《尘埃落定》中有八首明净、灵动、简明的藏族民歌。嘉绒大地的山川雪域、万物生灵、沧桑巨变构筑了部落的精神空间，大自然的一草一木、一花一鸟融入了藏族人民的心灵世界。声音，对根植于雪域高原的藏族人民来说具有特殊的意义和情怀。当卓玛爱上银匠时，不由自主地低声哼唱起充满藏地风情的恋歌：

(原文）

她的肉，鸟吃了，咯吱，咯吱，

她的血，雨喝了，咕咚，咕咚，

她的骨头，熊啃了，嘎吱，嘎吱，

她的头发，风吹散了，一绺，一绺。[1]

(译文）

Her flesh, eaten by the birds, *gezhi*, *gezhi*,

Her blood, drunk by the rain, *gudong*, *gudong*,

Her bones, gnawed by bears, *gazhi*, *gazhi*,

Her hair, loosened by the wind, one lock after another. [2]

拟声词"咯吱"、"咕咚"、"嘎吱"将大自然（鸟、雨、熊）与人巧妙地结合起来，听觉、视觉融为一体，强烈的通感效果增强了表情达意的审美情趣。世间情爱与天地一道万古长存。一幅唯美的少女情怀图在拟声词的渲染下，得以升华为一首经久不衰的叙事长诗。葛浩文采用音译的方法，创造新的拟声词"gezhi"、"gudong"、"gazhi"，生动逼真地传达出卓玛对银匠强烈的爱慕之情。这种带有音乐性、韵律感的拟声词，不仅恰如其分地临摹出藏语民歌的风格，也给英语读者带来听觉上的享受，闻声解意，随声知物，开拓出丰富的想象空间，增添了文本的审美艺术感染力。美国小说家弗朗西斯科·戈德曼盛赞道:"这部精彩的小说,处处闪烁着令人惊叹不已的文字光彩,鲜明生动地描绘出欢快与残酷的现实世界,彰显着作者对人类共通性的深刻洞察力。阿来的《尘埃落定》是一部惊世之作。"[3]这样的评价,与葛浩文精彩的翻译转换实在密不可分。

翻译活动是一个解码和重新编码的过程,两种语言间的转换,必然会出现文本内容和意义消弭或增值的现象。美国翻译学家安德烈·勒菲弗尔认为,"意识形态和诗学是影响译者处理原语词语或语言表达的关键因素"[4]。其中,意识形态的影响最为显著,选择什么样的翻译文本、采用哪种翻译策略以及对文本内容的增减和改写,都受制于无处不在的隐性力量意识形态的制约,它深深根植于文本的生成机制之中,从意识深层操控着译者的翻译活动。葛浩文作为一位著名的翻译家,在审视和翻译中国文学作品时,不可避免地带有意识形态认知,这也影响到了《尘埃落定》英文翻译的具体处理。比如,《尘埃落定》发生在青藏高原东缘的横断山脉地区嘉绒藏族聚居区。从地理位置来看,嘉绒藏族聚居区位于藏文化的东部边缘、汉文化的西部边缘,是受汉文化和藏文化双重影响的过渡地带,或称之为边缘地带。出生于嘉绒藏族聚居区的阿来,对家乡有着深刻的了解,对其中各种复杂的文化、政治、经济关系也是感悟颇深。在小说《尘埃落定》中,阿来从地理空间角度对嘉绒藏族聚居区的权力空间进行描述：

（原文）

有谚语说：汉族皇帝在早晨的太阳下面，达赖喇嘛在下午的太阳下面。

我们是在中午的太阳下面还在靠东一点的地方。这个位置是有决定意义的。它决定了我们和东边的汉族皇帝发生更多的联系，而不是和我们自己的宗教领袖达赖喇嘛。地理因素决定了我们的政治关系。[5]

（译文）

As the saying goes, the Han emperor rules beneath the morning sun, the Dalai Lama governs beneath the afternoon sun.

We were located slightly to the east under the noonday sun, a very significant location. It determined that we would have more contact with the Han emperor to the east than with our religious leader, the Dalai Lama. Geographical factors had decided our political alliance. [6]

原文中的"地理因素决定了我们的政治关系"，这种政治关系应该是指嘉绒藏族聚居区与汉地政权在政治经济上的附属关系。但是译文"alliance"一词在英文中的解释为"associate or connection",即联合,更详细的解释为"union of persons, eg. by states or by treat",即联盟、同盟,与某国结为同盟国。这种翻译使嘉绒藏族聚居区与东部汉地政权的关系从附属、隶属变为地位等同的同盟国关系。此处翻译改写恰恰符合了西方一些人对西藏政治敏感地位的"预期想象"。这种意识形态操控下的翻译改写,在译文中隐约可见。类似的例子还有不少,不再一一列举。

葛浩文《尘埃落定》译作的成功,再次说明了以英语为母语的翻译家承担文学翻译的译介模式是目前比较受认可的形式。他们熟知目的语的文化传统、习俗、规约,更加清楚目的语读者的审美情趣、阅读习惯、认知水平和接受能力,在很大程度上,他们的译文能够满足目的语读者的阅读期待。但是,我们也必须指出,从接受效果来看,《尘埃落定》英文版成为一些西方读者意识形态的想象体,某种程度上消弭了原作的文本意义和作者的创作目的。有些西方读者解读文本内容时,裹挟着意识形态,阐释文学中的政治或政治中的文学,而且这种现象在中国文学译介的海外传播中普遍存在。龙莎夏用大量篇幅貌似尝试将红色与阿来的身份认同结合起来,解读《尘埃落定》中的红色意象和文本意义。[7] 同样,芭芭拉·克罗塞特赞叹《尘埃落定》中西藏美丽、神奇的自然风光以及风土人情之余,又不免流露出误读阿来政治写作的企图。[8]这种文学性批评夹杂政治解读的海外视角引起我们很多思考：中国文学海外研究的多重文学批评视域给本土研究带来很多启示，但是与简单粗暴、直接批评意识形态的政治性文章比较而言，文学中的政治抑或政治中的文学中的意识形态染指变得更加隐秘和复杂。

当然，总体而言，中国当代文学传播已经由政治性向审美性转变，特别是一些专业性的评论越来越多地呈现出学理性、审美性的立场。萨拉·坎比指出，《尘埃落定》是一篇历史性题材小说，阿来似乎希望用最真实的语言展现故乡的风土人情，小说中的人物塑造比回忆录更有人情味，也更加真实。与西方多数借题发挥抨击汉地政权进入西藏的观点不同，萨拉认为，脱离旧社会是西藏社会历史发展的必然现象，与意识形态无关。萨拉的研究能客观地看待人类普遍存在的社会文明生态的瓦解过程，展开对人类文化、历史进程的思考。这种学理性的批评值得肯定。同样，乐刚从政治、经济、历史层面解读《尘埃落定》，阐释小说中的诱惑、毁灭、性、暴力、死亡主题意义，探讨二少爷具有傻子与先知的双重叙述视角的意义，并指出"Red Poppies"书名的英文含义更具可读性，对于藏族文化了解甚少的西方人来讲，更容易接受和理解。[9]

总之，在《尘埃落定》的海外传播中，有很多报道或文章关注作品的可读性、文学性及人文价值，使文本意义在异域文化旅行过程中，扩展出更深、更广的价值空间，也为本土研究提供了新的视域。我们应该充分尊重海外的研究，建立起当代文学研究中国和西方的对话关系，才有可能潜移默化影响和形塑西方读者对中国文学的想象与认知，推动西方普通读者对中国当代文学的接受。同时，在翻译实践中充分尊重异质文学与文化价值的翻译伦理，让中国当代文学与世界文学在交流中互相碰撞、增益和融合，从而不断拓展和丰富世界文学共同体的话语空间和内涵。正如法国当代理论家朱利安所言，我们必须在间距和之间当中，来思考中西的文化他者性，恰恰是因为译本和原本，以及翻译所提供的间距和之间，世界文学才有了建立的可能，文学的话语也才变得更加多元和丰富。

注 释

1 阿来:《尘埃落定》,人民文学出版社,2005年,第100页。

2 Alai, *Red Poppies*, (tr.) Howard Goldblatt and Sylvia Li-chun Lin, Houghton Mifflin Harcourt, 2003, p. 115.

3 Alai, *Red Poppies*, cover.

4 André Lefevere, *Translation, Rewriting and the Manipulation of Literary Fame*, Routledge, 1992, p. 48.

5 阿来:《尘埃落定》,第17–18页。

6 Alai, *Red Poppies*, pp. 20-21.

7 Alexandra Draggeim, "A Complex Identity: Red Color-Coding in Alai's *Red Poppies*", *Asian Highlands Perspectives*, Vol. 35, 2014, pp. 75-101.

8 Barbara Crossette, "Other Side of the Mountains: A Novel by a Tibetan Living in China", *The New York Times Book Review*, May 12, 2002.

9 Yue Gang, "Red Poppies: A Novel of Tibet", *MCLC Resource Center Publication*, February 2010.

贾平凹《高兴》的英译与传播

一

在中国当代文学的场域中,贾平凹无疑是最有实力也最具代表性的作家之一。相对于在国内文坛的重要地位和巨大影响,贾平凹作品的海外传播却不尽如人意,并未得到充分和有效的译介与传播。事实上,贾平凹作品的译介开始较早,早在二十世纪七十年代末,贾平凹的一些中短篇小说就通过中国外文局的《中国文学》杂志和"熊猫丛书"项目被译介到了海外,但由于种种原因,这些译介并未产生实际的影响。一九八八年,贾平凹的长篇小说《浮躁》获得美国第八届美孚飞马文学奖。该奖项致力于各国优秀文学作品的翻译与推广,在贾平凹获奖后,评委会即聘请著名翻译家葛浩文将该小说译为英文,一九九一年《浮躁》的英译本 Turbulence 由美国路易斯安那州立大学出版社出版。几乎与此同时,贾平凹的作品也逐渐走进了海外汉学家的视野,《人极》、《木碗世家》、《水意》、《商州》等作品被收入海外汉学家编译的各种中国文学作品选集。可以说,《浮躁》的获奖与自主翻译,使贾平凹成为二十世纪八九十年代最早为英语世界所了解的中国当代作家之一。

九十年代中后期以来,随着中国影响力的增强以及中西方文学交流的日益频繁,莫言、余华、苏童、阎连科、王安忆、毕飞宇等当代作家的大量作品被译介到海外,特别是莫言荣获诺贝尔文学奖、中国作家屡获国际性的文学大奖等,似乎都表明中国当代文学的海外传播正在从边缘向热点转移。[1]但是,与此形成强烈反差的是,笔耕不辍、力作不断的贾平凹在英语世界的译介却归于沉寂,波澜不惊,尤其是贾平凹至今已出版了十六部长篇小说,这样的创作体量,是中国当代作家中极为罕见的,理应得到海外世界的关注与译介,然而在一九九一年《浮躁》英译本出版后的二十多年里,竟然再没有一部长篇小说在英语世界得到译介。直到一年多前,随着《废都》、《带灯》和《高兴》这三部重要作品几乎同时被译介到英语世界,这种冷落沉寂的现实才有所改变。我们注意到,这三部小说的英译本皆出自英语为母语的翻译名家之手,正好呈现了学术出版、资助出版与商业出版三种不同的译介模式、翻译观念和接受图景。深入研究这三部小说的英译，不但有助于探讨贾平凹小说英译的现状和特点，也可能为探索中国当代文学走出去战略的多重可能性提供有益思考。

一九九三年出版的《废都》是贾平凹最富争议和最受关注的作品，出版后不久便被禁长达十六年，二〇〇九年才得以重新出版。二〇一六年一月，葛浩文翻译的《废都》英译本由美国俄克拉荷马州立大学出版社出版。与《浮躁》一样，《废都》走的还是海外汉学家翻译、国外大学出版社出版的学术译介路径。国外大学出版社是中国文学海外译介的重要平台，但是他们的主要导向是为学术研究服务，主要目标读者是海外的中国文学研究者，而这部分受众数量极其有限，同时因为大学出版社非营利性的定位，很少开展宣传和推广活动，因此发行量有限，覆盖面较小，这类译本的影响只囿于少部分专业受众。《高兴》发表于二〇〇七年，延续了贾平凹对农民题材的专注，写了进城以后的农民的困顿生活与精神历程，故事生动，语言幽默，又饱含了作者对社会变革之际中国农民命运与城乡矛盾等问题的深沉思考。二〇一七年十月，英国翻译家韩斌翻译的《高兴》英文版 *Happy Dreams* 由美国亚马逊跨文化出版事业部出版，通过亚马逊公司向全球发行，一时间引发广泛关注。而发表于二〇一三年的《带灯》是贾平凹首部以女性为主人公的小说,被誉为体现了贾平凹"对中国文学传统的创造性转化"的新世纪长篇杰作[2],备受评论界好评。二〇一七年,美国杜克大学教授罗鹏翻译的《带灯》的英译本 *The Lantern Bearer*,由中国时代出版公司出版发行。事实上,早在二〇一三年,即人民文学出版社出版《带灯》同年,该小说就入选了由国务院新闻办公室和国家新闻出版总署主导的"两个工程"("中国图书对外推广计划"和"中国文化著作翻译出版工程")计划,得到了翻译与海外出版发行的资助。也就是说,《带灯》英译本的翻译与出版走的是中国政府主导的中国文学走出去战略下资助出版的译介路径。

由于学界对《废都》和《带灯》所采取的学术出版与资助出版译介模式的利弊已有过一定的探讨,本文将重点讨论《高兴》英译本的译介模式与特点,兼与《废都》和《带灯》作比较,以此阐明,中国当代文学海外译介的可能取向就是《高兴》英译本为代表的以目的语读者为归依、以归化为主的翻译模式,以翻译所提供的间距和之间的辩证,潜移默化影响与形塑西方读者对中国当代文学的想象与认知,从而在未来提供何谓世界文学、何谓中国文学的"中国方案"。

目前,中国当代文学的海外译介主要有两种模式,一种是自己主动"送出去",另一种是西方主动"拿过去"。

"送出去"是以中方为主导，站在中国文学本位立场的主动译介；"拿过去"是以西方为主导，从西方文化的立场所进行的选择性译介。显然，"拿过去"要比"送出去"的译介效果更为理想，这已成为国内学术界与创作界的共识。毕飞宇就曾说过："我觉得我们最好不要急着去送，而是建设自己，壮大自己，让人家自己来拿。"[3]但是，这里还有一个重要的前提，那就是必须先让人家看得见，别人才能决定是否要"拿过去"。而且，更为关键的是，这个可见度不是作为绝对独立的国别文学的可见度。既然在过去众多带有偏见性的观念里面，中国当代文学仅仅充当了西方文学次等的模仿品，那么，他们在看中国文学时，就不可能只是看到中国，也应该看到自身。在一个更具包容性的理解当中，全球化已经使我们无法"跳出世界（历史）的语境讨论中国"[4]、讨论西方，更遑论作为文化交互中介的翻译。也正是从这个角度来看，节译本或选译本的作用也不容忽视。谢天振就多次强调，现阶段中国文学外译中要重视传播手段和接受环境等方面的因素，在向外译介中国文学时，不能操之过急，不要一味贪多、贪大、贪全，在现阶段不妨考虑多出些节译本、改写本，这样做的效果恐怕更好。[5]

由西方商业出版社主导的《高兴》英译本就是一个典型的例子，先通过节译本进入西方出版社的视野，再通过全译本走入西方读者的视野。二〇〇八年，韩斌在读了贾平凹的新作《高兴》后就决定翻译该小说，并马上联系了一家西方出版社，同时联系贾平凹商讨英译本的授权事宜，但由于种种原因，译介并不顺利。同年，韩斌先在英国主流媒体《卫报》上发表了节译的《高兴》片段。二〇一五年，亚马逊跨文化出版事业部的编辑看到了《高兴》节译片段，于是邀请韩斌完整译介该小说。亚马逊跨文化出版事业部是亚马逊集团旗下专门出版翻译作品的部门，现已成为美国规模最大、最具影响力的外国文学作品出版机构。从二〇一〇年该机构设立以来，已经先后将包括陈忠实、冯唐、路内等多位中国作家的十九部中国当代文学作品纳入翻译出版计划，其中包括《高兴》在内的十五部作品的英译本已在美国出版，亚马逊跨文化出版事业部也成为目前中国文学作品英译最重要的商业出版社之一。

除了出版，亚马逊集团旗下的世界最大的图书销售平台也是中国文学英译本最重要的海外销售渠道。《高兴》英译本的出版得到了亚马逊的重点推介，入选了 Kindle First 优选阅读项目。该项目通过每月新书信息推送，让会员在下个月新书正式出版前以低价甚至免费从六本精选新书中选择一本提前阅读。入选的新书不仅在会员中享有较高的阅读量，而且会员的评论又会吸引更多读者，持续推动书籍销售。此次 Happy Dreams 纸质版于二〇一七年十月一日正式出版，但从八月起 Kindle First 的读者就可下载阅读电子版。截至二〇一七年十一月底，亚马逊和美国著名书评网站Goodreads的读者评论大部分来自Kindle First项目的读者。这种发行和推广模式，也让中国文学不再局限于实体书店中东亚文学书架的某个隐秘角落，缩短了中国文学与西方读者的距离。更重要的是，亚马逊根据读者阅读历史和习惯的定制化推荐策略，也有助于打破读者对中国文学心理上的隔阂，"比如说有人喜欢读悬疑小说，如果这本是悬疑小说就会进入个性化推荐，并不是跟中国的关键词挂钩，而是跟内容挂钩。打破了国家的疆界，并不是你对中国文学感兴趣才会看这本书，而是针对内容本身"[6]，这在一定程度上有助于消弭西方读者把中国文学想象成另类的某种集体无意识，扩大中国文学在西方的读者群。著名翻译家杜博妮曾把中国文学的西方读者群分为两大类，一类是汉学家和中国文学爱好者，另一类是无偏好读者。[7]后者对中国文学题材并没有特别的偏好，而是更关注作品本身的可读性和叙事风格，这类读者数量庞大，却长期受到中国政府主导的出版社以及国外大学出版社的忽视，而亚马逊作为商业出版社，追求销量的目标及其庞大的读者数据库，使其在《高兴》的译介和出版过程中，都亟须并能够关注和覆盖这部分庞大的海外普通读者。

二

　　从"译什么"、"为谁译"到"怎么译",翻译的过程就是不断选择的过程。翻译观念作为译者对翻译活动的总体认识和理解,始终有形无形地制约着译者在翻译过程中的选择,影响宏观层面的翻译策略和微观层面的话语处理。从某种意义上说,翻译就是普拉特所说的"接触地带",它不仅使各种政经的、历史的、文化的观念有了一个空间化的存现形态,而且更是见证了它们之间的共存、互动,特别是"根本不均衡的权力关系"。"接触地带"本指"殖民前沿",是帝国主义扩张的衍生词语。不过,在承认殖民征服和武力统辖的前提下,近来的研究也不断揭示被殖民者的能动力量,他们通过戏仿、征用各种殖民的话语为己用,最终达成一种反征服的效用。当然,在后殖民的视域里,"接触地带"所强调的是"被殖民主体试图用与殖民者的术语结合的方式表征自己"的一面,而实际上,诸多的历史现实也揭示了殖民主体如何运用被殖民者的语言来进行政治管理的另一面。因此,以一个更具整体性的思路来说,"接触地带"毋宁诠释了接触双方互为征引和自我他者化的跨文化现象。[8] 具体到翻译,它不仅启动了一个文化系统在面对域外文本时已有的各种操作案例,也同时会启动它关于自身论述的进程。面对他者,也同时是面对自我。翻译需要调动一切既有的"文学外交"礼仪和方案来作总体的规划和布局,也需要调动更微观层面的社会文化记忆来解说文本中的细节,从而认识到那些看似习以为常的概念如何包孕对话的生机。

《高兴》的译者韩斌是专注于中国当代文学英译的英国翻译家,一直积极推动中国当代文学在海外的译介与出版,也是当代文学海外推介网站纸托邦的创始人之一。她除了翻译实践,还通过写专栏、演讲、授课、读书会等各种活动,身体力行地将中国当代文学推介给英语国家的普通读者。[9]虽然她曾执教于英国伦敦大学,但不同于葛浩文和罗鹏,她并非传统的东亚系教授,而是翻译实践与教学领域的专家。她对中国当代文学的经典作家鲜少译介,反而特别关注中国新锐作家的作品,从虹影、韩东、严歌苓,到安妮宝贝、巫昂、颜歌的作品都有译介。韩斌明确主张"读者中心",强调译作必须能让目的语读者享受到阅读的乐趣,她认为翻译在本质上是某种形式的写作,是一种自我表达方式,不同的译者有不同的表达方式和风格。翻译过程中面临的语言、文化方面的鸿沟,让译者不得不成为主动的改写者,因而她认为译者隐形的观点是荒谬的,译者理当拥有属于自己的声音。[10]

因此,《高兴》的译介采取的是归化为主、异化为辅的翻译策略。异化是以原文为中心,强调原文文化,充分尊重原作的风格，归化则以目的语读者为中心，尽量照顾读者的阅读偏好和审美情趣。加达默尔所谓"视域融合"，正是照应这种张力并存的状况，而不是完全依靠消解差异来构成一种境界。[11] 一方面，文本要被理解，诠释者或者说翻译者就要主动地接近原文的语境和历史，政治正确地进行异化；但另一方面，解读毕竟也是难免带有偏见和意识形态的不正确过程，因此，必须要做一种自我中心式的归化，让译者现身、作者隐身。《高兴》作为一种闲聊式小说的代表，闲聊式的对话是其文本建构的重要手段，也是该小说叙事语言的最大特点，但是这种家长里短、鸡零狗碎般的话语碎片的闲话风，以及原文中夹杂的大量对话、内心独白和梦境等都给翻译带来了巨大的挑战。即使在韩斌的预设中，所谓英美读者，其主流的消费口味，仍习惯于接受连贯的、充满起伏的传统叙事模式。即使他们熟悉西方后现代式的拼贴、碎片等书写技巧，也暗自假设来自异域中国的小说，但最主要的功能是讲好故事，而不是卖弄技巧，这些技巧他们已经见怪不怪了。所以，韩斌首先在叙事形式上对作品内容进行了调整。她通过段落分割，加入引号、括号或是斜体作为标记，使译文变得更为流畅连贯。例如小说第一章中刘高兴与卖鸡小贩关于她是否骗称的对话：

(原文)

胡说,啥货我掂不来!我说:你知道我是干啥的吗?我当然没说出我是干啥的,这婆娘还只顾嚷嚷:复称复称,可以复称呀! 12

(译文)

"Bullshit! No way is that three pounds! I can always tell how much something weighs! Do you know what I want it for?" (Of course, I didn't tell her what I wanted it for.)

But she kept shouting. "Put it on the scales again! Go ahead and put it on the scales again!" 13

原文中这段对话包含在大段叙事中,译文通过分段和引号将对话分割开来,同时将旁白加入了括号。通过加入这些标记,更利于目的语读者对小说的理解。出于同样的考虑,译者还把原文中很多间接引语改为直接引语,如:

(原文)

韦达接电话了,问是谁,我说我是刘高兴,是孟夷纯让我给你个电话。韦达说孟夷纯出来了?我说她没有出来。

(译文)

This time Mighty answered. "Who is it?"

"Happy Liu. Meng Yichun told me to call you."

"Is she out?"

"No."

译者的归化策略还体现在通过使用调整、增减甚至改写等手段,加强译文的连贯性和逻辑性,把原文中语义模糊之处加以明晰,改善目的语读者的阅读体验。译文中常见的调整手段包括调整句子的结构和语序,整理逻辑,以及转换叙事视角等。例如原文中的这句:"塔是在一堵墙内,树的阴影幽暗了整个墙根,唯有我的烟头的光亮,我一边吸着一边盯着烟头的光亮,竟不知不觉中纸烟从口边掉了下去。"译文是:"The wall enclosing the pagoda was overhung by trees and plunged in deep gloom. The tip of my cigarette provided the only light. I stared at it, and the cigarette fell from my fingers." 译者通过调整句内语序与重心,对原文中白描式的叙述进行调整,把"从口边"调整为了"from my fingers",同时对原文进行了断句处理,使原来连续的、多主语(塔、树的阴影、烟头、我)的复杂构句形式变成了短句连续表述,意思更加清晰,也更符合英语的构句特点。

译文中的增补手段主要是为了解释原文中一些独特的文化意象和背景，比如小说一开始就提到"以清风镇的讲究，人在外边死了，魂是会迷失回故乡的路，必须要在死尸上缚一只白公鸡"，译文处理成了"Freshwind folk believe the spirit of someone who dies away from home has to make its way back. In case the spirit gets lost, you tie a white rooster to the body to guide it"。原文读者都了解中国人魂归故里、入土为安的文化传统，但是英文读者却不具备这样的文化预设，所以译者通过加入"has to make its way back"来减少翻译中的文化障碍，改善阅读体验。译文中增补的"in case"和"to guide it"则把原文中隐含的逻辑关系明晰化，也体现了归化的翻译策略。

译者在翻译过程中对原文也作了一定程度的删减，删去了一些冗余的叙述和那些对小说主题、修辞或其他文本功能无足轻重但却可能加大文本在目标语文化中受阻的表达。例如第六章中有一大段五富与高兴讨论女人和娶老婆的对话，既涉及一些西方读者比较抗拒的歧视女性的话语，又提到了焦大和林黛玉等西方读者文化背景中缺失的文化意象，这对西方读者的阅读体验而言会造成障碍，而这段叙述又与小说的主题关系不太紧密，因此译者采取了删减的处理方式。改写的手段在全书六十二章中几乎都有所体现，比如第三十五章共三千来字的原文用了六十五个"说"

字来连接发话者与直接引语或间接引语,但是译文中直译成"said"之处却不足半数,有些地方直接用引号来取代,有些地方译者为了传达讲话人的语气和情感,则采取了增加修饰成分的方法,如"黄八说:我不憋,你们才憋哩!"译为"'It'll be you that bursts, not me,' said Eight huffily",通过添加"huffily",增补了讲话人生气的情绪。还有一些地方,译者则用"added"、"muttered"、"decreed"、"addressed"、"exclaimed"、"suggested"、"retorted"、"asked"、"objected"、"demanded"、"barked"、"shouted"等单词来改写原文中的"说"。这些多样化的表达,既有力揭示了原文的丰富层次,也有效避免了目标文本中用语重复的问题,展示了文本变化灵动的面相。又如该章中有"那个一米八左右的人解开上衣用衣襟擦汗,我已经清楚他在震慑我们"的描写来体现主人公内心极度害怕警察审问时的心情,译文把"一米八左右的人"用改写的手法译成了"one guy, towering over the rest of us",如若采取直译的方式,由于中西方平均身高的差异,英语读者无法体会一米八左右的警察的身高和主人公中等身材的身高悬殊给本来就胆战心惊的主人公所带来的心理压力,也就无法理解为何主人公觉得"他在震慑我们"。通过改写的手法,译文的逻辑才能为读者所理解和接受。

同样出于译者是改写者的翻译观念,韩斌把小说原标题"高兴"改译为"Happy Dreams"。原标题的"高兴"既指主人公刘高兴,也带有一些反讽的色彩。译者结合小说情节和文本风格改译后的标题,也达到了一语双关的效果,既包含了主人公的名字,也暗含了译者对小说情节的解读,更重要的是,这个标题比笼统意义的"高兴"更加具体,更容易吸引目的语读者的阅读兴趣。可以说,从"happy"到"happy dreams"看似变化无多,却触及了赫什所尝试分辨的一组近似概念:meaning(意义)和 significance(意味)。在赫什看来,文学诠释或者扩而广之的阅读、翻译过程,必然触及作者意图和读者(译者)意趣的分歧、对话,前者固定于文本,相对稳定,是为"meaning",而后者常变常新,是文本对读者发起的邀约,因人而异,充满"significance"。有鉴于此,周宪主张以"交互解释"来解说某一文本在跨文化旅行时,所形成的"复杂的、差异的和冲突的解释、渗透、融合和抵制等关系",并进而指出,"任何人的研究工作始终受到解释共同体的解释规则的制约"。[14] 该观念不仅把解释或者说翻译看成是历史性的,而且也是协作性的,直指世界文学的观念,必然不是指一个或若干个具体的文学文本,而是围绕着这些文本的世界性协作关系与过程。换句话说,读者中心在一个宏观的意味上,是解释世界文学发生的导向和动力。

读者中心的翻译观念还影响了译者在微观层面的话语

处理。韩斌在译后记和采访中就多次提到,她认为在翻译过程中最重要的就是为主人公刘高兴在英语世界中找到合适的说话口吻和风格,以求在译文中实现人物言如其人,符合小说整体人物形象的塑造,增强译文读者心中故事的真实感和可信度。《高兴》叙述的是底层人物的故事,这些人物说话的特点主要是表达不正式、口语化,夹杂着大量方言,甚至还有粗俗的语言,句型上多为短句。韩斌通过使用能表达相同意思的合适的俚语、俗语、方言词来再现原文的叙事语域,例如文中重复出现的"老婆"、"城里人"、"嫖客"、"骂人"、"他妈的"分别译成了"missus"、"city folk"、"her john"、"diss"、"damn him"。有的翻译理论家把翻译活动视为一种"权利游戏",认为翻译作品很大程度上由编辑决定,而编辑最关心的是译文在目的语中是否易读。韩斌也多次在采访中提及了编辑对译文的影响,例如译者根据编辑的意见删去了译文中一些过于英国化的话语,改为更符合美国读者阅读习惯的表达方式,比如原文中"我们……快快活活每人赚了五百元钱",最初的译文是"We'd been really chuffed to earn an extra five hundred yuan each","chuffed"与叠词"快快活活"传达的语气相仿,但编辑认为这个词英国味太浓,所以最后修改为"We'd been pleased as punch to earn an extra five hundred yuan each"。又例如"胡说"的翻译,初稿译为"nuts to that"，后改为"screw that"，最后采用的是美国读者最熟悉的"bullshit"。正是译者在这些微观层面的细腻的话语处理，才使得《高兴》的英译本披上英美文学的外衣，获得英语世界普通读者的认可。

三

评价译作是否取得了预期的译介效果，必须在目的语语境中考察其译介效果和接受情况，这主要可从销量与评论两个方面入手。从销量来看，根据亚马逊网站的统计数据，截至二〇一七年十一月底，《高兴》英译本的销量排名远超《废都》和《带灯》。对译作的评论分为普通读者评论和专业评论两类。书评网站的评分与评论是考量普通读者接受情况的重要依据。根据美国主流书评网站Goodreads截至二〇一七年十一月底的数据，出版仅两个月，《高兴》英译本已有五百一十次读者评分及六十八次评论，评分次数及评论量在中国当代文学英译本中已相当靠前，甚至超过了二〇一二年葛浩文翻译的莫言长篇小说《檀香刑》的英译本 *Sandalwood Death*，而《废都》英译本仅有三十一次读者评分和五次评论，《带灯》英译本竟没有任何评分记录。值得注意的是，《高兴》英译本的读者评论中有相当一部分聚焦于故事情节和主人公的遭遇，提到了阅读小说时带来的乐趣及对了解中国社会的兴趣，肯定了译本的流畅性和可读性。除了普通读者的评论，还有一些专业评论刊发在《科克斯评论》、《华盛顿独立书评》、《出版人周刊》等权威学术性评论杂志和出版行业专刊上。《科克斯评论》在介绍了小说情节后，指出这部小说政治性不强，虽然可读性很强，但是故事本身相对平淡。《华盛顿独立书评》的长篇评论肯定了小说的艺术价值，并把小说与中国社会现实相联系，认为刘高兴的故事是当代中国的缩影，并把他的遭遇与当代农民工在中国城市化进程中的遭遇联系起来。《出版人周刊》同样也着重讨论了小说中国工业化与农民工境遇、社会阶层分化的背景，认为小说展现了中国的政治历史和丰富的艺术传统，呈现了正在经历变革的国家所面临的代价。

可见，专业评论主要还是把中国当代小说看成是了解中国社会现实的窗口，甚至把政治性解读为中国当代小说自带的标签。而普通读者的评论则更倾向于关注小说本身的故事性与艺术性，重视小说的阅读乐趣及翻译给阅读带来的影响。这种读者群体的分野，也给我们带来了许多思考。我们对于翻译文学的定位是什么？中国文学走出去，是走向所谓市场和通俗，还是允许它可以保持某种精英特性，一如现代主义作品出现在十九世纪的西方那样，曲高和寡，应者寥寥？如果它需要的是市场，那为什么政府导向型的翻译成效甚微，市场是纯粹的阅读趣味和可读性吗？如果翻译注重的是异质性，为什么在普通读者中不能引起兴趣，反而在专业读者那里因为政治化的标签，而变得颇有市场？难道这是在变相暗示，普通读者甚至比专业读者更具民主意识和全球眼光，不愿意用意识形态的框架自我设限？还是普通读者根本就没有所谓政治意识，只有浅薄的题材观念和阅读习惯？更进一步，难道中国文学真的没有所谓世界性的因素，它不是被打上国别文学的标识，就是被安置到流行市场中，这个世界性，是不同文学观念间的不间断磨合过程，还是其结果？

随着中国经济的崛起和中西文化交流的日益频繁，中国当代文学已经越来越紧密地成为世界文学的重要组成部分。要使中国当代文学的独特风貌在世界文学共同体中得以充分展现，译者在其中扮演着至关重要的角色。但是，作家与译者的沟通、作品代理人以及翻译版权等方面的诸多问题，长期以来成为制约贾平凹等中国作家走出去的绊脚石。当然，我们可以反问，这块绊脚石到底从何而来？西方作家是否也具有如此强烈的走出去的欲望？也因此，走出去是走向世界，还是走向一贯困扰我们的中西等级秩序，抑或走向一种新的西方认同？贾平凹在谈及为何自己的作品在海外未能得到应有的译介时，曾表示"我平时都生活在西安，和汉学家很少认识，性格也不善和外界打交道……翻译之事长期以来就成了守株待兔"[15]。从他的回答中，可以看到贾平凹已经认识到了与译者沟通的重要性，我们也欣喜地看到了他近年来对待翻译态度的转变。

贾平凹充分意识到了翻译的重要性，甚至把翻译看成是某种意义上的创作，"翻译和创作者是一样的，是另一种创作"，"所谓的世界文学就是翻译文学，不翻译谁也不知道你写得怎么样，因为谁也看不到。所以翻译的作用特别大，我自己也特别敬重那些翻译家"。[16]这与韩斌的观点倒不无相通之处。同时，为了克服与海外翻译家由于语言和文化差异带来的沟通障碍，贾平凹文化艺术研究院已经与年轻的译者尼克·斯坦博合作，全力打造贾平凹作品英译推广的英文网站"丑石"。该网站力图全面介绍贾平凹的生平和创作，不仅有对《浮躁》、《废都》和《高兴》等已获译介的作品的介绍和评论，还特别详细地介绍了《秦腔》、《古炉》、《极花》、《老生》等还未译介到英语世界的作品的国内出版情况、篇幅、故事情节及作品评论等具体信息，并提供了这些作品的部分节译作为参考。这种做法不仅可以吸引更多译者特别是海外翻译家对贾平凹作品的关注，缩短作家与译者的距离，而且还可以把翻译选择的主动权逐渐交还给译者。在翻译实践过程中，贾平凹也积极配合译者，参与译文的建构。在韩斌翻译《高兴》的过程中，贾平凹耐心地解答了韩斌对于源文本的问题，更有甚者，为了解释清楚六角楼、炕等具有地域特色的建筑和器物，他甚至给韩斌发去了手绘草图。我们希望有更多的当代作家也能充分认识到翻译的重要性，并积极参与到目的语语境下以译者为主导的译作的创作过程中来。

翻译文本的选择问题已经引起了中国学界的重视，它是中国文学世界性阅读成功与否的重要基础。对于翻译家而言，文本选择也是关乎其译介成败与否的关键。应该说，目的语语境内的单方选择与主导已不再是主流的译介模式了，更为合理的选择，应该是在目的语语境中思考中国当代文学译介的文本选择问题，而在这方面，深谙西方文学和文化传统、读者阅读兴趣与审美心理的目的语翻译家具有先天的优势，毕竟文学与文化的传播根本上是以接受方的文化逻辑为依据的。也就是说，中国文学在西方世界的流向是由西方所遵循的文化发展逻辑决定的，所以这些翻译家更能从目的语文化发展的逻辑出发，来判断哪些中国当代文学作品更有希望在西方世界获得接受和认可。就贾平凹作品而言，尽管《高兴》在国内的影响力远不及《秦腔》和《废都》等作品，但是不仅韩斌和亚马逊看重《高兴》英译本的价值和市场，葛浩文也不约而同地把《高兴》作为贾平凹长篇小说英译的首选。在谈及对贾平凹作品英译选择时，葛浩文曾表示，"我觉得他的《高兴》肯定在美国有读者。贾平凹希望我先翻译他的《废都》，我觉得《废都》在美国可能有读者,《秦腔》就不好说了"[17]。由于贾平凹的坚持,葛浩文最后还是先翻译了《废都》,但从《废都》英译本的销量和评论等方面来考察,无论是对汉学家等专业读者,还是对西方普通读者而言,这本被寄予厚望的英译本并未在英语世界产生很大的反响。因此,《高兴》的译介模式,应该成为未来中国当代文学海外译介的主导模式,在翻译文本选择方面,更多地参考翻译家的意见。当然,我们更愿意相信,这只是中国文学走向世界的初级阶段。在这个阶段内,扩大中国文学的影响力和中国作家的知名度,是首要问题。假以时日,未来中国文学译介的主导权还是可以重新回到我们自己手中。中国当代文学应该提供关于何为世界文学、何为中国文学的中国方案,透过主动的推介来强化中国参与世界文学体系建构的自主权,以中国的方式给出世界文学与中国文学经典的标准,但这显然需要时间。

总之,考虑到中国与西方国家在对待翻译文学时接受语境与接受心态等方面的差异和不平衡性,在现阶段推动中国当代文学的海外译介最合理也最有效的方式就是以目的语读者为归依,以归化为主的翻译策略,潜移默化影响与形塑西方读者对中国文学的想象与认知,推动西方普通读者对中国当代文学的接受,真正让中国当代文学实现宇文所安所说的"在全球化的语境下,中国文学与中国文化的传统将成为全球共同拥有的遗产",使"中国文学成为一种普遍的知识"。[18]同时,在翻译实践中充分尊重异质文学与文化价值的翻译伦理,让中国当代文学与世界文学在交流中互相碰撞、增益和融合,从而不断拓展和丰富世界文学共同体的话语空间和内涵。正如法国当代理论家朱利安所言,我们必须在间距和之间当中,来思考中西的文化他者性:"必须清理出之间以凸显出他者;这个由间距所开拓出来的之间,使自己与他者可以交流,因而有助于它们之间的伙伴关系。间距所制造的之间,既是使他者建立的条件,也是让我们与他者得以联系的中介……必须有他者,也就是同时要有间距和之间,才能提升共同的／共有。"[19]换言之,恰恰是因为译本和原本,以及翻译所提供的间距和之间,世界文学才有了建立的可能,文学的话语也才变得更加多元和丰富。

＊原载《当代作家评论》二〇一八年第六期。

注 释

1 季进:《作为世界文学的中国文学——以当代文学的英译与传播为例》,《中国比较文学》2014年第1期。

2 李遇春:《传统的再生——为贾平凹长篇小说〈带灯〉新版作》,《长江文艺评论》2016年第1期。

3 高方、毕飞宇:《文学译介、文化交流与中国文化"走出去"——作家毕飞宇访谈录》,《中国翻译》2012年第3期。

4 转引自欧立德著《当我们谈"帝国"时,我们谈些什么——话语、方法与概念考古》,黄雨伦译,《探索与争鸣》2018年第6期。

5 王志勤、谢天振:《中国文学文化走出去:问题与反思》,《学术月刊》2013第2期。

6 冯婧:《亚马逊助推中国文学走出去:当下中国体验就是全球体验》,凤凰文化,2015年8月31日。

7 Bonnie S. McDougall, "Literary Translation: The Pleasure Principle",《中国翻译》2007年第5期。

8 参阅玛丽·路易斯·普拉特著《帝国之眼:旅行书写与文化互化》,方杰、方宸译,译林出版社,2017年,第11页。

9 https://paper-republic.org/pers/nicky-harman/.

10 Greta Aart & Nicky Harman, "Translation as Self-Expression: Nicky Harman", *Cerise Press*, Vol.3, Issue 9, 2012.

11 参阅汉斯-格奥尔格·加达默尔著《真理与方法:哲学诠释学的基本特征》,洪汉鼎译,上海译文出版社,1999年。简要的总结见该书《译者序言》。

12 本文关于《高兴》的引文,皆引自贾平凹著《高兴》,作家出版社,2007年。后面不再标出。

13 本文关于《高兴》英译本 *Happy Dreams* 的引文,皆引自 Jia Pingwa, *Happy Dreams*, (tr.) Nicky Harman, Amazon Crossing, 2017. 后面不再标出。

14 周宪:《文化间的理论旅行:比较文学与跨文化研究论集》,译林出版社,2017年,第22–23页。

15 高方、贾平凹:《"眼光只盯着自己,那怎么走向世界?"——贾平凹先生访谈录》,《中国翻译》2015年第4期。

16 贾平凹:《翻译是另一种创作,我特别敬重翻译家》,新华网,2017年8月30日。

17 姜妍:《葛浩文:贾平凹"秦腔"美国难找出版方 莫言不会外语受阻》,人民网,2013年10月15日。

18 季进:《另一种声音:海外汉学访谈录》,复旦大学出版社,2011年,第14页。

19 朱利安:《间距与之间:如何在当代全球化之下思考中欧之间的文化他者性》,卓立译,载方维规主编《思想与方法:全球化时代中西对话的可能》,北京大学出版社,2014年,第37页。

文学的摆渡

中国文学海外传播札记

中国文学的海外传播,就像是文学的摆渡,需要无数的摆渡人,越过语言、文化、地域的千岩万壑,把中国文学从遥远的东方带向世界各地,融汇到世界文学的大海之中。二〇一五年开始,我们在《南方文坛》主持"译介与研究"栏目,每期刊登两三篇文章,介绍海外对中国文学,尤其是对中国现当代文学的译介与研究,以及国内学界的相关思考,以此呈现文学摆渡过程中的踯躅颠顿与日新月异。我每期都要写"主持人语",从一千字到两三千字不等,摘记读了这些文章的点滴思考。卑之无甚高论,但敝帚自珍,现在汇聚于此,重加理董,以为纪念。

一、夏氏书信·莫言西传[1]

最近我们正在花大力气整理夏志清与夏济安兄弟两人的书信。从一九四七年到一九六五年,兄弟俩鱼雁往返,说家常、谈感情、论文学、品电影、议时政,推心置腹,无话不谈,内容相当丰富。夏志清精心保留下来的书信有六百多封,为我们透视那一代知识分子的学思历程提供了极为珍贵的第一手文献,也为我们更深入地理解与评说夏氏学术提供了新的可能。夏志清的意义,也许并不仅仅在于一本《中国现代小说史》,也不仅仅在于将沈从文、张爱玲、钱锺书等人发扬光大,而在于其著作所昭示的文学与道德、历史与文本、意识形态立场与世界视野等问题,不断地引发后来者的论辩与对话,不断地拓展我们对文学与文学史的认知。正是在这个意义上,夏志清及其《中国现代小说史》成为绕不过去的历史标高。现在从这批书信中,我们可以却顾所来径,看到夏志清很多思想、观念、立场的源头,比如他宏阔的世界视野与娴熟的文本细读都是其来有自的。夏志清接受过系统的西方文学的训练,原来的专业就是研究西方文学,尤其是英国古典诗歌,他几乎读遍了英美所有大诗人、大戏剧家的文集。与此同时,书信中不断提及的新批评理论大师级的人物,如布鲁克斯、兰色姆、燕卜荪等人,当年都是夏志清的老师,过从甚密。

夏志清以这样的训练和修养来重读中国现代小说，自然而然地总是将其置于世界文学的语境下细加品析、比较论断，往往就得出迥异时流的不易之论。如何将中国文学置于世界文学的背景下加以评判，这可能也是我们当代文学批评需要反思和借鉴的地方。

另一篇文章是讨论莫言小说在西班牙的译介情况。中国当代文学在海外的译介已成为学界的一大热点，但限于语言能力，我们最熟悉的还是英语世界和法语世界，所以特别期待了解小语种国家对中国当代文学的译介情况。就此而言，这篇文章的价值是不言而喻的。作者以《酒国》和《檀香刑》的西语译本为例，将莫言作品的译介置于整个西班牙中国文学与中国文化传播的背景下加以分析，从转译文本、翻译策略、译者群体三个方面较为全面地讨论了莫言作品传播的经验与教训。可以看出，西班牙的中国文学传播也是经历了与很多小语种国家相似的轨迹，数量少，起步晚，二十世纪八十年代以后才开始译介和关注中国当代文学。虽然由于莫言的获奖，中国当代文学的译介呈现出上升趋势，但毋庸讳言，跟欧美大国一样，中国当代文学译介在西班牙至今仍处于边缘地位。如何加强中国当代文学与世界文学的交流与推广，发挥国外译者的主体性作用，这些都是我们在倡导中国文学走出去时必须思考的问题。

二、"观看"金庸·"图像"张爱玲[2]

罗鹏是近年来美国汉学界声名鹊起的一位年轻学者,曾师从王德威教授,获得哥伦比亚大学博士学位,现在是杜克大学中国文化研究中心、妇女研究中心以及移动影像艺术研究中心的副教授。这些年他不断往返于中国与美国,在一些重要的学术会议上总能看到他充满活力的身影。他似乎永远不用休息,有着使不完的精力,翻译与研究齐头并进。一方面,热心于把中国当代文学译介到英语世界,先后翻译过余华的《兄弟》,阎连科的《受活》、《四书》,还有黄锦树的作品;另一方面,不断出版一本又一本学术著作,比如《长城:一部文化史》、《离乡病:现代中国的文化、疾病与国家改造》等,与人合编有《书写台湾:一种新文学史》、《重审中国通俗文化:经典的经典化》、《牛津中国电影手册》、《牛津中国现代文学手册》等。这些成果堪称丰硕,罗鹏在他那一拨的青年学者中绝对是最突出者之一。

这里的两篇论文即出自罗鹏的新著《裸观:关于中国现代性的反思》。这本书从视觉文化的角度出发,选取从晚清至当下的叙事文本,来讨论在不同的历史时刻,视觉是如何被感知、想象与运用的,以及关于视觉的讨论是如何处理性别与欲望等议题的。罗鹏关注的是这些小说文本的

"观看与视觉生产方式"，认为其中涉及了大量的视觉呈现，显示了对"图像的拟仿层次的特殊关切，特别是图像如何作为引介外在凝视的载体"。这样的切入角度，让罗鹏的论述焕然一新。

在《金庸与图解民族主义》中，罗鹏关注的是《天龙八部》中外表与认同、身份的自我建构与社会凝视之间的复杂关系，而承载这一复杂关系的正是图像。无论是武功图谱还是画像卷轴，它们都在社会中流通，"是传统的召唤机制，将主体引介至既存的社会结构中，但又是对这种社会结构的僭越与挑战"，其中的可见与不见，正是图像在外观/内在、相似/本真间的复杂逻辑。显然，此时图像的意义并不仅仅在于再现或者复制，而是对建构身份有着至关重要的作用，而且图像意义不仅仅局限于金庸的武侠世界之中，更是其在华人离散群体中屏幕作用的隐喻。通过这个屏幕，世界华人圈的读者能够"重新确认、并回头重塑他们的'中国'认同"，这并非因为金庸的小说包含某种关于"中国"的固定所指，而恰恰在于它的图谱特性。

在《张爱玲与相片怀旧》中，罗鹏以张爱玲的《对照记》为主要分析对象，分析其中图像与文字的关系。在他看来，张爱玲对以摄影为代表的现代视觉潜意识有着充分的体认和表达（以《赤地之恋》和《封锁》为例），并在《对照记》中达到高峰。张爱玲展示的照片不仅是建构自身的过程，也包含了"色彩、母亲的遗传、以及复古怀旧"等面向，这使图像的所指变得多样而不稳定，即便是自己的肖像照也必须依赖文字的解释，因而《对照记》中的附记也就有了面具的特征。对于张爱玲来说，照片是存在的证据，亦预示了必然的死亡，而当生者观看死者过去的照片时，又可能产生起死回生的文字增殖空间，其中影像与指涉物的复杂关系，或许正应对了张爱玲毕生的美学理想"参差的对照"。

也许罗鹏的个别论述难逃理论先行的嫌疑，带有六经注我的特征（如对金庸小说中武功图谱的社会身份建构意义的解读，对《封锁》中奶粉广告的解读），但毕竟从视觉文化的角度对金庸和张爱玲的文本进行了新颖而有效的阐释，新见迭现，引人思索，相信一定可以拓展和丰富中国当代文学的批评空间。

三、记忆的想象之所[3]

《现代中国文学与文化》是英语世界中国现代文学研究最重要的刊物之一，由美国俄亥俄州立大学主办，从一九八四年创刊以来，一般每年出版春秋两卷，一直坚持至今。该刊凭借锐利的观察评论、前沿的理论观点以及诸多富有影响力的作者群体，成为我们了解英语世界中国文学与文化研究走向的重要窗口。这次我们节译了卡罗琳·菲茨杰拉德的《记忆的想象之所：汪曾祺及后毛泽东时代对故乡的重构》（刊于《现代中国文学与文化》第二十卷第一期）介绍给大家。作者主要以汪曾祺的作品为讨论对象，同时兼及当时的寻根文学，较好地分析了汪曾祺在"文革"之后如何通过虚构性叙事，展现出独特的乡土依归，基于传统乡村的地域文化而形成了独具意味的想象性建构。作者还进一步探讨了汪曾祺在政治与革命中遭遇的曲折及其应对，指出汪曾祺的创作对中国当代小说的创造力和文化复兴的爆发作出了独特的贡献，成为中国当代文学的一个精彩面向。

另一篇文章《第三空间下的文学史书写》则从夏志清《中国现代小说史》与欧美文学的关系出发来探究《中国现代小说史》在特殊的历史语境下所开辟的文学史书写模式，显示了一个年轻学者的扎实与敏锐。大家一般都会关注到夏志清《中国现代小说史》与新批评、利维斯之间的关系，其实《中国现代小说史》背后夏志清深厚扎实的欧美文学训练同样也是其成功的重要因素。论文即由此出发，从内容和方法上详细论述了《中国现代小说史》中中国文学与欧美文学之间的比较、补充与辉映的复杂关系，以及其在批评路径上对欧美文学批评的继承与发展，突出强调了《中国现代小说史》所具备的世界性眼光。更难能可贵的是，作者还利用刚刚披露的夏志清书信，追根溯源，从夏志清的学术背景和生活背景来探究以上特色形成的原因，并运用萨义德有关知识分子的论述将其置于特定的社会历史层面来考察，充分肯定了夏志清作为一个海外中国学者是如何在中国文学与欧美文学之间成功建立了批评领域的第三空间，由此，我们可以一窥那一代知识分子在政治与历史旋涡中的选择与担当。

四、革命美学·中国当代文学在法国[4]

海外汉学，包括海外中国现当代文学研究，现在已成为国内学界绝对的热点话题，相关的论著或项目层出不穷，似乎呼应了中国文学走出去、提升中国文化软实力的国家战略。但是，不无遗憾的是，不少所谓海外汉学研究论文，仅仅满足于对海外学界的研究情况作些梳理介绍，或借助于翻译理论对某些中国当代文学译本进行简单的对比，很少看到能从中国学者的立场出发，对海外汉学研究展开反思与批判的力作。只有进入到更深层次的对话与交流，才有可能构建中国文学研究的"学术的共同体"。从这个角度来看，余夏云的论文《在革命传统中理解美学》正是我们所期待的充满反思、对话与思辨的佳作。文学与革命的关系是二十世纪中国常思不辍的议题。清末以来，梁启超、王国维、黄人诸位的美学思辨，每每伴随着对革命的记忆和定义。也许有人认为，美学与革命是水火不容的二元，其实恰恰相反，它们相激相成，开启了一种对话格局，形成了一套论述话语，启发并影响了日后乡村与城市、民族与世界等诸多关系的理解。马克思主义美学作为二十世纪中国最重要的论述资源，其实践性和美学性的并行不悖，更是有力地回应了这一点。更为重要的是，它也预示了后学语境下，想要彻底遗弃革命而谈论美学，就无异于舍弃历史，将现代性变成一个空洞的能指，甚至恋物癖。余夏云的论文着眼于海外学界的相关研究，试图将革命与美学的关系还原到具体的历史进程之中，梳理贯穿整个二十世纪的美学意识与观念，是如何在一种对话格局中发展出多样性和中国性，并对西方中心主义式的理解有所回应的。论文并没有盲目推崇海外学界的研究，而是既有肯定又有批判，并力争有所推进，这样的海外汉学研究才能够真正推动海内外学界的互识、互证、互补。当然，论文牵涉的议题过多，部分内容述而未论，为进一步的讨论预留了空间。

《中国当代文学在法国——何碧玉、安必诺教授访谈录》是我们对法国著名汉学家、翻译家何碧玉与安必诺夫妇的访谈记录。我们对中国当代文学在英语世界的译介比较熟悉，而对法语等非英语世界的译介情况则相对陌生，现在两位亲历者现身说法,为我们提供了宝贵的第一手资料,描绘了一幅中国当代文学在法国的传播地图。不仅如此,他们对中法读者美学趣味和思维方式的差异性、翻译的标准与技巧等问题的思考,都有独到的观察与评论。他们认为,在文学全球化的今天,中国文学理应在世界文学中占有一席之地,但也不能一厢情愿地将文学地位与经济地位或人口数量简单等同。这也提醒我们,中国当代文学的海外传播,还是应该回到文学自身,尊重西方读者的审美趣味,以更多的具有独特中国文学美学精髓的作品,渐进式地吸引读者、召唤读者、影响读者。我们应该以一种平常心乐观其成,而不是过度地主动介入,操之过急。访谈时,他们主要讲中文或英文,还夹杂一些西班牙文,我们根据录音进行翻译整理后,再发还给他们审读、修改和补充,如此往返几次,始成此稿。对何碧玉、安必诺教授的热情和耐心,在此谨致谢忱。

五、虚构与实质[5]

《虚构与真实——论〈现代中国文学与文化〉中的当代小说研究》,聚焦于《现代中国文学与文化》所发表的中国当代文学研究论文,择取在中国当代小说研究领域颇具洞见、观点犀利的论文,通过文化隐喻、历史想象、诗学建构三个层面,来论述这些当代小说研究所体现出来的细密的文本解析、前沿的理论支撑、多元的作者群体,透视出当下英语世界对中国当代文学研究的基本态势,也呈现了一个青年学者的敏锐眼光与严谨态度。论文涉及的面比较广,也较为深入地对中国当代小说研究进行了梳理和探究,其中,二十世纪九十年代的都市小说,莫言《战友重逢》中的幽灵叙事,韩少功《马桥词典》对时间与历史的处理,阿来的藏地叙事,抗战文学中的反英雄描写,汪曾祺对故乡的重构,余华小说的文化反思,身体、空间与权力在苏童小说中的体现,阎连科小说深切的精神慰藉和文化关怀,陈染与安妮宝贝为代表的女性写作,等等,都在文章中得到了较为全面的关照与论述。论文还在此基础上,进一步剖析了《现代中国文学与文化》所透露出的历史意识、政治倾向以及叙事伦理,指出了该刊在探索当代中国社会镜像时的多元立场和思考。相信这样的研究之研究,不仅可以为我们提供丰富的信息,而且也一定能为中国当代文学研究带来全新的视角和观念。

六、中国当代文学在越南和捷克[6]

这两篇都是海外中国当代文学翻译者的文章。第一篇作者是阮氏明商博士,她在中国人民大学读的博士,现在任教于越南河内国家师范大学语言与文学系,是一位年轻且热情的中国当代文学研究者和翻译者。她所翻译的阎连科的小说《坚硬如水》获得越南最高文学奖项之一的"河内作协奖"。这篇《论莫言小说对越南读者的感召》从接受的角度分析了莫言的小说在越南得到认可的原因。全文主要涉及四个方面:传播媒体的兴盛、文化背景的近似、阅读体验的新鲜以及自我革新的需求。通过其中引述的越南作家、批评家的议论,我们能够勾勒出莫言小说在越南具体的接受情况,这方面恰恰是我们以往所忽略的。在中国文学走出去的大背景下,中国当代文学在海外的传播研究越来越受到重视。既然涉及跨文化的影响研究,就应该有不同文化背景的研究者参与进来,如果仅仅从影响放送者的语境出发,所得出的结论也只能是中国学者的一面之词。当我们一再提出中国文学走向世界时,似乎是将世界想象成了一块文化势力均衡的平面图,走向世界最终成了走向西方中心主义视域下的经典序列,将西方社会的理解和期待当作世界的召唤,并以之作为批评和研究的标尺。而阮氏明商博士的论文从越南本土视角出发,关注特殊的历史渊源和文化环境对越南读者接受莫言小说的影响,颇具启示意义。在有关中越文化亲缘性的讨论中,她特别提到越南学者与西方学者在研究兴趣上的差异,西方学者对莫言作品的分析侧重于社会学、人类学、政治学的研究,而越南学者则更多地关注情感层面,将莫言视作一位充满人文关怀的作家,相比于西方读者,越南读者对莫言小说中的文学传统和历史指涉可能更具共鸣。

同样的,这种差异也体现在具体的传播和接受环节。如在文章的第四部分,作者指出包括莫言在内的中国当代作家所使用的现代主义手法正好填补了越南小说的空白,因而这种陌生性也成为莫言被越南读者喜爱和追捧的原因之一。也就是说,莫言小说中的西方文学技法吸引了越南读者,是因为越南的文学发展水平所产生的独特影响,而这不可能存在于莫言小说在西方的传播之中。在有关文化政策的讨论中,作者又提到莫言带有揭露性的作品能够在中国出版并被翻译到越南,激发了越南作家对于中国比较宽松的文学体制的向往,这与西方的普遍观念又是背道而驰的,是基于中越两国相似的历史进程才能产生的认识。如果我们仅仅以西方作为标准,就会贬低甚至忽略这些面向,而不可否认的是,这些影响和传播的效果都是莫言的小说对于世界文学不容抹杀的重要价值。当然,文章还有有待深入讨论的空间,对于莫言艺术特色的分析也略显简单,但是,我们相信,只有更多这样来自不同文化的声音加入到中国当代文学的传播研究中来,我们才能更清楚地认识到中国当代文学对于整个世界文学的意义与贡献。

另一篇的作者是李素,她是目前捷克以至欧洲比较活跃的中国当代文学的年轻翻译家。她毕业于捷克帕拉茨基大学中文系，先后两次留学中国学习汉语和中国现当代文学，后来任教于布拉格的查理大学，二〇一四年以后干脆辞去工作，专事中国当代文学的翻译。她先后翻译了苏童、阎连科、张爱玲、余华、姜戎等人的作品，在布拉格的维索纳出版社创立了"华文现当代文学作家译著系列"并担任该丛书的主编，成为中国现当代文学在捷克的主要译者。众所周知，二十世纪五六十年代，由于政治制度、意识形态等方面的因素，捷克相较于其他西方国家拥有更多接触中国文学的机会，读者和研究者的巨大热情，促成了以普实克教授为代表的布拉格学派的形成。然而，由于政治变故，从天鹅绒革命到东欧剧变，从中苏交恶到"文化大革命"，中国和捷克在文学文化上的互动趋于停滞，布拉格学派的悠久传统也很快被淹没在逐渐崛起的欧美汉学的众声喧哗之中。二十一世纪以来，随着全球性文化交流的不断加深以及中国文学走出去战略的实施，中国文学，尤其是中国现当代文学，以一种似曾相识却又相当陌生的方式重返捷克的文学翻译市场。我们难免好奇其被接受和理解的方式是怎样的，李素作为这一翻译实践的亲历者，为我们提供了宝贵的第一手资料以及来自接受者文化的观察视角。

李素首先回溯了二十世纪九十年代以来中国当代文学在捷克的翻译情况，指出影响其翻译规模的主要是市场因素，包括出版者的经济困难和读者的政治偏见。即便是诺贝尔文学奖得主莫言的小说，其印数也远远无法与普实克时代中国左翼文学译本的印数相比，这是因为经过长时间的政治隔离，出版社和读者对当代中国文学的情况已经毫无了解，更缺乏信心，因而一般不会愿意花钱来出版和阅读。他们对中国的认识要么还停留在二十世纪五六十年代，要么就是受到西方学界的影响，带有显著的东方化和后学的印记，在阅读趣味上更加关注流亡作家、不同政见者以及华裔作家，却忽视了同样重要的中国本土作家及其作品。在这样的语境下，李素等人所译介的从张爱玲、沈从文到阎连科、余华、苏童等中国现当代文学作家的优秀作品，正越来越多地得到捷克读书界的了解和阅读。李素还以阎连科《四书》的捷克文译本为例，从接受者的角度讨论了中国现当代文学对于捷克乃至世界文学的意义。在她看来，阎连科能够进入苦土文学奖的终选名单，能够获得卡夫卡文学奖，得益于其"以微妙的方式把东方和西方的文风和古今的文明思想结合起来，讲述了人类共同记忆中的故事，人类共同命运的中国版本"。一方面，它能够回应普遍性的人的境遇，因而能够引起来自不同文化背景的读者的共鸣，另一方面，它又是中国特有的经验，是一份能够超越西方视野局限和思维定式的答案，是一个"东方的西西佛斯"。这最终又回到了文章开头所提出的问题：译什么？怎么译？

这当然是一个大问题，李素也只不过是给出了自己的答案，她反对那种学术化的文学翻译，希望将中国现当代小说中独特的故事及其书写经验带进捷克读者的视野，让他们保持对于"为什么要天天推石头"的追问。我们期待在李素们的努力下，中国当代文学能在捷克甚至欧洲产生更大的反响。

七、主体危机·"《解密》热"[7]

蔡荣的专著《当代中国文学中的主体危机》是一本集中论述新时期文学主体危机的著作。它以二十世纪七十年代末至九十年代的新时期为时代语境，通过韩少功、残雪、余华、莫言、贾平凹等人的作品，探讨了在后毛泽东时代的思想动荡中，中国当代文学作品所呈现出的主体危机。全书共分七章，除导论外，分别论述新主体的追寻、韩少功小说中的言说主体、残雪小说中的自我与他者、新长征中的旅行者、莫言小说中的自我镜像以及二十世纪九十年代早期知识分子的自我。该书既探讨小说文本中的文学形象，也论述作为创造者的作家主体，颇多发人深省之论。《论主体与新时期文学》就是根据该书导论摘译的，由于篇幅所限，只摘译了部分内容。

文章指出，在"'文化大革命'之后以一种紧迫和复仇之感"的重访中，现代作家与知识分子延续了"五四"时期的传统，视自身为新兴启蒙运动的中坚力量，尝试通过文本再现的方式，为中国塑造符合现代性的全新民族主体。对此，不同于一般的乐观认识，作者选取了能动性作为切入点，以检验这一目标在文本层面的实际效用，经由精致的文本细读，着重讨论以下几个方面。一是莫言《白狗秋千架》中残缺和矛盾的主体：大学老师与暖在高粱地的重逢，展示了主观权利被剥夺的残缺主体以及知识分子的修复力量，而开放性的结局所遗留的道德困境直指后者面对自身合法性危机时的犹豫不决。二是韩少功与残雪小说中无能的主体：《爸爸爸》和《女女女》中"主人公语言能力的缺失和外部表意系统的控制"使其无法完成塑造新主体的使命，而残雪笔下的无能自我，则"将存在主义的梦魇转化为持久的现实"，并"投射到改革后中国的未来"。三是余华与扎西达娃小说中的孤独旅人：他们始终独立于激进的社会风气之外，体现了主体在新的竞争环境中的自我迷失。四是莫言《丰乳肥臀》中的中国自我与异域他者：二者之间的冲突以及混种私生子的无能，显示了"中国知识分子对现代中国影响力的持续担忧"。五是贾平凹《废都》中自我的文学表象：面对二十世纪九十年代的消费主义，边缘化的知识分子在特殊的表象中讨论自身的困境。经由跨越文本内外的主体性分析，作者建构出了新时期文学与后毛泽东时代的社会环境,尤其是与官方主导的现代化进程之间深刻的互动。在应对种种社会变革与思想动态的全新挑战时,新时期文学的主体危机也正好折射出这一批作家与知识分子的精神困惑:对过去梦魇的念念不忘,对当下环境的犹豫不决,以及对未来身份的焦虑不安。这让我们重新认识了二十世纪八十年代中国思想中复杂与困难的面向。

二〇一四年,麦家的《解密》席卷海外,掀起一股"《解密》热",创造了中国当代文学海外传播的奇迹,也极大地提振了中国当代文学走出去的信心。《解密》为什么会突然走红国际市场?背后有哪些因缘际会的因素?又给我们带来了什么样的启示?这些正是《论海外"〈解密〉热"现象》试图要回答的问题。论文从《解密》译本在海外大受欢迎的现象出发,借用布尔迪厄的文化场域理论和丹穆若什的世界文学理论,将中国文学的走出去视为一个复杂的流通过程,综合考虑文本内外的诸多因素,以分析《解密》在非汉语市场获得商业成功的原因。作者指出,首先在翻译的层面上,译者米欧敏的出色译笔和牵线人蓝诗玲的推荐都起到了至关重要的作用,由于二人的努力,《解密》从一开始就进入英美最出色的出版机构的视野。不同于一般的学术出版,企鹅和FSG出版社将《解密》纳入其强大的商业运作体系,从而在一定程度上为其扩大了知名度。其次在流通的层面上,受惠于斯诺登事件引起的话题效应,加之出版社在宣传语上的推波助澜,题材类似的《解密》迅速受到评论界和读者的关注,甚至直接将小说中的红色间谍英雄与斯诺登相比较,从而引发了广泛的阅读兴趣。最后在文本的生产层面上,《解密》的间谍(侦探)题材本身是世界性的,不会对西方读者的阅读造成障碍,这使得其扎根于二十世纪五十年代后期中国的红色元素和传统概念不会局限在民族文学的帷幕之后,而是唤起了西方读者对于东方的想象。在叙事中,麦家也明显地借鉴了博尔赫斯游戏性和迷宫式的叙事方式,并以之来表达对人生终极问题的追问,这也让其小说更增添了一层世界性的维度。基于丹穆若什的世界文学理论,作者认为麦家《解密》在海外的商业成功,证明了世界文学概念不是霸权层面的,而更多只是技术层面的,中国文学要想真正走出去,还必须是"文学程式、阅读习惯、地方经验、翻译实践等各种因素的合力使然"。

八、阎连科与丁玲的英译[8]

二十一世纪以来,伴随着中国综合国力和国际地位的提高,中国文学走出去的议题持续升温,而翻译与传播当然是相关讨论的核心话题,也是最为复杂的问题。从译者的文化身份与翻译策略,到译本的传播环境和推广机制,牵涉了跨文化知识生产与流通的方方面面。如今，随着越来越多的中外学者参与到这些讨论当中，这一话题本身已经变成了一场跨越语言和文化的理论思辨，吸引着各式各样的分析视角与研究范式。

这里的两篇文章都与中国现当代文学在英语世界的翻译与传播有关，并且都采用了一种不同于以翻译文本为研究中心的外部视角。汪宝荣的《阎连科小说〈受活〉在英语世界的评价与接受——基于英文书评的考察》从书评的独特视角出发，探讨了《受活》的英译本 Lenin's Kisses 在英语世界主流读者中的接受情况。与一般更加关注译者或个别汉学家的意见不同，作者将目光投向了整个英语文化产业，对包括美国、英国、加拿大和澳大利亚在内的主要英语国家关于 Lenin's Kisses 的书评进行了穷尽式的搜索和全景式的描述，从而得出英语世界对《受活》英译本的一般性理解和主流评价。总的来说，这是一项基础性的梳理工作，但作者并不仅仅只限于罗列材料，而是尽量以文化研究的眼光，对不同书评载体的性质、种类、影响力等加以区分，以体现它们在传播过程中的具体效果和影响力差异，更加立体和贴切地勾勒出 Lenin's Kisses 在英语书评界的版图。

《丁玲小说英译的副文本研究——以白露的丁玲英译选本为例》则是自觉地将这种外部视角理论化，借助热奈特的副文本理论，探讨白露的丁玲选本在生产机制和外部环境上如何对丁玲小说在英语世界的传播产生影响。作者取材的范畴远远超出书评一项，将包括译本的封面、标题、出版信息、序跋、译注等的内副文本，与包括评论、访谈、书评在内的外副文本统统纳入考量，以呈现一个全面的译本生产系统，并由此分析白露与其合作者是如何通过这些译本的副文本以突显其译者的主体身份和完成自身思想的介入，引导英语读者将女性主义作为阅读丁玲不言自明的入口，并因此使该译本在英语世界获得成功的。

尽管这两篇文章都是相对个案式、基础性的分析，但相信通过其中的研究视野和理论自觉，可以为我们提供观察中国现当代文学在海外传播和接受情况的新视角。当然，要想真正将这些思考落到实处，与更多重要的议题结合起来，以至于能有新的发现，还有许多亟待解决的问题，期待有更多学者投入到这项研究中来。

九、《痛史》与《重返现代》[9]

这两篇论文和访谈均出自美国年轻的汉学家白睿文之手。白睿文是哥伦比亚大学东亚系博士，师从王德威教授，现在是加州大学洛杉矶分校亚洲语言与文化系教授，也是风头正健的年轻汉学家的代表人物。他的主要研究领域是当代华语文学、电影、流行文化，出版过《光影言语：当代华语片导演访谈录》、《乡关何处：贾樟柯的故乡三部曲》、《煮海时光：侯孝贤的光影记忆》等学术著作。他还先后翻译出版了王安忆《长恨歌》、叶兆言《一九三七年的爱情》、余华《活着》、张大春《我妹妹》与《野孩子》，以及舞鹤《余生》等小说，在中国当代文学的海外传播方面贡献卓著。正是由于这样的学术背景，他对中国当代文学与文化的考察往往采取一种宏观的文化视角，主张在不同文本、不同文化以及不同种类的叙事间寻找阐释的可能，因而总能够别开生面，勾勒出不一样的意义图示。

第一篇《罗曼史下的暴行：叶兆言的〈一九三七年的爱情〉》选自其专著《痛史：现代华语文学与电影的历史创伤》，主要讨论的是叶兆言的小说《一九三七年的爱情》，但从《痛史》的书名中已经可以看出，议题被放置在更为宏阔的文学史脉络之中进行讨论。令白睿文感兴趣的不仅仅是小说让罗曼史与战争史齐头并进，甚至互助声势的独特安排，而更在于这一书写过程中所汲取的种种资源。叶兆言的家世背景与怀旧情绪被纳入考虑，于是南京大屠杀被从目的论式的政治大叙事中剥离出来，汇入了南京城从古至今的感伤传统中。与此同时，通过分析叶兆言令鸳鸯蝴蝶派的幽灵在小说中重新浮现，对张爱玲、老舍、张恨水和钱锺书作品的借用，以及熔铸各种新闻、海报、逸事和野史风格的叙事,还原出其"一幅无所不包的拼贴画",或"一部微型的民国时期文学史"的特质。白睿文在文中特别强调的正是这种辩证关系,即在将《一九三七年的爱情》诉诸种种历史脉络的同时,抒情本身却反过来成为书写历史或叙述创伤的另一种可能。它躲开了那些严肃的"被历史学家称为历史的历史",以感性的笔触直面历史中的怪兽鬼影。它与历史事实关系暧昧,却能够以开放的历史所指,超越南京大屠杀与抗日战争的惨剧,将整个当代中国历史中的种种暴力横陈眼前。这样的认识,无疑为我们解读这部小说打开了新的窗口。

第二篇文章是白睿文与白先勇围绕《现代文学》所作的访谈。众所周知,《现代文学》是二十世纪六十年代台湾现代主义文学最著名的启蒙阵地,众多日后享誉文坛的台湾现代作家都是率先在这份刊物中崭露头角的,其创办者仅是以白先勇为首的一群当时的台湾大学学生,更增添了这份刊物的传奇色彩。作为一个文化研究学者,白睿文关注的焦点自然不是青涩年代的学术八卦,也不是由最终成就出发的事后之论,而是回归史的思考,希望能够还原其中的建制问题,有时候这显得有些琐碎,例如:《现代文学》是在怎样的思想环境中酝酿出来的?它受到哪些学者的支持和影响?它与"南北社"这样的文学团体的关系是什么?在后来台湾的现代文学与乡土文学的论战中扮演了何种角色？编辑们如何具体分工？选取文章的标准是什么？经费从哪里来？具体销量如何？是否受到当局的监控？等等。然而，正是这种细节，将《现代文学》从台湾现代主义文学的起源神话中解放出来，让我们重新回到那样一个年代，重新认识那些怀揣着文化复兴之梦的年轻人。

十、序言与评论[10]

李欧梵教授是蜚声海内外的著名学者。浙江大学出版社准备出版他的著作系列，李老师打算为每本书都写一篇新序。承蒙他的许可，这里先行发表他为《铁屋中的呐喊》和《我的哈佛岁月》两本书所写的新版序言。这两篇序言充分体现了李老师近年来的书写风格和学术取向，看似轻描淡写，实则颇具学思。在《铁屋中的呐喊》的新序中，李老师回顾了这本海外鲁迅研究名著的成书背景，包括大环境，即二十世纪六七十年代美国鲁迅研究的状况，以及小环境，即他自身的求学和创作历程，特别提到普实克和夏济安对他的影响。尽管李老师一再以懊恼的口吻对书中力不从心之处"自我检讨"，但这部三十年前的专著对国内鲁迅研究思路的开拓之功实在不容抹杀。几乎可以说，这本书深刻影响了二十世纪九十年代以后国内鲁迅研究的格局。而新序中所涉及的一些思考，对当下的鲁迅研究也颇具启发意义。在《我的哈佛岁月》新序中，李老师从当今高度全球化、现代化的语境出发，回顾了当年哈佛的求学与教学生涯，表达了对同样曾负笈于彼的民国大师的追思。无论是作为学生还是教授，李老师都秉承了恩师史华慈的人文主义传统，以狐狸型学者自居，不断反思现代人文学科中追求专业的学术范式。尤其是近年来，李老师尝试通过跨越人文学科的边界来把握全球化大潮下的人文脉动，成果有目共睹。学海无涯，广博与专精不过是不同的学术取径，实在不必成为相互攻讦的对立面。从这两则序言，大家想必能够一睹"狐狸"的智慧，再次感受李老师深厚的学养和无限的话语机锋。

另一篇文章是有关美国汉学家罗鹏的新著《离乡病：现代中国的文化、疾病与国家改造》的评论。罗鹏作为近年来欧美学界十分活跃的年轻汉学家，已经通过《裸观：关于中国现代性的反思》等著作向我们展示了其广阔的学术视野和精深的理论思辨，尤其是对视觉、语言和性别问题的敏感，在中文学界引起了不小的反响。新著《离乡病》二〇一五年由哈佛大学出版社出版，代表了他近年来学术探索的成果，自然备受关注。本文的作者从《离乡病》中他者和疾病譬喻的辩证逻辑入手，重点讨论了罗鹏对于话语在不同范畴间跨界旅行的机制的探索与阐释，以及如何呼应其重估文化分析模式，挑战学科假想边界的研究目标。

这篇文章不是简单的书评，而是学术性的评论。对于海外的一些重要著作，我们正需要更多的学术性评论予以介绍，展开讨论。《离乡病》刚刚出版不久，书中所包含的洞见与不察尚有待时间的检验，但相信通过本文的梳理，能够为我们理解这部极富理论性的学术著作提供一些参考与启示。

十一、私人书写·创伤之战[11]

《当年风华正茂——私人书写中的夏济安》一文由《夏济安日记》和《夏志清夏济安书信集》出发，试图重访夏济安"与人性黑暗的一面久久凝注、对峙、纠缠乃至搏斗"的人生轨迹。如是对于私心私情的追索，似乎容易偏离主流文学史坚实的轨道，流入天马行空的悬想，但是反过来，正如王德威所说，絮絮私语中亦包含着制衡历史大叙事的能量，能够还原平常人感性的生活片段，更能忠实呈现驳杂的历史面貌。正是在情与史的纠葛反正之间，徐敏为我们指出了亨利·詹姆斯的"丛林猛兽"、夏济安的自我剖析以及张爱玲的创作困境之间可能存在的精神通路和文本旅行，也使我们更加贴近夏济安生命的质地。"枝条始欲茂，忽值山河改"，大时代的剧烈动荡对于普通人心灵的震撼实在难以估量，于夏济安而言更是飘零离散的开端。无论是任教台湾还是负笈美国，都只是加剧了其内心的交战，政治、文化、情感、伦理上的分崩离析，早已混淆了界限，交织成无时不在的惘惘的威胁和隐隐的不安。在夏济安写给弟弟的书信中，他内心的焦虑与挣扎更溢于言表，想必随着书信集的陆续出版，"信的伦理学"也会进入更多学者的视野。

斯蒂文·里普的《创伤之战：残疾、伤疤与战争的反英雄叙事——以余华〈一个地主的死〉为例》节译自他发表于《现代中国文学与文化》二〇〇八年第二十期的长文"A War of Wounds: Disability, Disfigurement, and Antiheroic Portrayals of the War of Resistance Against Japan"，主要包括原文的第一部分（"毛泽东时代的战争英雄叙事"）、第五部分（"余华《一个地主的死》：战胜者叙事与受害者叙事的反思"）和第六部分（"结论"）。在这几部分中，斯蒂文指出，余华的短篇小说《一个地主的死》聚焦个体的创伤与残疾，创造出了一个反英雄人物、"地主之子"王香火的形象，由此重新思考了战争与创伤的关联，颠覆了以阶级为依据的人物类型认知模式，在多个方面与原来抗战文艺中主流的史诗性英雄叙事有着极大的不同，从而对现实主义文学中的英雄模式进行了反思和再阐释。需要注意的是，斯蒂文并没有因为冷战背景下高度的政治对立而将大陆和台湾的文学截然分开，而是指出类似的英雄模式也是二十世纪五六十年代台湾文艺的主流。原文的其余章节讨论了痖弦的《上校》和白先勇的《岁除》对于抗战老兵受伤身体的描写，及其对国民党有关抗日战争的官方话语的解构。通过对这三个文本的解读，揭示了个人的创伤经验对主流文学史诗性英雄叙事的质疑与反抗，强调了创伤所蕴含的反英雄叙事能量。

十二、科幻与庄子[12]

二十一世纪以来，中国当代文学开始分化、重组：主流文学走向多元；类型文学异军突起；科幻文学近年来更是迅猛发展，刘慈欣创造的浩瀚无垠的"三体"世界，让中国科幻文学开始获得世界范围的广泛关注，连奥巴马都被其吸引，在接受《纽约时报》访谈时，他提到的唯一的中国当代小说就是《三体》。在中国科幻文学海外译介与传播方面，美国韦尔斯利学院东亚系的宋明炜教授功不可没。他不仅主编了《中国科幻小说：晚清与当代》，把中国科幻小说的一些经典名篇译介到英语世界，而且还主编了《中国比较文学》科幻专号、《当代中国文学中的乌托邦与恶托邦视景》，从理论上展开对中国科幻文学深入的探讨。这里发表的长文《科幻新浪潮与乌托邦变奏》就是他最新的研究成果。他以王晋康的长篇小说《蚁生》，刘慈欣的网络小说《中国2185》、"三体"三部曲以及短篇小说《微纪元》

为文本依托，重新界定二十世纪九十年代以来的科幻新浪潮，突出其对于"主导了中国政治和思想文化长达一个多世纪的乌托邦思潮"的颠覆性想象。他认为，相比于十九世纪末晚清科幻小说中的乌托邦以及"二战"后弥漫于西方文学世界的恶托邦，科幻新浪潮的想象模式加入了更为复杂的伦理和技术向度：关切乌托邦理想的虚无和幻灭，但并不是简单地否定；深入政治与历史之"恶"的盘根错节，却并不沉沦其中。这在《三体》中表现得尤其明显，通过展现人类在一个零道德宇宙中的挣扎和命运，刘慈欣"超越现代文学感时忧国的症结，也超越了对乌托邦/恶托邦的纠结"，将想象的空间延伸向了"后人类"或者"新人类"的世界，脱离了长久以来的政治询唤，实现了一种"后人类叙述"。文章将科幻文学的生产、传播机制与精湛的文本细读相结合，为我们呈现出一曲令人难忘的乌托邦变奏，对于我们理解当下的科幻文学热潮有相当的借鉴意义。

另一篇文章是纽约大学陶德·威廉·弗利对刘剑梅的新著《庄子与中国现代文学》英文版的短评。文章简要梳理了刘著的论述脉络，指出其将庄子的思想分疏为"《逍遥游》中所体现的个体的绝对精神解放"和"质疑并拒绝那些绝对的、固定的'是非'判断"两方面，进而引申为抗拒现代性中道德一元论的现代精神，从而与所论现代中国作家的创作实践和精神世界形成互动的论述逻辑，对书中

"正统的"、"判断式的"因而也是自我否定的庄子思想作出反思。杨联陞曾言,"一门学问之进展,常有赖于公平的评介"。在海外学界,学术书评是非常重要的,也是很具学理性的工作,既提供丰富的学界信息,又对一些学术问题展开讨论,完全不同于国内某些人情式的书评。

十三、贾平凹的英译传播[13]

二〇一七年三月,澳门大学举行盛大仪式,授予贾平凹荣誉博士学位,以表彰他在中国当代文学创作方面所作出的杰出贡献。在随后举行的"贾平凹文学研讨会"上,学者们讨论的话题之一就是贾平凹作为一位重量级的作家,为什么其作品的海外传播却不尽如人意,到底如何看待这样的悖论现象,应该如何推动海外世界更好地认识、理解和接受像贾平凹这样的优秀中国作家。这也是我们思考与推动中国当代文学海外传播时所必须面临的普遍性的问题。这里的两篇论文均聚焦于英语世界的贾平凹研究,希望能对此思考有所助益。

新西兰惠灵顿维多利亚大学王一燕教授是英语学界最重要的贾平凹研究专家,她的博士论文 *Narrating China: Defunct Capital and the Fictional World of Jia Pingwa* 是较早以贾平凹为研究对象的英文学位论文,后修改成书,即《叙述中国：贾平凹的小说世界》，至今仍是英语世界中最重要的贾平凹研究著作之一。《细读〈废都〉：世纪末的文化空间符号学》以小说中备受瞩目的主人公庄之蝶为切入点，但并没有把目光集中于这个过于显眼的人物，而是将视点向外扩展，从文化空间符号学的角度探讨让庄之蝶这样的文化闲人成为可能的城市生态，解构《废都》的文化空间构造。众所周知，《废都》在九十年代出版后曾经遭到众多评论者基于知识分子立场的猛烈抨击，一度遭禁，即便到了今日，这些批评也仍然有其合理的言说空间。相比之下，王教授通过对庄之蝶所处的牛家文化传统以及他和文人同僚汪希眠、龚靖元、阮知非、赵京五等人的文化活动的考察，试图深入贾平凹所建构的西京文化的核心，着重分析《废都》如何从西京是中华文明"本真"的所在地出发，有效地将传统与现代置于一个充满悖论的时空，述说二十世纪社会转型时期知识分子／文化人的失落。与知识分子式的俯察不同，作者追随庄之蝶的漫游，发现西京生活的"泼烦"，它的"市场、大众文化与市井生活"，以及当中"两种并存的历史时刻"。在她看来，这似乎更贴近贾平凹诉诸《废都》的关切和情感：现代社会转型与文人传统失落间的彷徨，个人内心与公共空间的纠葛，简体横排的文化挽歌。

　　山东师范大学姜智芹教授的综述性研究《英语世界的贾平凹研究》，从中国当代文学走出去的角度，以翔实的材料，对新时期以来贾平凹作品在英语世界的译介和研究作了全面的梳理和分析。在翻译方面，作者关注翻译的方式及其在英语世界的接受情况，对本土推介和异域翻译的不同努力作了公允的评价。在研究方面，作者不仅广泛涉及从报章短评到学位论文的大量文献，还对其中的研究热点，尤其是《废都》和《浮躁》，进行了专门的讨论。现如今，中国文学走出去正成为学界热议的话题，但要想让走出去转化为真正的影响力，我们必须对影响中文作品在异质文化中传播与接受的种种因素有充分的认识与了解。相信姜教授在文中所提出的影响贾平凹作品在海外传播和接受的三个因素，即国外获奖、翻译促进和争议性话题，对于我们反思西方文学市场对中国文学的猎奇心态，以及重新思考中国文学走出去的策略都提供了可以借鉴的视角。

十四、李福清与金介甫的隔空对话[14]

众所周知，俄苏汉学研究曾经是海外汉学研究的重镇，涌现出了一大批非常优秀的学者，取得了相当丰硕的成果。但是，苏联解体后，政局动荡，经济衰落，国家对汉学研究的投入减少，大多数中青年学者迫于生计，甚少关注汉学研究。尽管还有少数学者在坚持，但无论是研究深度还是研究广度，都大不如前，不复昔日的辉煌，特别是关于中国当代文学的研究几乎乏善可陈。这让我们格外怀念像李福清这样的老一辈汉学家,他们不仅深耕中国古典文学,而且对同时期的中国当代文学也保持关注,发出了不一样的声音。北京大学张冰教授的《以传统经典为解码的当代中国文学》就主要讨论了李福清在中国当代文学领域的学术实践。应当承认,今日的海外汉学研究,仍然以英语世界为话语中心,但随着学科视野的不断拓展以及更加多元的学术力量的参与,聆听来自不同语种的声音不仅是海外汉学研究的题中之义,更成为在世界语境中体认中国文学多元面孔的当务之急。与同时代的大多数汉学家一样,李福清的研究之路伴随着时代的浮沉和政治的动荡。二十世纪六十年代,李福清赴北大进修,埋首于浩繁的中国民间文学;中苏交恶后,他的研究自然也受到波及;到了八十年代,两国邦交恢复正常,李福清的学术成果又立刻得到中文世界的响应。一九八六年,李福清赴上海参加国际研讨会;一九八八年,他的论文集《中国神话故事论集》由中国民间文艺出版社出版;一九九二年,他赴台湾主持少数民族文学的研究项目,后成书《从神话到鬼话:台湾原住民神话故事比较研究》,备受两岸学界关注。李福清的研究兴趣相当广泛,尤以中国古典文学、民间文学和民俗学上的考据著称,相比之下,他对中国当代文学的研究似乎并不显眼。但事实上,李福清一九八六年重回中国与会,正是以《中国当代文学中的传统成分》为题,他对中国当代文学的理解,也明显与其在传统文学领域的研究经验相互贯通。《以传统经典为解码的当代中国文学》正是以此为切入点来讨论李福清的中国当代文学研究。文章首先以李福清在《人到中年:中国当代中篇小说选》中的相关论述为考察对象,分析其如何通过情节主题、风格手法、人物肖像刻画等方面的对比论证,揭示中国当代小说中的传统文学基因;接着再探讨李福清批评风格中的理论资源,着重分析盛行于苏俄文学界的总体文学史观和历史诗学理论在其研究中的体现,从而帮助我们更好地理解与评价李福清中国当代文学研究的意义,进而反思中国当代文学在俄罗斯传播的可能与挑战。

张卓亚博士的《〈边城〉英译本的叙事建构》以金介甫的《边城》译本为中心,讨论英语译者在翻译中国现当代文学时所进行的叙事建构及其评估方法。近年来,随着中国文学走出去上升到国家文化战略层面,中国现当代文学的外译研究蔚为大观。在现有成果中,从文学交流的宏观视角出发,介绍翻译活动、比对中外文本、阐释翻译策略、分析文化心态的研究模式占据主导地位,而真正深入译本或翻译过程的理论意识仍稍显缺乏。在此意义上,《〈边城〉英译本的叙事建构》不失为一次有益的尝试。文章以《边城》中的时空结构为线索,讨论金介甫的翻译实践何以在英语语境中重构了沈从文的牧歌叙事及其社会功能。作者强调文本细节在意义生成时的作用，通过文本细读和英译本的平行比较，指出金介甫对于《边城》中"闭合地点"、"模糊时间"、"文化意象"以及"历史叙事"等关键环节的自觉强化，促成了译本中田园诗风格的传达。同时，作者也重视英语世界的知识生产机制和文化氛围对于译本的影响，将金介甫为沈从文作品所作的一系列序言和研究作为重要的副文本，探讨其在《边城》的跨语际流通过程中所发挥的作用，呈现出中外文化的语境差异和交流现状。这提醒我们，中国文学走出去本身是一个双向的过程，我们既要秉持以我为主的文化心态，也要不断重估译本中有意无意的改造情形，以及影响译本在异质语境中流通和接受的各个环节，从而真正形成和深化中国现当代文学与世界的对话。同时，也只有将中国文学的外译研究置于世界文学的流通系统，我们才有可能反观自身的灯下之暗，并为中国当代文学创作带来可能的启发。

十五、文学史何为？非均质的传播？[15]

我们此前发表王德威教授为其主编的《哈佛新编中国现代文学史》所作的长篇导论《"世界中"的中国文学》时，邀请了丁帆教授、陈晓明教授、陈思和教授等专门撰文予以回应，展开对话与交流，在学界引起了热烈的反响。这次我们有幸邀请到王尧教授加入讨论。王尧教授在《"何为文学史"与"文学史何为"的创造性思考与探索》这篇文章中，梳理了《哈佛新编中国现代文学史》的来龙去脉，从中国第一部现代意义的文学史、东吴大学黄人撰写的《中国文学史》谈起，将中国现代文学史的发轫还原到中西对话的历史情境中去，为《哈佛新编中国现代文学史》的"新"找到"旧"时传统的回音。另一方面，作者通过追溯十九世纪以来欧洲文学史的发展历程，尤其是援引约翰·雷乌巴渥等人的文学史观，将二十世纪八十年代"重写文学史"思潮以来中国文学史的发展脉络相与对照，在全球语境中揭橥《哈佛新编中国现代文学史》中种种新见的理论资源。在此比照之下，无论是《哈佛新编中国现代文学史》中相对零散的结构形式，还是回避民族叙事的理论立场，无论是强调"世界中"的跨文化视野，还是重返诗史辩证的历史纵深，都在彰显其挑战建制式的文学史写作，反思西方文学史观之局限，重估中国文学史书写样态的雄心。王尧教授的论述提醒我们，对于近年来陆续出版的海外新编文学史，我们当然不必趋之若鹜，奉为典范，但也不应失却与之切磋琢磨乃至对话的能力。如果说中国现代文学史的发展历程本身是一个中西不断激荡的过程，那么它的当代危机也只有在"世界中"的语境中才有望找到解答。

另一篇文章是广西民族大学黄可兴教授与越南河内国家大学黎辉霄教授合作的《新时期文学在越南的翻译、研究及其启示》。文章向我们系统介绍了中国新时期文学在越南的翻译和研究情况,特别是广西作家的作品在越南的传播情况,虽然文章的学术性相对较弱,但对于我们了解广西文学的海外传播还是颇有意义的。纵观历史,中越两国的文化交流由来已久,越南的传统知识分子也一直身处汉文化的辐射圈。二十世纪初民族危亡之际,越南亡国者亦聚首华土,结交同志,更有如潘佩珠者,以汉文作《越南亡国史》,经由梁启超资助出版,激励了中越两国仁人志士反抗列强的斗争。然而,由于二十世纪中后期国际形势的变化和地缘政治的剧烈动荡,中越两国交恶,文化交流一度中断,如今虽然时过境迁,这种对抗的话语仍不能说全无声息。在这两条相互纠缠的脉络之下,中国新时期文学在越南的文本旅行显然具有种种复杂性,这就需要真正熟悉越南汉学界和文坛的行家里手予以全面的关照。文章所展示的中国新时期文学在越南的接受情况,所揭示的在越南语境中的现实意义以及对于越南当代文学创作或隐或显的影响,相信有助于我们理解中国文学走出去并非一个均质的过程,文学与文化的跨语境传播面临着千差万别的文化异境和历史渊源,而唯有真正聆听和理解这些域外之声,中国文学才能真正走向世界。

十六、无用之用与文学何为[16]

在中国现当代文学研究中,文学何为或者说文学性与社会、政治、历史的关系,始终是核心议题之一。对于这一问题的不同理解,每每引起激烈的学术争鸣,也往往因应着文学思潮和批评范式的转型,其中所涉及的美学立场、文学理论乃至意识形态的交锋与众声喧哗,体现出对于文学以及文学研究本身的追问。本次介绍的两篇论文从不同角度切入了这一议题。斯坦福大学东亚系王斑教授的《无用之用》延续了其有关美学与政治的研究,通过拓展对美学、政治、道德等术语的狭义理解,对以夏志清先生为典范的"现代主义的、分裂的美学观点"作出反思。夏志清以黄摩西和王国维强调文学性的美学立场为代表,批判梁启超、严复等人所倡导的功利主义文学,王斑教授也由此入手,发掘王国维在《文学小言》中把审美自治转化为以审美化道德形式存在的道德范式的努力,在《屈子文学之精神》中调和政治与审美的卓越见解,以及黄摩西在《小说小话》中对《水浒传》的道德审视,指出审美与政治、道德本身不可分割,互为作用。他反对"把文学与政治、道德分离开来,割断了诗人与社会的联系",指出"诗人应该积极参与政治和道德，并对政治和道德腐败提出警告和批评"。在这一意义上，文章以鲁迅的美学政治为上，通过引述其对于文学无用论的反对，对于现代性中身体与心灵分裂的担忧，尤其是对于摩罗诗力的理解，"表明中国批评家不是将文学孤立为一种自主的，超然的话语，而是更深入地将文学融入社会、道德和政治问题的根本语境"，这无疑有助于我们加深对文学何为或者说文学性的理解。

陈广琛是一位年轻的学者，近期崭露头角，去年刚刚获得哈佛大学博士学位，现为普林斯顿大学比较文学系的博士后研究员。他的《"生之斗争"与"生之平和"——傅雷与张爱玲的对话》由傅雷与张爱玲著名的笔墨官司出发，追索这场颇具噱头的意气之争背后的文学史脉络。从傅雷《论张爱玲的小说》和张爱玲《自己的文章》针锋相对的批评话语中，作者拣出几组明显相互对立的词语加以分析，比如飞扬与安稳、斗争与和谐、壮烈与苍凉、力与美、超人与妇人性，指出其背后性别话语与民族话语的错位，抒情传统与革命传统的博弈。换言之，彼时二人对于文学何为的不同理解，造成了他们无法调和的文学主张，然而他们"无法通约，又互相纠缠"的对垒，又印证了这一问题的复杂难解，一边是热衷于"不停地另生枝节，放恣，不讲理，在不相干的事物上浪费了精力"，以文学捕捉庸常生活中苍凉的回味，一边是高呼"不经过战斗的舍弃是虚伪的，不经劫难磨炼的超脱是轻佻的，逃避现实的明哲是卑怯的"，誓要用文学将"中庸，苟且，小智小慧"的国民性扭转过来，"两套话语系统用同样的词汇，述说不同的话题。而且性别被民族化了，民族性又被性别化了"。从这个相对具体的案例中，包括从傅、张二人日后的思想变化中，我们无疑更能体会文学何为这个大问题的变与常，其中的问题意识值得我们不断带入到自身的文学史书写和研究中去。

十七、韩少功·苏童·"世界文学"[17]

近年来，有关中国文学走出去的论文、专著、课题以及研讨会可谓热闹非凡，堪称一时显学。令人欣慰的是，学界对中国文学海外传播问题的理解开始超越一般性的文献整理和影响研究，也告别了以己度人的一厢情愿，以一种理性的态度进行较为深入的探讨，而一些当代理论的引入，更呈现出中国文学走出去本身的复杂性和多维度。但另一方面，随着中国文学外译和推广实践的不断展开，所谓"迟到的国家文学"的焦虑感也在迅速蔓延，我们的文学"是否符合西方趣味，是否可以被西方快速地识别和定位"往往成为有关问题的核心关切。事实上，一部作品走出去，或者走进去，涉及文化层面与技术层面的各个环节，包括意识形态、审美趣味、作者与译者、代理人与出版社等方方面面，要想穿透欧风美雨的帷幕，也非一日之功。这种焦虑实在大可不必。相反，我们更需要沉下心来，深入中国文学，尤其是中国现当代文学的肌理，对话海外中国文学研究的最新成果，从而建立起更深层次的流通逻辑，以寻求平等对话的可能。我们已经看到如王德威教授如何将中国现当代文学的走出去转化为"世界中"，从而将"包括在外"的进退失据变为自我彰显的气定神闲，"世界文学"概念的重新定义在此无疑发挥了重要的作用。这里的两篇文章也与这一议题有关，即如何在世界文学的语境下重新思考中国文学走出去的问题，相信能为我们带来学理上的启发。

郭恋东的《"世界文学中"的韩少功文学创作——论韩少功及其作品在英语世界的传播和接受》着意呈现韩少功及其作品在英语世界，尤其是学术界的接受情况。论文以体裁为经、年代为纬，分门别类地介绍了英语世界有关韩少功的学术论文、学位论文、书评和专著的出版与流通情况，尤其分析了六篇有关韩少功研究的重要论文，蔡荣的《危机的主体：韩少功的跛子们》、薇薇安·李的《文化词汇学：韩少功的〈马桥词典〉》、白安卓的《世界的中文文本化》、蓝诗玲的《从地图上消失：韩少功的马桥》、罗鹏的《语言与翻译间的人性》和齐百思的《受创的风土：食物、记忆和中国湖南的"文化大革命"》等,可以说囊括了英语世界韩少功研究的最新和最重要的成果。同时,该文也为我们呈现出英语学界以论文为主、书评与专著为辅,以研究韩少功早期作品为主、新近作品为辅的研究样态,勾勒出其由只关注作品中的文化隐喻和民族历史寓言,到以"世界文学代表作"为关键词发掘作品的文本和语言价值的学术转型,指出在当下的学术语境中,通过重新建构和定义"世界文学"或"世界文学中"的概念,能够为中国文学走出去开拓出新的天地。

张卓亚的《世界文学的"他治"和"自治"——苏童作品在英语世界的评介研究》同样通过"世界文学"的概念,讨论苏童作品在英语世界的译介和传播。借助卡萨诺瓦有关世界文学中"他治"和"自治"的概念,作者切入中国文学走出去的运作层面,揭橥世界文学流通中权力的不均衡性。论文将苏童作品的英译划分为三个阶段(一九九一年至二〇〇〇年;二〇〇一年至二〇一〇年;二〇一一年至今),将其置于动态的多元系统中予以考察,分析其中"他治",即外在的权利层面,与"自治",即内在的审美层面之间的互动模式。在这一过程中,作者清楚地指出苏童作品在异质语境中由边缘走向中心时所面临的重重"他治"压力,其有限的审美"自治"也被压缩在西方中心主义的权威之下,"揭示了中国当代文学在世界文学系统中流通的普遍处境：作为边缘文学在世界文学系统中的流通，需要契合中心审美趣味、叙事需求，才有机会获得更多自治权力、流通的活力"。当然，这个稍显二元的论述模式也许未能穷尽整个流通过程中所有的复杂性，但它相当尖锐地反思了中国文学走出去所面临的"他治"问题，揭示出这一文学活动背后更为复杂的权力层面，而这值得我们进一步去展开讨论。

十八、作为现象的身体[18]

"海外汉学与学术共同体的建构"是我个人近年来着力颇多的议题，在拙著《英语世界中国现代文学研究综论》的绪论中，我们曾以"地缘与学缘"、"观点与方法"、"外部与内部"三组概念，陈述对这一问题的初步思考。之所以借用本尼迪克特·安德森的术语，乃是有感于当下国内学界对海外汉学的译介与认识虽然热闹非凡却也问题不少。提倡学缘，是希望超克地缘观念所带来的偏见，使反思和批判的目光不再囿于政治立场的芥蒂，而是提供一种更具学理性的对话框架。强调方法，是希望破除对所谓新观点的迷思，更加着意观点背后的理念方法。重估内外，是希望梳理海外汉学与本土传统的融合脉络，突破"你我两分"的二元逻辑，思考建构现代学术谱系的可能。具体到英语世界的中国现代文学研究，就要求我们对其建制历程、学术源流、思想谱系、基本问题等有整体的把握，这无疑指向一种学术史或文献学的研究路径。毋庸讳言，中国现代文学研究作为海外汉学的后起之秀，长期处于西方学术的边缘，其文献星罗棋布，质量参差不齐，一直缺乏必要的整理，以至于时过境迁，难于求索，更不用说中国学界远隔重洋，对其内部问题意识、理论生产、师承源流等情形缺乏必要的了解，难达辨章学术之效。在这一意义上，出自英语学界学者之手，对英语世界中中国现代文学研究的二次文献予以考辨的一手资料就显得特别有价值，它们不仅提供一个来自英语世界内部的观察视角，更向我们展示其问题意识和奠基性话语的由来。

美国加州大学圣地亚哥分校韩瑞教授的《作为现象的身体：中国现代文学文化身体研究二次文献概述》聚焦英语世界中国现代文学研究中的身体议题。作为该领域的重要学者，韩瑞对于海外身体研究的厘清，在某种程度上亦可视为其本人思考过程的展演，揭橥其相关研究所征引和对话的思想资源。在论文的第一部分，她正是以这样的方式展开论述的，通过征引艺术史家约翰·海伊、文学史家安敏成以及医学史家栗山茂久对于中国文化中身体的现象学研究，韩瑞实际上将其在此基础上完成的专著《图像的来世：关于"病夫"刻板印象的中西传译》置于整体性的学术脉络中,为其科学和美学相互交织的理解框架绘制精确的理论坐标。论文的第二部分借助四部论文集或学术专刊来呈现英语学界对中国文学中身体的组成部分和社会结构的丰富讨论,包括白露和司徒安主编的《中国的身体、主体和权力》,马丁和韩瑞主编的《表现的现代性》,《社会文本》杂志双卷本专刊《中国与人类》,以及《现代中国文学与文化》专刊。需要指出的是,会议论文集和学术期刊作为海外汉学知识生产的重要阵地,对于海外汉学研究主题、观点、方法的发轫和争鸣助益颇多,但受译介和流通的局限,在国内学界很难得到系统的认知,有待进一步的交流和引介。论文的第三部分关注英语学界如何将身体研究延伸向对于人的理论建构,其中尤其值得注意的是罗鹏和刘禾对于鲁迅《造人术》的不同理解及其所产生的理论张力。这提醒我们,海外汉学从来不是铁板一块,其内部热烈的学术争鸣,不仅是其学术生产的重要环节,亦是其不断自新的动力,就像在文章的最后,经由罗鹏、刘禾的理论及安道有关生物进化观念的研究,作者呼吁一个愈益深化的跨学科研究时代的到来。这些略显陌生的研究与论述,相信一定会对本土的中国现代文学研究有所刺激与启发。

十九、作为知识生产的访谈[19]

在现代学术的知识生产中,访谈录一直是不可或缺的组成部分,其形式一方面召唤东西方文化源头的伟大传统,另一方面亦呼应现代哲学之于对话的深刻思辨,其直观灵活的呈现方式,确实包孕着异于专题论文的学术能量。在海外汉学研究领域,访谈录也有它独特的学术价值。相对于国内学界而言,海外学者身处异质的文化语境和学术传统之中,其问题意识和论述方法迥然有别,于是学缘上的争鸣不免带有地缘上的紧张,甚至牵涉对学术威权和意识形态的臆测,基于具体观点的探讨往往终于某种目光的错位,无法产生真正学理性的交集。在这一意义上,由熟悉海外汉学学术生态和学术话语的国内学者主导,就学界普遍聚焦和争议的问题与海外学者展开直接对话,无疑成为学术交流的重要环节。换言之,正因为相互了解之不足和学术进路之隔阂,我们关于海外汉学这一他者镜像的研究基础远未牢靠,相比于大量有隔靴搔痒或削足适履之嫌的介绍性文章,访谈录仍有其实在的优势和必要性。近年来关于海外汉学家的访谈录可谓数量可观,也有一些结集出版,但遗憾的是,个中颇多乱象,如访谈者对于受访者的学科专业和学术兴趣并无充分准备,仅凭良好的私人关系,作管中窥豹式的学术吹捧。又如访谈者完全使用西方的学术话语，回避在国内学界引起巨大争议的话题，将原本的中西对话变成西方中心式的自说自话。更有甚者，访谈者并未与海外学者进行任何形式的接触，只从其著述中裁剪成章，辅以自身想象，炮制一出自问自答的好戏。凡此种种，均要求我们建构更为负责的学术平台，呈现更加优秀的访谈文章，发挥这一文体真正的学术价值。

这里的两篇汉学家访谈，一篇是应美国《今日中国文学》杂志之邀，我对杜克大学罗鹏教授所作的访谈《关于概念、类别和模糊界限的思考——罗鹏教授访谈录》。这篇访谈的英文版发表于二〇一八年第一期《今日中国文学》，现征得许可，译成中文。说起来，罗鹏是我们的老朋友了，他是英语世界颇具盛名的新一代学者，也是中国当代文学海外传播的重要推手。我们的访谈分为"时代和个人"、"翻译和他者"、"文学与文化"和"现实与展望"四个部分。在"时代和个人"中，罗鹏回顾其早年的学习生涯，梳理其知识储备的师承脉络，并谈到了对北美汉学界代际关系的一些想法。我把讨论集中于其研究风格中最为鲜明的两个特点，即强调理论阐发和高度的跨学科性，让他本人解释其论述中常常招致批评的过度阐释的问题。在"翻译和他者"中，聚焦其较为成功的翻译案例，尤其是阎连科的作品，讲述了他对于文本的选择标准，对于中国当代文学的看法，以及对于翻译实践本身的思考。在"文学与文化"中，重点围绕罗鹏的几部学术专著，如《裸观：关于中国现代性的反思》、《离乡病：现代中国的文化、疾病与国家改造》和《牛津中国现代文学手册》等，介绍了他着重文化阐释的研究方法，详细阐明其重视文化建构及权力建制的学术取向与西方学界语言学转向之间的关联。我们也讨论了其主编的《牛津中国现代文学手册》与英语学界其他几部中国现代文学史的异同，特别强调了它在方法论和结构上的目标。在最后的"现实与展望"中，畅谈了他接下来的工作计划，以及他对于海外中国现代文学研究的现状、趋势、面向和可能的看法。

另一篇是易彬教授对荷兰汉学家林恪的访谈《"中国文学在其他国家的反响比较平淡"——荷兰汉学家林恪先生访谈之一》。林恪是中国文学在荷兰的重要译者之一，早年在荷兰莱顿大学、巴黎第七大学、南开大学等校学习汉语，二〇〇五年以《以出世的状态而入世：韩少功与中国寻根文学》获得莱顿大学汉学系博士学位，现居荷兰莱顿，做中国文学的全职翻译者。他的主要译作有钱锺书的《围城》，韩少功的《马桥词典》、《爸爸爸》、《女女女》等，苏童的《米》、《我的帝王生涯》等，毕飞宇的《青衣》，白先勇的《孽子》，以及鲁迅、周作人、沈从文、史铁生、张承志、朱文等人的作品，并有荷文版中国现当代文学研究著作《当代中国文学：世俗的却有激情》。二〇一六年至二〇一七年，易彬教授访学荷兰，与多名荷兰汉学家进行了访谈，其中便包括与林恪先生的长篇访谈。这里介绍的是其中一部分。第一部分"关于韩少功"主要讨论林恪对于韩少功的译介，包括他接触韩少功作品的契机，翻译韩少功几部重要作品的经过及其在西方世界的反响，当然也涉及对韩少功大量方言的翻译问题。第二部分"当代中国文学：世俗的却有激情"围绕林恪的中国文学研究专著《当代中国文学：世俗的却有激情》展开。林恪介绍了他强调世俗与激情的意图，以及书中所涉及作家，如鲁迅、周作人、钱锺书等人在荷兰的译介和接受情况。与方法论的讨论不同，这里更关注的是这些译本在传播过程中具体的流程、依凭的载体、遇到的误读以及收获的反响等，换言之，即是将中国文学走出去还原到具体的知识生产进程中去。第三部分"中国文学在其他国家的反响比较平淡"承接上面的思路，对谈文学翻译与市场的关系，话题涉及一个中国文学翻译项目推进的各个环节，包括项目的确立，出版社对于译者和文本的选择，专职译者的报酬和收入来源，文化机构的推广和学术会议，等等，展现当下中国文学走向世界所面临的种种机遇与挑战，还原其具体的生产方式和实际的文化影响。

二十、去冷战批评与中国文学现代性[20]

"后冷战时代"是学界对于自二十世纪八十年代末九十年代初社会主义阵营瓦解、两极格局破冰以来新型的国际关系和世界秩序的权宜表述。然而在近三十年后的今天,当我们历经了全球化浪潮、互联网时代、历史的终结乃至后人类等种种理论的洗礼之后,却依然没能达成足够的共识与和解,以摆脱仍需借助冷战字眼来定义当下的处境。当然,即便是对于后冷战时代的表述本身,学者们也是疑虑重重,陈光兴在《去帝国:亚洲作为方法》中便直言,"所谓的后冷战时期尚未到来",因为种种现象表明,"其实我们过去活在半个不完整的世界,冷战结束的宣告,并不能轻易抹去锁在这半个世界中所积累之文化政治效应的历史铭刻"。据陈光兴所言,启发其上述思考的历史时刻,是二〇〇〇年朝韩第一次首脑会晤及其促成的南北家属团聚,尽管视觉信息的呈现明显由两国的国家机器主控,但高度的情绪流动早已甩开国家象征权力的限制,切入了社会集体的情感结构与空间。巧合的是,就在二〇一八年,我们又迎来了朝鲜半岛的历史性时刻,与近二十年前的第一次形成饶有意味的对话。不仅如此,我们在这些年的国际政治尤其是大国关系中也明显感受到与日俱增的龃龉和张力,冷战思维甚至反智传统等陈旧词语越来越频繁地出现于外交辞令和学术批判中,这不仅证明了陈光兴所谓冷战结构性效应的阴魂不散,也支持了其对于去冷战的迫切吁求。

如果我们认同上述观察,那是否意味着以冷战或去冷战为语境来重新检视中国现当代文学变得颇有必要呢?不仅因为这一阶段的文学实践与交流本身备受冷战氛围的壁障与阻断,更因为我们在日后的回溯与追问中对于这一氛围的回避,以及对于其中基于意识形态的二元对立结构的不察。有感于此,我们向大家隆重推荐近年来该领域中最为重要的力作,美国罗格斯大学王晓珏教授的《冷战与中国文学现代性:一九四九年前后重新想象中国的方法》。我们有幸邀请到王晓珏教授就此话题展开讨论,同时配发了美国宾夕法尼亚州立大学沈双教授的评论性文章,希望能够帮助我们了解该书的学术理路,拓展我们的学术视野。

《去冷战批评与中国文学现代性》主要取自原著《冷战与中国文学现代性:一九四九年前后重新想象中国的方法》的结语部分,由王晓珏教授亲自增补审订,可谓最直观的"夫子自道"。文章的前半部分梳理了原著的问题意识与理论关怀。"冷战与中国文学现代性"议题的浮现,首先是起于"9·11"事件后美国主流媒体报道中二元对立修辞的复苏以及美国学界对于文化冷战研究的升温。经由桑德斯《文化冷战与中央情报局》、尼古拉斯·卡尔《冷战与美国新闻署:一九四五年至一九八九年的美国宣传和公共外交》和安德鲁·N.鲁宾《帝国权威的档案：帝国、文化与冷战》等著述，冷战之于文化建构和知识生产层面的影响得到确认。继而，有感于一九四九年中国历史所产生的冷战意义上的分裂对峙，不仅启发了"歧义纷呈的民族国家、政治文化想象"，也挑战了"中国文学、新文学、现代文学、国族文学"等传统批评范畴的限度，其在政治、文化、语言层面上所生成的诸多"新的边界、中心、路径、网络与交叉点"，为中国文学在世界文学中的自我定位设置了难题。虽然在整个二十世纪的历史中，"没有哪个时段的现代中国文学比冷战时期承担了更为深重的政治责任"，但如若我们不仅仅在国族文学内部讨论这些问题，就会发现"文学与其说是再现着政治现实或是国族历史，不如说是代表和体现了我们称之为冷战的那些诡谲的经验：个人的、国族的、国际的"，因而去冷战的检讨也不能囿于国族的自我中心，而应"跨越文体、性别、学科、语言和意识形态的界限"，发现多元的去冷战策略与实践，将断裂化作转机。文章的后半部分探讨了建设"一种有效的去冷战批评的实践话语"的可能，其路径是分析冷战末期三次失效的沟通案例。一是一九八一年丁玲赴美参加爱荷华大学的"国际写作计划"，她大大出乎西方对其身份预设的私人反应，显示了她对于资本主义人道主义和马克思主义人道主义等自我标榜的普世理论中二元性的警觉。二是一九八〇年沈从文在哥伦比亚大学举办讲座，其历史文物研究的用心所在，类似于奥尔巴赫所谓"人类的自我表达的实现"的"内在历史"，故而其文化实践虽然对政治缄口不言，实际上却是"对中国文明之危机的深切的回应"。三是陈映真一九八二年赴爱荷华大学，与几名东欧作家围绕美国电影产生争执，在双方以不同语言共唱《国际歌》取得和解的记忆中，陈看到了新型国际主义形式的可能。显然在这三个案例中，失效并不意味着失败，相反，它代表看似铁板一块的二元对立话语中的罅隙，以及与之竞争的努力。

沈双教授的评论《评〈冷战与中国文学现代性〉》，原载于著名的学术刊物《现代语言季刊》。文章从"民族文学史"的角度出发，指出王著针对学界将一九四九年作为大写的断代分界时所预设的"冷战的二元对立意识，如共产主义与民主、人文主义与马克思主义、社会主义现实主义与现代主义的对立等等"，提出以现代性和民族主义为考察对象的研究策略。通过对沈从文、丁玲、吴浊流、冯至和张爱玲等五位作家处理冷战时期文化对峙和思想限制的实践，来论证彼时对于中国现代性的多元想象，以及中国主体性的复数形式。沈双教授认为，王晓珏通过将五位作家视作具有"离心放射潜力"的分离点，设计出一种破碎性的阅读方式，实现其有意识的去冷战策略，并对后冷战时代汉语世界的文化政治提供了适时的干预。这样的研究与评论，打开了一个全新的学术视域，对于我们的中国当代文学研究来说，显然蕴蓄着巨大的刺激性力量，有待我们的回应与对话。

二十一、没有"五四"，何来晚清？[21]

在我们熟悉的历史语境中，无论作为现代中国的起点，还是革命精神的发祥，五四运动的意义毋庸赘言；无论是新文学的开端，抑或旧思想的终结，其空前绝后的历史地位，早已浓墨重彩，大书特书。二〇一九年乃是"五四"百年，经历了整整一个世纪的风雨洗礼，我想我们已获得足够的历史经验，以重估"五四"带给我们的遗产、困惑和可能。一九四九年以后，由于种种原因，"五四"及其所代表的文化资源在两岸华人世界形塑为截然不同的图腾与禁忌。在海外学界，虽不能避免冷战的阴霾和铁幕的隔绝，却终究因为远离对抗前线，生发出另一番对话的可能。一九六〇年，周策纵的《五四运动史》问世，开海外"五四"研究之先声，其简体中译本于一九九九年出版，经由海外重返"五四"，竟成一时热潮，再版至今。在文学研究领域，对话以更多样的形式展开。夏志清的《中国现代小说史》以"优美作品之发现和评审"为己任，在中国现代文学感时忧国的大传统下，为"五四"一代作家的文学地位重排座次。李欧梵的《上海摩登：一种新都市文化在中国（1930-1945）》绕开"五四"声教所及，醉心于二十世纪三四十年代上海都市的声光化电、世故苍凉，似乎有意另辟蹊径，对启蒙与革命的时代洪流冷眼相看。更有王德威的《被压抑的现代性：晚清小说新论》，在其简体中文版的导论中高擎"没有晚清，何来'五四'？"的大纛，以充满诘问的口吻，挑战"五四"截断众流的权威。凡此种种，皆曾在国内学界引起阵阵震荡，对于夏-李-王学统的整体性研究和批判，遂成为海外汉学评议的热点。如此看来，这一学统或标靶的发明，不免与我们的"五四"认同大有关联。无论如何，我们现在已经不再可能对"五四"抱有某种单一、刻板的印象，不再可能将之奉若神明，或弃若敝屣。"五四"不再一成不变，并与我们渐行渐远，相反，它在不断历史化或语境化的过程中被重新发现，重新唤醒。于此我们或许可以借用近来愈发流行的术语，即"后五四时代"来描述这一若即若离的关系，尽管这看起来又像是一个玩世不恭的后学词语，却恰好能够揭示出在当下理解"五四"的方法之一端。不同于回到历史现场的绵密考证，它提示一种保持距离的"远读"：既然历史终究无法重演，任何看似客观的再现都不可能根除埋藏其中的后见之明，我们又何须抹杀"五四"自身的阐释性和建构性，乃至不断自新的可能？

本期的选文即以"后五四时代"为主题。第一篇是王德威教授的短文《没有五四,何来晚清?》。上文已经提及,王德威在本世纪初曾以"没有晚清,何来'五四'?"的挑战姿态闯入国内学界的视野,以其世纪末的关怀引发巨大的影响和争议,他本人对此的回应,可以见于二〇一一年发表的《现代中国文学理念的多重缘起》,在文中他认为那些批判的声音多属于"对于'缘起论'、'发生论'的标准症候群",而"我完全可以倒过来讲:没有五四,何来晚清?"。这样的措辞之后又多次出现于其访谈文字中,但至于该如何理解"没有'五四',何来晚清?",却始终没有直观的答案。如今在这篇为"五四"纪念文集《五四@100:文化、思想、历史》所写的短文中,王德威再次回应了"没有晚清,何来'五四'?"所引发的种种争鸣,更正面阐释了这一提法的来龙去脉。首先,对于那些基于发生论等标准症候的批评,王德威强调其并非"一锤定音的结论",而是一种"引发批评对话的方法",其笔锋所指,并非简单作史料的翻案或申冤,而是意图打破文学史叙述的"单一性与不可逆性",还原现代中国的"千头万绪",因而这"不再是发生学,而是考掘学"的问题。其次,对于质疑其以小说替代文学的做法,王德威认为晚清的小说界革命"不仅是文学场域的突变,也是一场政治事件,一次叙述作为历史载体的重新洗牌",因而这里的小说不仅仅是特定的文体，更代表相对于"大言夸夸的大说"，其所形成的叙事与历史的深刻互动，承载了"生命的众声喧哗"。最后，王德威解释了"没有'五四'，何来晚清？"的所指："正是因为五四所带来的启蒙思想，我们才得以发挥主体'先入为主'的立场，重新看出埋藏在帝国论述下无数的维新契机，被压抑而复返的冲动。五四可以作为一个除魅的时代，五四也同时是一个招魂的时代。"归根结底，"与其纠结于'没有/何来？'的修辞辩论，不如对'文学'，或'人文学'的前世与今生作出更警醒的观察"。无论是"没有晚清，何来'五四'？"，还是"没有'五四'，何来晚清？"，都不过是辩证的修辞，王德威要借此呼唤的乃是身处当下的学者对一系列理所当然和大言夸夸的警惕和挑战，无论是基于"五四"的革命批判精神，还是晚清的"真的恶声"。

第二篇是哈佛大学东亚系涂航博士的论文《美育代宗教：后五四时代的美学思潮》。文章聚焦"后五四时代"的价值真空期，探讨中国知识分子如何在民族与西方、现代化与基督教之间，建构本土化的超越性审美话语。以蔡元培的"以美育代宗教"为引，文章主要罗列了三种实践路径。一为张竞生的"美的人生观"和"美治主义"，指出其设想以"情爱和美趣"为目标的政治制度，"既把宗教化的美奉为终极信仰，又求以世俗化的政治手段以美学规训从个体到社会的方方面面，使得去魅化和再魅化的进程互为表里,重塑道德个体和民族气象"。二为朱光潜的美学直觉论,认为其构造一个疏离于尘世的意象世界,以熏陶性情、养成人格、培育现实政治实践,遂尔"由情入理,由理返情,构筑一种基于'移情-同情'的主体间性"。三为宗白华的意境论,揭示其由传统审美理论出发,建构独特的生命美学,将艺术诠释为虚实的碰撞流转,从而达成"超越实界之形迹但并不脱俗,攫取虚界之灵性却非眷恋神恩"的美学境界,通过将美归之于充沛生命力的自我,意图建构出新的民族文化。三条路径均"一方面受到西洋宗教的启示,企图克服儒家现世主义的困境而追寻一种超越性的理论,另一方面又与文化本位主义和科学理性的影响企图和神秘主义的宗教情感划清界限,其结果是在神圣与世俗之间构筑一种审美化的灵境,把超越性建立在艺术化的人间。有关生存价值的终极所在既不在神恩也不在理性,而在于流溢于主体与自然之间的缠绵悱恻之情中"。需要指出的是,尽管"激烈的政治运动和此起彼伏的战祸并没有赋予审美主义和汉语神学任何对话的可能性",启蒙、革命与民族主义的洪流裹挟而下,创造出另一番问题与回答,但这并不意味着文中所讨论的思想张力和微弱的可能性永远只是无足轻重的弦外之音。这让我们又回到"后五四"的语境中来,其坚信"五四"的内涵和价值不会被单一的线性叙事所囊括,其遗产会随着语境的转移以不同的方式显现,并带来新的刺激和启发。

二十二、"诺奖"之后的莫言[22]

二〇一二年莫言获得诺贝尔文学奖,这无疑是中国当代文学里程碑式的事件。围绕莫言获奖的讨论,也聚讼纷纭,至今不绝。乐观者认为,莫言的获奖,为中国文学走出去树立了典范,证明中国当代文学在世界文学中的存在感和影响力与日俱增。不难察觉的是,有的讨论较少将莫言的获奖视为个人荣耀或文学的成功,而往往上升到国家文化战略的高度,或有"身份政治"、"文化资本"之议,或作"奖赏文学"、"暗箱操作"之讥,话锋所至,别有所指。在海外,相比于莫言作品独特的审美价值,他的背景、立场和地位明显受到更多的关注。即便考虑到诺贝尔奖超越文学的影响力,如此遭到密集而尖锐的非文学性审视/审查的,在近年来的获奖者中实属罕见。这样的审视/审查,在索尔仁尼琴、赫塔·米勒甚至耶利内克这样的获奖作家那里倒也不令人惊讶,但对于莫言来说,过于纠缠莫言获奖的非文学的因素,显然是对莫言巨大的文学成就的盲视。究其原因,可能有两方面:一是对于由官方主导的文学推广运作中文学性和透明性的质疑,使得争议的焦点聚焦于非文学的领域;二是海外评论家或读者对于中国当代文学的陌生以及解读方式的匮乏,使得外部研究成为自然而然的切入点。我们在这里并非要对这些争讼盖棺定论,而只是想强调,莫言之获"诺奖",当然彰显了其无可替代的文学价值,即便习惯于将莫言的作品及其荣誉看作某种国家财产,也不可能仅仅放在国别文学的范畴内予以讨论,尤其不可能绕过翻译的问题。这不仅是说莫言的获奖受惠于以英译本和瑞典文译本为代表的海外译本的质量和影响力,更可以确定的是,莫言获奖最直接的结果,就是更多当代中国文学译本的刊行和衍生,以及更多从未了解中国文学概念的外国读者的加入,而这一阅读过程又将极大地丰富莫言作品以及中国当代文学在世界文学中互文和想象的空间,从而于传播中形成一个良性循环。这才是莫言获奖之于中国当代文学最重要的意义。

有感于此,这里的三篇论文均聚焦于"诺贝尔文学奖之后的莫言",意在展示莫言获奖以来英语世界对于莫言认识和研究的变化,展现其对于一个动态的"世界中"的莫言的把握和理解,从而为我们的上述关切提供参考。

宁明教授的《诺奖之后英语世界莫言研究述评》梳理了莫言获得诺贝尔文学奖之后英语学界对于莫言的研究成果,尤其关注其如何应对莫言获奖在西方所引发的阅读偏差和政治想象。具体而言,文章将这一时期的发展变化概括为四个方面:一是"对莫言获奖政治性解读的回应",亦即从文学立场出发,对于西方媒体和评论家之于莫言的政治性解读予以对话和回击;二是聚焦"莫言作品与中国文学和文化传统之间的关系",亦即反思以往囿于西方文学阅读习惯和评价标准的局限,强调中国文学与文化传统之于莫言作品的影响,并将之作为理解莫言作品的进路;三是"文化视野下的文学审美研究",主要指基于视觉、宗教等领域对莫言作品所进行的文化研究;四是"比较文学和世界文学视阈下的研究",包括莫言与林芙美子、威廉·福克纳等外国作家之间的比较研究等。正如作者在结尾处所说,这些研究虽兴趣各异,但都是基于文本的学术研究,对于促进西方读者更好地理解莫言作品,甚至形成翻译文学的副文本,都具有重要价值。

《中国文学的互文性阅读:以莫言的作品为例》和《一个西方人对莫言的反思》这两篇文章的作者身份都比较特殊。陈迈平的妻子陈安娜是莫言几部重要作品的瑞典文译者,而他本人也是著名的翻译家,对于莫言作品在海外的翻译及其最终被瑞典文学院认可的过程可谓"身临其境"。昂迪亚诺是《今日世界文学》和《今日中国文学》的主编,是中国现当代文学在海外的重要出版者和推介者,对于莫言作品在海外的传播情形有着独到的理解。他们的职业角度和问题意识,可补国内学界之缺,推进我们对莫言作品意义更深入的理解。陈迈平从互文性阅读的理论出发,指出外语读者由于无法读到足够多的中国当代文学作品,所以缺乏对中国当代文学的整体把握,因而也就很难与中国读者共享类似的阅读体验和文化记忆,对同一作品的理解就容易变得南辕北辙,甚至完全无法沟通。尽管陈迈平也承认再语境化和错误语境化都是翻译过程中无法避免的,甚至在某些情况下有利于作品的传播,但这种不可沟通性却也让文学界共同语境化的努力受到威胁。基于此,陈迈平认为翻译更多重要的中国当代文学作品,丰富外语读者可资参考的中国文学和文化背景知识,形成更大的互文性网络,将有利于营造更易沟通的阅读体验和文学想象,推动共同语境化的建设。昂迪亚诺借用乔治·斯坦纳有关个人阅读中不可避免的"四个困难",来分析莫言作品在海外传播中面临的挑战。这"四个困难"分别为:一是"具体情况造成的困难",亦即文学背景知识的匮乏带来的麻烦,这和陈迈平所提到的问题相似;二是"形式上的困难",对应"莫言的长篇小说和短篇小说以及他为自己的目的如何书写"等方面的理解;三是"策略上的困难",关于莫言如何利用叙事技巧影响并且使用叙事材料;四是"本体上的困难",涉及莫言的总体视野以及他对中国及其未来的看法。昂迪亚诺立足于一个西方读者的身份,对这"四个困难"作出了回应,这当然不仅仅是出于谦虚,而是对阅读环节的重视和反思:"莫言为西方人了解中国文化打开了一扇门，对此很少西方读者已经做到……很明显，莫言一直在不屈不挠地关注着中国历史上的某个时期，但同时也在书写现代世界的现实，而这是西方文化并不太懂甚至不想看到的。"这两篇文章共同提醒我们，在讨论中国文学的海外传播时，强调阅读和接受的重要性并不意味着简单迎合外语读者的阅读兴趣，或单纯追求再语境化的成功。相反，翻译文学应该有能力提供一个文学的、文化的、思想的反思和对话的空间，从而将海外的中国当代文学阅读引向深处，使中国当代文学成为海外读者世界文学认知中的重要面向。

注 释

1 两篇文章分别为：夏志清《夏志清书信二通》和周春霞《莫言小说在西班牙的译介——以《酒国》和《檀香刑》的西语译本为例》,《南方文坛》2015年第3期。

2 两篇文章分别为：罗鹏著、赵瑞安译《金庸与图解民族主义》和《张爱玲与相片怀旧》,《南方文坛》2015年第4期。

3 两篇文章分别为：卡罗琳·菲茨杰拉德著、秦烨译《制造记忆的谱系学：对故乡的重新想象》和姚婧《第三空间下的文学史书写——夏志清〈中国现代小说史〉与欧美文学》,《南方文坛》2015年第5期。

4 两篇文章分别为：季进、周春霞《中国当代文学在法国——何碧玉、安必诺教授访谈录》和余夏云《在革命传统中理解美学》,《南方文坛》2015年第6期。

5 该文章为秦烨《虚构与真实——论〈现代中国文学与文化〉中的当代小说研究》,《南方文坛》2016年第2期。

6 两篇文章分别为：阮氏明商《论莫言小说对越南读者的感召》和李素《学术与市场之间：略谈中国当代文学在捷克的译介》,《南方文坛》2016年第3期。

7 两篇文章分别为：蔡荣著、彭诗雨译《论主体与新时期文学》和季进、臧晴《论海外"〈解密〉热"现象》,《南方文坛》2016年第4期。

8 两篇文章分别为：汪宝荣《阎连科小说〈受活〉在英语世界的评价与接受——基于英文书评的考察》和王晓伟《丁玲小说英译的副文本研究——以白露的丁玲英译选本为例》,《南方文坛》2016年第5期。

9 两篇文章分别为：白睿文著、潘华琴译《罗曼史下的暴行：叶兆言的〈一九三七年的爱情〉》和白睿文、白先勇《来自废墟中的文艺复兴——白先勇谈〈现代文学〉杂志的起源》,《南方文坛》2016年第6期。

10 两篇文章分别为：李欧梵《新序两篇》和初清华、汪梦妍《"他者"辩证法与疾病譬喻——〈离乡病〉中横贯身体、政治文化的话语模式简析》,《南方文坛》2017年第1期。

11 两篇文章分别为：徐敏《当年风华正茂——私人书写中的夏济安》和斯蒂文·里普著、潘莉译《创伤之战：残疾、伤疤与战争的反英雄叙事——

以余华〈一个地主的死〉为例》,《南方文坛》2017年第2期。

12　两篇文章分别为:宋明炜著、王振译《科幻新浪潮与乌托邦变奏》和陶德·威廉·弗利著、徐冰译、潘淑阳校《庄子与中国现代文学》,《南方文坛》2017年第3期。

13　两篇文章分别为:王一燕《细读〈废都〉:世纪末的文化空间符号学》和姜智芹《英语世界的贾平凹研究》,《南方文坛》2017年第4期。

14　两篇文章分别为:张冰《以传统经典为解码的当代中国文学》和张卓亚《〈边城〉英译本的叙事建构》,《南方文坛》2017年第6期。

15　两篇文章分别为:王尧《"何为文学史"与"文学史何为"的创造性思考与探索》和黄可兴、黎辉霄《新时期文学在越南的翻译、研究及其启示》,《南方文坛》2018年第1期。

16　两篇文章分别为:王斑著、华媛媛译《无用之用》和陈广琛《"生之斗争"与"生之平和"——傅雷与张爱玲的对话》,《南方文坛》2018年第2期。

17　两篇文章分别为:郭恋东《"世界文学中"的韩少功文学创作——论韩少功及其作品在英语世界的传播和接受》和张卓亚《世界文学的"他治"和"自治"——苏童作品在英语世界的译介研究》,《南方文坛》2018年第3期。

18　该文章为韩瑞著、华媛媛译《作为现象的身体:中国现代文学文化身体研究二次文献概述》,《南方文坛》2018年第4期。

19　两篇文章分别为:季进《关于概念、类别和模糊界限的思考——罗鹏教授访谈录》和易彬《"中国文学在其他国家的反响比较平淡"——荷兰汉学家林恪先生访谈之一》,《南方文坛》2018年第5期。

20　两篇文章分别为:王晓珏《去冷战批评与中国文学现代性》和沈双著、王晓伟译《评〈冷战与中国文学现代性〉》,《南方文坛》2018年第6期。

21　两篇文章分别为:王德威《没有五四,何来晚清?》和涂航《美育代宗教:后五四时代的美学思潮》,《南方文坛》2019年第1期。

22　三篇文章分别为:宁明《诺奖之后英语世界莫言研究述评》,陈迈平著、高宇译《中国文学的互文性阅读:以莫言的作品为例》和罗伯特·戴维斯-昂迪亚诺著、宁明译《一个西方人对莫言的反思》,《南方文坛》2019年第3期。

第四辑

挥手自兹去,萧萧班马鸣

宇文所安荣休庆典侧记

四月的波士顿,比起往年来,格外寒冷,四月中旬竟然还雨雪霏霏,对春天的期待被压抑到最低。此次哈佛之行的重头戏,是参加四月底宇文所安荣休的庆典。虽然我的专业不是中国古典文学,但作为所安的老朋友,我还是很荣幸地获得了邀请。正好有其他工作安排,于是四月初就从春暖花开的江南,早早飞到波士顿,没想到却遇上了多年不见的"倒春寒",莫名地想到艾略特的著名诗句"四月是最残忍的月份"。幸好,到了四月底,波士顿的春天终于姗姗来迟,转眼间就春暖花开,满街都是一树一树如云霞般灿烂的梨花、玉兰,树上的枝条也焕发出曼妙的绿意,与隆重温暖的荣休庆典相得益彰。也许,大自然的时令交替,有时也深谙欲扬先抑之道?

二〇一八年四月二十六日上午,"重审世界中的中国文学——致敬宇文所安国际学术讨论会"在哈佛燕京学社一楼的报告厅隆重开幕。王德威主持了简短的开幕仪式后,立即进入正式的学术报告环节。来自世界各地的宇文所安的弟子们提交了三十多篇论文,分成九场,整整报告了一天半多的时间。报告的内容也是五花八门,异常丰富,从文学到历史,从诗词到小说,从文本到文论,从前现代到现代,从中国到世界……不少人报告的切入点甚至演讲都颇有乃师风格,相当精彩。这些弟子中,有不少人已是很有成就甚至坐镇一方的重要学者,大家因为老师的缘故,得以相聚一堂,品评学术,交锋思想。而当年的老师,还有老师的朋友们(很多都是名震欧美中国文学研究界的大佬)坐在下面聆听、评点、辩难,实为难得一遇的学术盛会。学生们还深情回忆起老师当年的种种趣闻逸事,不时引发哄堂大笑。有的学生讲起老师的培育之恩,几欲落泪,令人动容。所安与学生们的师生之情,如此纯真,如此深厚,又如此平等,如此快乐,让大会变得特别温馨感人。那天还有两个温暖的细节:开幕式比预定时间拖了好几分钟,核心人物宇文所安竟然迟到,而迟到的原因竟然是送儿子上学堵了车;开幕式之后是合影留念,刚拍完照,所安来不及多与大家寒暄,就匆匆离开,不一会儿工夫,抽着烟斗回来了,手里多出了一个三明治,我好奇地问他怎么回事，原来是给儿子准备的晚饭！一个温情的父亲与一位大牌学者的形象，如此奇妙地融于一身，毫无违和之感。

根据组织者的设计，这次活动，所有学生必须提交论文并作报告，而所安的朋友们则无须提交论文，只是参加圆桌讨论。因此，第二天下午的最后两场圆桌讨论，比起前面的学术报告来，就显得更为自由、放松和温情。第一场由王德威主持，与谈人是来自亚洲的八位学者，包括陈引驰、程章灿、郑毓瑜、张宏生、川合康三、蒋寅、王尧和我；第二场由李惠仪主持，与谈人则是美国的八位学者，包括康达维、孙康宜、艾朗诺、伊维德、柯马丁、魏爱莲、柯睿和田晓菲。大概是第二场与谈人的名头太响，吸引了太多的旁听者，非但会场座无虚席，据说还搬光了隔壁的椅子。既然是圆桌讨论，话题也就不知不觉中散漫开去。大家你一言我一语地畅谈未来中国文学研究的可能方向，也自然而然地从自己的专业方向表达了对所安退休后研究工作的期待。当然，大家也聊起了"我所认识的宇文所安"。田晓菲特别谈到了研究者身份认同的问题，指出中国文学并不属于任何政治疆域，也不应由中国人独享，而应该推动中国古典文化/语言参与到世界文学的讨论之中。张宏生谈到明清时期的日常生活研究，其中的烟草研究很有趣，还有专门歌咏抽烟活动的文本，他特别推荐给宇文所安。伊维德开玩笑说，宇文所安很像灶神，God of Stove；

Stove和Steve发音相近,而且二者都smoke。要知道,所安的烟斗从不离手,不时就抽上几口,这是他的标准形象。而对于God,王德威在最后总结时也打趣说,大家对宇文所安未来的退休生活充满期待,你会更忙,你就是宇宙,你无所不在,你就是上帝,引发哄堂大笑。

  圆桌讨论后,宇文所安压轴致辞,其风格就如平时讲话,不紧不慢,开开让人会心一笑的小玩笑,依然是强调个人感受与经验,表达了对中国文学研究的期许。他感谢王德威、田晓菲和李惠仪以及卢本德、吕立亭(两位都是所安当年的学生,现在已是耶鲁大学教授,吕立亭还是东亚系系主任)的精心组织,也感谢学生们和朋友们远道而来。他安慰大家,这么辛苦的事仅此一回,"别担心,不会再发生了"。他说作为听众,听了所有的论文,感到特别高兴和欣慰,居然有这么多才华横溢的人聚集在这里交流学术,也听了大家讲的很多关于自己的逸闻趣事。他感慨说:"一切都变化得太快了,记得小的时候,很难找到一家中国餐馆,如果高质量的中国菜代表了文化传播的进步,那么谁能说这中间没有进步?"(听到这里,我突然想到了"老胡餐馆",我们聊天时他开玩笑说退休后最好开一家中餐馆,就叫"老胡餐馆",因为宇文是胡人的复姓。看来,他对中餐真是情有独钟啊!)世界正在改变,这是思想的、知识的结果。幸运的是我们的汉学前辈作出了卓越的成就，而我这一辈的学者（不少都在场），身处中国文学的边缘，又见证了中国文学与中国文化的变迁。某种意义上，我们也是中国文化剧变的产物。中国学术和欧美学术是不同版本的语文学，尽管我不觉得"语文学"这个词和"philology"指的是同一个意思，但至少彼此构成了互补与交流。从中餐到学术，从欧美到中国，所安一如既往地高屋建瓴，又举重若轻。在这个巨变的全球化的时代，中国文学与中国文化的命运依然是他最关切的事。

研讨会之后，在哈佛教授俱乐部举行盛大的招待会和晚宴，还是由王德威担任主持。招待会上，大家三三两两自由交流，现场投影上循环播放着所安和家人、学生、朋友在一起的各种照片。有趣的是，里面的所安像个百变人，有时胖，有时瘦，以前不留胡子，现在却一直满脸络腮胡。欧立德、裴宜理等哈佛人文学界的大佬纷纷亮相，丹穆若什还特别致辞，说起他在耶鲁大学读本科时，所安就是他最崇拜的老师，当年他最大的愿望就是"将来像宇文所安一样"，甚至故意穿了一件模仿所安的外套，装成老师的样子。丹穆若什现在在国际比较文学界的影响力如日中天，没想到当年也曾是追星少年，其间的反差，实在好玩。不管怎样，能够有如此巨大的号召力，让各路大佬会聚一堂的，大概也只有宇文所安了。晚宴的座次安排特别有意思，来宾大概一百来人，安排了两张主桌，所安夫妇和他的那些老朋友们坐在一号桌,名为"李白"桌,而王德威、孙康宜则和我们远道而来的几位坐在二号桌,名为"杜甫"桌,其余各桌的名号分别是"白居易"、"韩愈"、"司马迁"、"张岱"、"李贺"、"陶潜"、"柳如是"等,极具创意。所有座位全部提前安排,大家有序入席,也真是难为组织者了。这样的宴会,吃什么其实是不重要的,重要的是那些精彩的致辞,包弼德、柯睿、柯马丁、奚如谷,还有很多朋友、学生纷纷致辞,有学生还献歌一首。著名的诗歌研究大师、八十五岁的海伦·文德勒也来了,老太太准备了专门的讲稿,无法兼顾话筒,王德威就全程帮她拿着话筒。孙康宜为祝贺所安荣休,特别赋诗一首:"吐雾吞烟吟剑桥,唐音北美逞风骚。痒搔韩杜麻姑爪,喜配凤鸾弄玉箫。舌灿李桃四十载,笔耕英汉万千条。感君助我修诗史,恭贺荣休得嬉遨。"第一句的出典,当然是所安嗜烟,校方特别为他装了排烟机,特许他在办公室抽烟。据说,这是他留在哈佛的诱惑之一。奚如谷说:"我就几位真正真正的好朋友,Steve,你是其中之一!"宴会最后,所安非常中国式地一桌一桌敬酒致谢,言笑晏晏,飘然微醺,那一刻,所安一定是非常非常开心的。宴会的尾声,全场高唱《他是个快乐的好小伙》,这是欧美极为流行的一首歌,流行程度仅次于《生日歌》,往往用于喜庆、生日等场合。当欢快的旋律在那个场合突然响起,却具有一种直击人心的力量,相信在场的每个人都被歌声所感动,被温暖所包裹。曲终奏雅,宾主尽欢。

我想,能够享受如此盛大的荣休典礼的人,应该不会太多。宇文所安作为海外中国文学研究领域首屈一指的大家,是当之无愧的领军人物,更是不世出的天才。我们可以看看宇文所安早年出道的轨迹:二十六岁就获得耶鲁大学博士学位;二十九岁时出版第一本学术著作,也就是他的博士论文《韩愈和孟郊的诗歌》;三十一岁时出版《初唐诗》(十年后,也就是一九八七年,这本书才进入中国,宇文所安正式进入中国读者的视野);三十四岁时出版《盛唐诗》;三十八岁时从耶鲁大学被礼聘到哈佛大学。也就是说,三十多岁时,宇文所安已经凭其过人的才华和突出的成就,成为令人瞩目的学术新星。四十五岁时荣任美国人文与科学院院士,五十一岁时获颁哈佛大学最高级别的James Bryant Conant特级讲座教授,以及前不久又刚刚荣获极具盛名的二〇一八年度唐奖汉学奖,这些都是对他成就的不断肯定,昭示了他在海外中国文学研究界无可撼动的地位。我虽然不是做古典文学研究的,但特别喜欢所安的著作,不仅读遍他的著作,还在课堂上和学生一起细读过他多部著作。他的著作从来不是高头讲章式的枯燥论述,而总是充满智慧灵感与生命体验的叙述,他独到的视角和别致的品读,焕发出中国古典诗文的无穷魅力。这也就不难理解,为什么在学术圈之外，所安也拥有那么广大的粉丝群。他的影响力，早就超出了古典文学领域或学术界，遍及中国知识界和文化界。所安的专业是中国古典文学，研究领域却几乎遍及各个方面，从《诗经》、《楚辞》到唐诗、宋词，从文学文本到中国文论、比较诗学，从上古到近代，甚至旁涉当代，包举宇内，囊括四海，这种对中国文学百科全书式的研究格局，不敢说前无古人，怕也是后无来者。所安以他三四十年的努力，为中国文学研究作出了巨大的贡献，也对国内学界产生了深刻影响。宇宙文章，察其所安，卓然而成一代宗师。哈佛以如此隆重的礼遇来庆祝宇文所安的荣休，实在是其来有自，恰如其分。

在庆典之前，我们有机会几次在 Legal Sea Foods（波士顿有名的餐馆）、川菜馆、办公室欢聚聊天。早在几年前，所安就透露，打算到七十岁就主动退休。美国的教授是没有明确的退休时限的，只要愿意，可以一直干下去，以所安这么高的地位，这么大的影响力，我想校方也不愿意他过早退休。我曾问他为什么想退休，他笑而不答，只说想体会自由自在的生活。所以在圆桌讨论会上，我祝他从此以后能"为所欲为"，尽情享受自由时光。其实我知道，他所说的享受自由，只是一种学术的自由，做自己想做的研究，写自己想写的书，因为他有太多的计划、太多的想法要付诸实施。所安的办公室有一块瓦当，难辨真假，那天他由此说起，所有的东西都有双重生活/身份，包括真的和假的身份。这个瓦当也是他的教学工具，他要学生们亲手摸一摸瓦当，以一块瓦当去想象一个屋顶，一块瓦当已经这么沉了，几千块瓦当堆垒成一个屋顶，可以想见屋顶的重量。这不仅让学生体会到了中国文学研究中物质性因素的重要性，而且好像还有隐喻性的意义，一是折射了古典文学研究的方法，以小见大，以一首唐诗去想象唐朝的历史文化，二是古典文学是中国人头上的屋顶，有着撑起文化骨架的厚重。前者正是所安所擅长的研究方法，总是从一个片段、一个文本出发，去揣摩、想象、重构它们得以生存的历史时空，甚至物质形态，从而不断地重写文学史，这也是所安内心深处强烈的使命感。现在中国文学研究依然大有可为，可是越来越难找到接受过人文训练的人来做文学研究。我们需要更多的优秀学者能投身其中，激发中国文学的活力，把厚重的中国文学引向世界，使其成为真正的世界文学。而中国文学与世界文学沟通的最重要的媒介就是翻译，这也是为什么所安花了大量时间翻译中国古典诗文的原因。他除了主编《诺顿中国文学作品选》外，还编译了《中国文论：英译与评论》，全译了六卷本的《杜甫诗》，主持了"中华经典文库"（暂名）的创立，刚刚又送我一本新译的《阮籍诗》，"中华经典文库"系列接下来还有寒山、李清照、李贺诗的翻译。我问他接下来还有其他翻译计划吗，他说翻译不是他的high ambition（远大抱负），并没有明确的规划。大家对他退休之后的研究和翻译充满期待，他的回应则是"We'll see"（咱再看看）。

挥手自兹去，萧萧班马鸣。在我们齐聚一堂，向所安致敬、为所安高兴的同时，当然也体会到了一种强烈的失落感。随着所安的荣休，他们这个学术世代真的要结束了，所安退了，康达维退了，何谷理退了，柯睿明年也要退了，美国中国文学研究的这一代逐渐退场，只有孙康宜、艾朗诺、梅维恒等人还在坚持。我想，这是一个历史性的时刻，也是一个令人忧伤的时刻，以后海外中国文学研究界还能产生像宇文所安这样丰富深邃的学术大师吗？宇文所安很谦虚，他说我们无法预设未来，预设未来是危险的，虽然大家都在说他的退休是一个时代的结束，但他自己却认为这并不代表不会有更好的未来。他对于"更好的未来"，既不悲观也不乐观，因为未来的事物总会不断地给我们带来惊喜。我们期待，也相信荣休之后的所安会不断地给我们以更大的惊喜。

二〇一八年七月八日于环翠阁

*原载《文汇报·笔会》二〇一八年七月十八日。

让内心充满丰富的感觉

李欧梵老师印象

说起来,认识李欧梵老师已经十五年了。十五年的时间转瞬即逝,而与李老师在一起的点点滴滴却始终萦绕于心,无法忘怀。我从一开始就是喊李老师、师母的,其实十五年来,我们的关系早已不是单纯的师生关系,更多的是怡然美好的朋友和家人的感觉。二○○四年,李老师邀请我以合作研究教授的身份访学哈佛大学,我们在剑桥度过了一段十分美好的时光。那段时间,我们常常到哈佛广场附近的咖啡馆聊天喝咖啡,偶尔也喝点啤酒。那里的咖啡馆不少,我们一家家轮流去,有时一坐就是半天,看小鸟在室外的光影中觅食,有时还会有小松鼠来凑热闹。我们的聊天最初只是纯粹的闲聊,随兴而谈,没有什么中心,主要是我听李老师评点国内外学界的动态和热点。后来我觉得这样的谈话随风而逝很可惜，就建议李老师每次大致围绕一个中心话题来谈，比如美国汉学和比较文学的发展、文化研究的动态、文本细读与理论批评，等等。这些看似琐碎的闲话，其实都渗透着李老师深厚的学养，透露着无限的话语机锋，让我如沐春风，受益匪浅。我后来的学术发展，跟那一年的访学，跟李老师的闲聊，实在关系深远。现在想来，真是好怀念那样的场景、那样的时光！

我回国以后主持策划了两套译丛，一是"海外中国现代文学研究译丛"，一是"西方现代批评经典译丛"，影响不错，其实都是和李老师聊天聊出来的计划。两套译丛中的不少书目，都是李老师当时推荐圈定的，可惜有些书目由于种种原因，最终未能出版，我至今引以为憾。有一天，我们在波士顿一家大型商场喝咖啡时，聊起了李老师藏书的处理问题。那时李老师去意已决，正式提出从哈佛大学提前退休，准备五月荣休活动结束后就和师母到欧洲云游。在我的鼓动下，李老师欣然答应将藏书全部捐给苏州大学。他的想法是，这些藏书捐给哈佛大学燕京图书馆或者国内名校，可能也就湮没无闻了，捐给苏州大学这样的学校，也许能派上大用场。我花了一个多星期的时间，每天从早到晚，在他的办公室挑选整理，打包装箱，后来严锋看我一个人忙不过来，也来帮忙。我们找到一家货运公司，租了一个小集装箱，把这些书漂洋过海运到了苏州，建立了"李欧梵书库"。在此基础上，成立了"苏州大学海外汉学（中国文学）研究中心"，设立了"海外汉学研究系列讲座"。经过十多年的努力，我们的中心已成为海外汉学研究方面颇有影响的机构。这一切，饮水思源，都是拜李老师之赐。

这些年来，我几乎每年都会跟李老师和师母见面相聚，或者他们来苏州，或者我陪他们出游，或者一起参加学术活动，还有机会延续我们的神聊，聊的内容还是不外乎与学术相关的种种话题，谈得比较多的是李老师关于人文主义、全球化、晚清文化、音乐、建筑等方面的思考。年近七旬的李老师迸发出来的思想灵感，依然是如此的先锋与尖锐。当然，李老师也经常会笑谈他各种各样的梦想，比如演员梦、指挥梦、建筑梦、创作梦等。他说他当了一辈子好人，不要做好人了，要在电影里演三分钟的坏蛋，可惜一直没有机会。不过，两年前他在几部香港电影中跑了龙套，还主演了以他为原型的电影短片，大呼过瘾。台湾大学交响乐团的校庆，也特邀他客串指挥。这总算圆了他的两个梦。这些年，李老师对建筑产生了浓厚的兴趣，甚至远赴意大利参观威尼斯建筑双年展。今年四月份，我还特地陪他到杭州的中国美术学院象山校区参观。这个校区是著名建筑师王澍的得意之作，它摒弃了通常的建筑设计的概念，重新发现自然，回归自然，把建筑、空间、园林、自然融于一炉，依据原来的地理条件和环境特点叠山理水，再造自然场景，生动体现了天人合一的人文思想。我想李老师显然不是真的想去做个建筑师，设计某座建筑，可能他感兴趣的只是建筑背后的哲学理念。从这个角度来说，他的建筑梦其实早已实现。至于创作梦，早在一九九八年，他就出版了长篇小说《范柳原忏情录》，后来又出版了一部长篇小说《东方猎手》。可能是哈佛教授的光环太过耀眼，完全掩盖了他在创作方面的大胆尝试，这两部小说一直没有大红大紫。在我看来，这两部小说倒真是很有意思的，有不少值得深入讨论的话题。《范柳原忏情录》续写半个世纪之后范柳原、白流苏的故事，是当代长篇小说中极为罕见的典型的后现代文本，充满了元小说、戏仿的叙事特征；而《东方猎手》融间谍、解码、历史、战争于一炉，匠心独运，扣人心弦，还不时可以见到与纳博科夫、博尔赫斯（《东方猎手》的一些构思似乎有着《小径分岔的花园》的影子）等西方大家的互文。我一直觉得这两部长篇小说的价值被低估了，李老师自己也时常解嘲自己是个失败的作家，所以不再写长篇，更多致力于专栏写作。二〇一五年的香港书展将最重要的"年度作家"的荣誉颁发给李老师，实在是对其创作的最大肯定，真是可喜可贺！

　　李老师自称有三重身份：学者、文化人和业余爱好者。其实，李老师是典型的狐狸型学者，对人文学科的各个领域都有很大的兴趣，从一个领域跳到另一个领域，从一个话题跳到另一个话题，总是但开风气不为师，不断变化，不断探求，是很难用什么身份标签来加以界定的。李老师最初到美国学的是历史，后来转到文学，以《中国现代作家的浪漫一代》一举成名。他弃写实而究浪漫，以断代问题为主，梳理现代中国文学浪漫的另一面向，让我们看到苏曼殊、林纾、郁达夫、徐志摩、郭沫若、萧军、蒋光慈几位，或飞扬或沉郁，或传统或先锋，且笑且涕，言人人殊，但都与西方文学传统息息相通，这大大丰富了我们对中国现代文学史复杂面向的认知。此后，李老师为《剑桥中华民国史》撰写《文学的趋势Ⅰ：对现代性的追求，1895–1927年》和《文学趋势：通向革命之路，1927–1949年》两部分，以现代和革命为名，将现代性作为现代文学演进的主轴，探究晚清迄于新中国成立这五十余年中的中国文学历程，这几乎就是一部简明版的中国现代文学史。从此以后，中国现代文学的现代性问题成为海内外学界议论不绝的热点话题。二十世纪八十年代中期，李欧梵连续推出了两本有关鲁迅研究的具有里程碑意义的著作，一本是其主编的《鲁迅及其遗泽》，另一本则是他自己的《铁屋中的呐喊：鲁迅研究》。李老师凭借深厚的史学素养与文学训练，解构了其时鲁迅研究中的"历史当下主义"和"线性时间观念"，重塑了一个复杂而深刻的、在绝望中抗争的鲁迅形象。这不仅为我们唤醒了一个全新的鲁迅，更深刻影响了后来国内的鲁迅研究。到了一九九九年出版的《上海摩登：一种新都市文化在中国（1930-1945）》，李老师又独辟蹊径，从日常生活和印刷文化的角度，发掘二十世纪二三十年代上海两种都市文本样式"城市空间的具体文本"和"关于城市的话语写作"，开创了现代都市文化研究之风。就在都市文化研究越演越烈之际，李老师又飘然抽身而去，回到香港，专事文化批评，华丽转身成为著名的文化评论家。比较起来，国内的学者囿于学科或课题，往往只是局限于某一领域，而李老师的这种治学方法和人生态度实在值得我们借鉴。在李老师不断变化的身份、不断转换的领域背后，也有始终不变的方面，那就是他一直是一个人文主义者和世界主义者。

先说人文主义。李老师前年出版的演讲集《人文今朝》，比较集中地阐述了他关于人文、人文精神和人文主义的思考。随着科技的不断发展，我们越来越深刻地感受到全球化对日常生活的影响。大家都被全球化的洪流所裹挟，满足于快餐式的文化消费，根本无法坐下来静静地阅读经典了。人文学科的地位也越来越边缘，空间越来越狭小，"文学已死"、"艺术无用"之类的声音不绝于耳。作为人文学科的研究者或者人文学者，李老师对此有着深刻的思考，他认为全球化给人文主义者带来的挑战，已经远远超过了后现代主义的挑战，我们对全球化无能为力、无可奈何，仿佛我们的学科（文学、哲学、艺术）和现代的社会完全不相干；但是另一方面，面对挑战，恰恰只有人文主义者可以作出自我调节、自我反思，用自己的方式来应对全球化，回归我们做人的意义。李老师特别鼓励我们每个人都要做好个人，要自我繁荣，让内心充满丰富的感觉。如何做好个人、丰富内心呢？李老师开出的良方就是放慢节奏，用文学、电影和音乐来重塑已经被日益边缘化的人文传统和人文精神。也许，这些东西对于很多人来说，依然毫无感觉，但至少为我们在全球化的浮躁时代如何安适自我的心灵、张扬人的价值提供了一种可能性。李老师不知疲倦地写了那么多专栏文字，某种意义上，也是以一个人文知识分子的方式在参与公共空间的建设。真正成为一个公共领域的文化人，是李老师对自己角色的明确定位。

再说世界主义。李老师对世界主义的话题情有独钟，不仅有比较深入的理论思考，而且也一直自觉践行。李老师是从文学进入对世界主义的思考的，早在《上海摩登：一种新都市文化在中国（1930-1945）》中，就以此讨论上海作为国际大都会的独特性。李老师发现，当年上海的那些人都是从里面往外面看，接受世界各地的思潮，可是他们都没有失去中国文化的本体性，他们是真正能进入西方文学、西方文化的人，可说到底还是中国的现代作家，他们为了一种民族国家的想象，比较好地把民族主义和世界主义结合在了一起。可是，李老师不无忧虑地发现，现在世界主义和全球主义越来越像了，有全球主义压倒一切的感觉，每个人都在讲全球主义，很少有人讲世界主义。每个人提出理论的出发点都是从自己关照的一些事物、一些理论开始，却缺少真正的世界主义的视野。对李老师来说，世界主义更多的是一种跨文化研究，这是一种最好的模式。所谓跨文化，就是我们讲的多元文化，一种国际性的多元文化，就是一个人真的能够面向国际，对于不同的文化有一种对话的关系，有一种深入的了解，对话和了解之后再彼此参照。如果你心里能够拥有好几个参照系统，那你的视野自然就开阔了，这就是一种世界主义。李老师特别指出，在当下全球化或全球主义日益泛滥的情况下，至少从一个人文的立场上来看，世界主义正是一个很好的对抗方案。全球化是会走向均质性的大一统的资本主义的东西，它的文化是媒体、电脑一体化的机械的文化，而世界主义则是要开辟对话的可能，拓展共同的空间。李老师的这些敏锐卓识，对于这个浮躁的全球化席卷一切的时代而言，不啻是醍醐灌顶。

我想，人文主义者与世界主义者，也许不仅仅是李老师的身份定位，丰沛内心，抵抗浮躁，面向世界，多元对话，也应该是当下每个人文学者的自觉追求。

*原载《书城》二〇一五年第十二期。

中国文学研究的一座丰碑

韩南教授的学术遗产

二〇一四年四月二十七日,从微信朋友圈上惊悉著名汉学家韩南教授去世,一时间不敢相信。去年下半年,听说他的眼睛出了问题,身体也时好时差,但没想到,这么快就走了。一个温柔敦厚的谦谦君子,就这样走了,给我们留下了丰富的学术遗产,也留下了无尽的思念。

二〇〇四年,由哈佛燕京学社资助,李欧梵老师邀请我以合作研究教授的名义在哈佛大学访学,我得以亲炙韩南教授,聆听教诲,此情此景,还历历如在眼前。当时,李欧梵老师给研究生开了一门"晚清文学与文化"的研讨课,特别请已经退休的韩南教授前来助阵。韩南教授早已是名满天下的大牌教授,可是每周二下午的研讨课,他总是提前十分钟走进教室,手上还夹着几本晚清小说或相关资料。有些学生的报告不免单调，我都止不住有些犯困，可韩南却总是全神贯注，认真听着学生的发言。他几乎不多说话，每次学生讨论之后，他轻言细语所作的评点却一语中的，切中肯綮，而且旁征博引，让人大开眼界。有一次，我的导师让我查找一份十九世纪末期的英文刊物，一些晚清翻译的作品就译自这份期刊。我搜遍怀德纳图书馆和哈佛大学燕京图书馆的数据库都遍寻不得，只好与韩南教授约时间，向他请教。他当即为我详加解说，细细指引。他对晚清期刊的熟悉，令人叹服。那时李欧梵老师每隔一两个星期就会跟韩南教授聚会一次，共进午餐，我时常有机会叨陪末座，听两位老师纵论汉学界的各种话题，看似漫无边际的闲聊，却见出高手论剑的火花四溅。后来回国后我开始从事海外汉学研究，与此不无关系。韩南是哈佛大学的名教授，可是与他交往却丝毫感觉不到什么架子，他永远都是那么谦逊、低调，从来都是面带微笑倾听你的意见，然后再提出他的意见，不经意间探赜索隐，钩深致远。他是一个温和的人，也是一个温暖的人，是颇具中国古风的温柔敦厚的谦谦君子。

韩南一九二七年出生于新西兰，一九四九年获得新西兰大学英国文学硕士学位后又远赴英国伦敦大学学习，并对中国文学与文化产生兴趣，一九六〇年获得中国文学博士学位，毕业后先后任教于伦敦大学、斯坦福大学，一九六八年起开始担任哈佛大学东亚系教授，一九八八年至一九九六年间曾担任哈佛燕京学社社长，大大推动了与中国学界的交流。一九九七年，韩南从哈佛大学荣退，他把退休视为"永久性的学术休假"，继续笔耕不辍，成果不断，焕发出新的学术生命。

韩南对中国文学可谓情有独钟，把一生都献给了中国文学的翻译与研究。他在伦敦大学攻读英国中古文学博士学位期间接触到中国文学的一些英译本后，毅然放弃已有的积累和研究，从头开始学习中国古代文学，从此一发而不可收拾。他是少数得以在二十世纪五十年代到中国进修的欧美学生，曾得到郑振铎、吴晓铃等学者的亲切关照。"文革"结束之后，他与中国学界的关系日益密切。他的论文《鲁迅小说的技巧》被收入一九八一年出版的《国外鲁迅研究论集（1960-1980）》，论文《〈金瓶梅〉探源》被收入一九八七年出版的《金瓶梅西方论文集》，而其专著《中国白话小说史》也在一九八九年由浙江古籍出版社翻译出版。韩南本人在二十世纪八九十年代也曾多次来华访学，骁马的《访哈佛大学中国文学教授韩南》（刊于《读书》一九八五年第八期）和张宏生的《哈佛大学东亚语言与文明系韩南教授访问记》（刊于《文学遗产》一九九八年第三期）记录了当时韩南教授的研究方向和对未来的展望，其中很多的研究计划都一一实现。进入新世纪以来，随着海内外学界交流的不断深化，韩南的学术成就与学术地位已经越来越为国内学界所了解和认可。除了早期的专著《中国短篇小说》，他的主要著作和论文都已经被翻译出版，比如首先结集的《中国近代小说的兴起》，其内容与稍后在美国出版的《十九至二十世纪早期的中国小说》相仿，还有收入北京大学出版社"文学史研究丛书"的《韩南中国小说论集》，以及二〇一〇年出版的《创造李渔》等。

韩南在美国汉学界的影响力毋庸置疑，是公认的中国文学研究的领军人物。对于国内学界来说，韩南从来没有成为热点，也从来没有成为西学东渐的风云人物，但一如其为人的谦逊、温和，他贯通中西的学术视野、科学严谨的研究方法、扎实可征又匠心独具的学术论点，对国内相关研究领域的影响也是细雨润物而持之久远的。这种影响是我十分关注和重视的，它回应了一直以来对于这些他者眼光的质疑和嘲讽，我希望更多的人能看到一个完全成长于西方文化背景和理论资源之中的外国学者的研究，是怎样改变和拓展了本土中国文学研究的界限，为海外中国文学研究竖立了一个界碑。想用某个特定的研究领域来概括韩南的研究是困难的，从宋元话本到晚清小说，从《金瓶梅》的版本源流到鲁迅小说的创作技巧，构成了一个极其庞杂的学术世界，但我相信还是可以从中找到某些可资追索的学术脉络，作为我们认识、理解与评价韩南学术世界的导引。

一些本土学者不无偏见地认为,海外学者擅长理论,却疏于考证,只会用一些西方理论套用文本,却没有中国传统的考评功夫。可是,韩南的考据功夫却是其在中国学界获得普遍赞誉的首要因素。钱锺书先生称赞其为"老派的学者,现在越来越稀罕了",可谓惺惺相惜。一九六二年,韩南发表了著名的《〈金瓶梅〉版本及其他》一文,在前人已有的词话本、古今小说本和张评本的基础上,不仅对每一个现存的具体版本进行了实地考证,而且通过对不同版本之间的互训、情节连贯性以及语言学的考证,论证了"补以入刻"的第五十三回至五十七回中的脱节之处、改头换面的第一回以及散失的内容,从而开创性地勾勒出了原作与补作间的实际关系。另一篇《〈金瓶梅〉探源》则通过检索《金瓶梅》成书时代以前数量庞大的文学材料,考证《金瓶梅》中某些故事情节的来源,从《水浒传》和早期白话小说到《宋史》,再到戏曲文学、清唱文学、说唱文学,涉及体裁极为广泛,但处处言之有据,考辨精详,洞隐烛微,至今仍为研究《金瓶梅》不可绕过的名篇。在韩南随后的中国古代白话小说研究中,这样的考据方法被广泛运用,其主要的论文均被收入《韩南中国小说论集》。

需要指出的是,韩南并不认同西方学者不作考证的偏见。在与张宏生教授的访谈中,他指出考证也是西方学术的一项传统，尤其在对中世纪文学的研究中，考据式训练是必不可少的。正如张宏生教授所言，韩南的考据与中国清代发展到僵化的朴学式考据存在着本质的差异，通过考据，韩南展示的是小说产生的条件、方式和过程，讨论的是同一个故事在不同题材文学中的流变，这就比单纯的考证更进了一步，更接近文学研究的价值。韩南在《宋元白话小说：评近代系年法》一文中，质疑了传统的考据法对于某些不可靠文献的依赖，取而代之的是其在第一本专著《中国短篇小说》中提出的风格标志断代的理论。该理论虽然看起来似乎口说无凭、失之武断，但在没有直接证据的情况下，与其依赖那些明显不可靠的旁证，不如从小说风格上求诸一种理性的判断，这样的结论即使不能说比传统的方法更进一步，至少也提出了一种研究的可能性。由此我们看到，在文学研究受制于直接证据缺乏的情况下，韩南并不会完全拘泥于有限的考据来阐述问题，而是借助于现代批评理论打破僵局，别开生面。

在现代批评理论中，叙述学是韩南最娴熟的一种理论，也是他风格标志断代的主要依据之一。韩南并不认为叙述学只带有西方文学批评的特质，"叙述学是一种可供使用的工具，它本身是中性的，可以根据不同的文本来选择，而并不体现什么价值判断"。在接下来的专著《中国白话小说史》中，他提出了"叙述分析的纲要"，通过借鉴卢伯克、英加登、弗莱和布斯等人的理论，将文学分析划分为说话者层次、焦点层次、谈话型式层次、风格层次、意义层次和语音层次等六个层次，每一层次中又再行细分，并以此为理论框架讨论了中国话本小说的历史。其中最引起学界注意的是，他将艾衲的《豆棚闲话》放在框架小说的理论框架下进行讨论，揭示其对于中国话本小说旧有的叙事习惯的改变。这完全打破了传统研究对于这部小说的认识，全面更新了话本小说研究的范式，可谓"精思明辨，解难如斧破竹，析义如锯攻木"（钱锺书语）。

我们不妨把《中国白话小说史》看成一部承上启下的作品，《中国短篇小说》中根据风格标志断代认定《醒世恒言》的编者主要是浪仙而不是冯梦龙的新型考证仍然余音绕梁，关于李渔的章节却已开启了七年之后韩南的另一部著作《创造李渔》。有感于正统李渔研究中的欲盖弥彰，《创造李渔》着力讨论李渔那些难以启齿的特点：新奇、享乐、戏剧、色情、自我表演。与《中国白话小说史》中关于李渔的章节不同，《创造李渔》不是在中国话本小说史的脉络下看待李渔，而是把李渔放回他生活的时代和社会中，以他的经历、性格和生活境遇作为所有讨论的前提和中心，创造性地探讨作家李渔在文学中创造的自我，以及他关于新奇与享乐的价值和主题如何在不同体裁的作品中无处不在地运作。韩南的论述生动活泼，在传统刻板的喜剧文学史的研究之外，还原了活色生香的喜剧生活以及对笑声应有的追求。

二十世纪九十年代以来，韩南的研究方向转向晚清小说研究，与早期白话小说研究资料的匮乏不同，晚清小说的资料浩如烟海，而此时韩南已年近七旬。尽管如此，韩南还是迅速取得了不凡的成果：《中国近代小说的兴起》挑战了种种固定的文学史表述，刷新了晚清文学研究的多项纪录，将我们的目光引向"五四"新文学诞生之前的准备阶段。韩南以"中国小说家的技巧的创造性"、"西方人对中国小说的'介入'"以及"写情小说"三大主题，重构了晚清小说的地图，也揭示了现代小说兴起的两种动力因素，传统变革和外来影响。韩南所讨论的小说创作或者翻译，时间起止在一八一九年至一九一三年间，正表明现代兴起之前，各种蠢蠢欲动的变革可能在播散和促成文学现代化方面扮演了重要角色。此举显然大大开拓了晚清文学的时空疆域，将其从传统的文学史定位中剥离，展示了它流变不居的历史痕迹。韩南的论述昭示了晚清文学的丰盛程度远远超乎想象，诸多用来维系文学史稳定叙事的表述都值得重新检讨。比如在"西方人对中国小说的'介入'"主题中，韩南对于《昕夕闲谈》是对英国小说 Night and Morning 上半部翻译的考订、对于传教士小说的讨论以及对于傅兰雅小说竞赛的讲述，勾勒出了一个传统视野内晚清小说的史前史，再次显示了韩南超凡的考证功夫。西方的介入与晚清小说创作，"融谓分流而可通，褒谓并行而不倍"（钱锺书语），共同构成了晚清文学别样的景观。韩南之后，海外汉学界关于晚清文学的书写应声如云，一时间晚清文学研究成为中国文学研究中的显学。

最后，我还必须提到韩南在中国古典小说翻译上的贡献。这些翻译尽管对中国学界的影响有限，但对这些小说在英语世界的传播和介绍却意义重大。韩南对所译文本有着深厚的研究，因而下笔时带有周密的学术思考，揣称工切，词妥义畅，在中国古代小说英译方面可谓无人可匹。特别值得一提的是，包括《肉蒲团》、《无声戏》、《恨海》、《十二楼》、《黄金祟》、《蜃楼志》等在内的中国古代小说，在中国本土甚至都往往无人重视，读者寥寥，而韩南却别具只眼，将其翻译介绍到英语世界。人们往往都说，翻译即背叛，可是对于韩南翻译的这些中国小说，更多的却是拯救，是韩南重新赋予了这些旧小说以新的生命，甚至可能会影响到未来英语世界的读者对中国文学的认知，其意义显然不可轻视。

二〇一三年十二月三十日，夏志清先生去世；二〇一四年四月二十七日，韩南先生去世。夏志清与韩南分别是北美汉学界中国现代文学研究和中国古典文学研究执牛耳者。两座丰碑的先后倒坍，标志着海外中国文学研究一个时代的终结。我在纪念夏志清先生的文章中也说过,如何继承前辈大师的学术遗产,辨章学术,交流对话,使其学术思想泻瓶有受、传灯不绝,这或许应该是我们当下必须思考的问题。

*原载《中华读书报》二〇一四年五月二十一日。

后　记

　　这本小书收录了我这些年关于海外学界的一些学术札记或记人之文，话题都离不开中国文学的摆渡与传播，于是命名为《文学的摆渡》。所收文章粗分为四辑。第一辑围绕夏志清夏济安兄弟而展开，《历史时空中的日常生活书信》、《落日故人情》、《夏济安，一个失败的浪漫主义圣徒》、《夏氏书信中的普实克》等都是整理编注夏氏兄弟书信集而衍生的副产品，《夏志清的博士论文及其他》、《"抒情传统"视域下的〈中国现代小说史〉》等则是对夏志清夏济安学术脉络的追溯。第二辑是一些重要的海外学术著作的阅读札记，包括了金介甫、王德威、张英进、顾彬、韩倚松、叶凯蒂等人的著作，希望在评述中能有所对话。第三辑则是中国当代文学海外传播的个案讨论与理论反思，

《作为世界文学的中国文学》和《文学的摆渡》两篇记录了关于中国当代文学海外传播的一些思考,特别是《文学的摆渡》这篇,原本是为《南方文坛》"译介与研究"栏目写下的"主持人语",日积月累,竟然也有数万字之多,零零碎碎,不成体系,却让我有机会对中国当代文学海外传播方方面面的问题略陈浅见,而《解密》、《尘埃落定》、《高兴》等作品海外传播的个案分析,或许可以与这些理论反思加以对读。第四辑的几篇都是写人之文,一是宇文所安教授荣休庆典的侧记,一是李欧梵老师印象记,一是韩南教授的纪念之文,它们与第一辑中的《高山仰止,景行行止》一样,都是对海外学术大家的简单素描。这些文章或学术或八卦,或严肃或轻松,或考证或阐释,或纪实或抒情,不敢说其中有什么采铜于山、孤明先发的高见,读者诸君若能从中感受到些许如雨中荧焰、明灭闪烁的识见,那就于愿足矣。

文学的世界幽微精妙,密响旁通,文学的摆渡无处不在。一方面,文学的摆渡本来就是主客交互的显影和折射,人世间种种精彩与不堪尽在其中。夏氏兄弟借着蝇头小字,诉说衷肠,品评人事,这些日常的书写使他们可以各自坚守,度过人生无数黑暗的道口。他们以文字的书写来摆渡现实的困顿,甚至面对历史的风暴,摆渡于是成为改天换地时代里无依无靠者最后的依靠。当年夏志清远渡重洋,以为只是不经意的时空地理上的一次摆渡,谁能想到后来大半辈子都只能借着文字不断摆渡回梦中的母国,借着文字的批评或赞誉,把学术和生活紧紧地纠合在一起。另一方面,中国文学的烟波浩渺、繁华三千,也需要无数的文学摆渡者,从作家到学者,从文本到理论,从译者到编辑,从讲堂到民间,构成了环环相扣的中国文学海外传播的文学摆渡,把中国文学流播向世界。这样的文学摆渡,其实已经不是线性的轨迹,而在一定程度上呈现出内爆的景观。我们无法再把中国文学当作一个"世界之外"的孤立存在。作为世界文学的中国文学,意味着需要透过各种变化的关系来理解中国,也理解文学。中国文学从中国到世界的摆渡,不是简单的方向选择或格局提升,而是将自身再问题化。离开原地,往返于路途,探求认同,摆渡意味着应该在运动和流变中来看待中国文学海外传播的大问题。摆渡并无定向,它只是不断地唤起问题,让我们或面对他人,或直面自己,或理解历史,或迎接挑战,凡此种种,形塑了文学的伟大或渺小,幽暗或光明。

时值中秋,我们吟诵"滟滟随波千万里,何处春江无月明",期盼"海上明月共潮生"的盛景,这可能也是文学摆渡的理想境界。可是,今日的月光又有多少旧时月色呢?大概也只能感慨往事不堪回首月明中。显然,文学的摆渡并不总是一帆风顺、凯歌高奏,而更多的是将中国文学联通到无限的可能性，中国与世界，进步与落伍，前卫与传统，摆渡使文学的景观变得不是那么非黑即白，而是日趋复杂和丰富，见证了一个内爆和分裂的世界。

最后，感谢广西师范大学出版社的厚爱，感谢陈子善老师的赐序提携，感谢余夏云、臧晴、胡闽苏、曾攀、王晓伟、姚婧、李梓铭等人的支持。这些文章曾先后发表于《读书》、《中国比较文学》、《国际汉学》、《中华读书报》、《中国现代文学研究丛刊》、《文汇读书周报》、《书城》、《文艺争鸣》、《南方文坛》、《当代作家评论》、《文汇报》、《青年文学》等报刊，在此一并致谢。

季进

二〇二二年九月十日